湛庐CHEERS

与最聪明的人共同进化

HERE COMES EVERYBODY

Still Alice

依然爱丽丝

[美] 莉萨·吉诺瓦 著
Lisa Genova
王思宁 译

浙江教育出版社·杭州

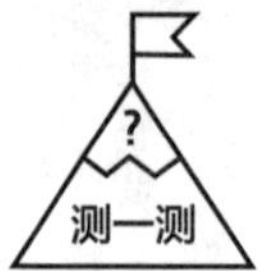

你了解阿尔茨海默病吗?

扫码激活这本书
获取你的专属福利

- 阿尔茨海默病与老年痴呆等同吗?

  A. 等同

  B. 不等同

扫码获取全部测试题和答案，一起了解阿尔茨海默病的预防和治疗

- 一旦患上阿尔茨海默病，病人会很快变得又痴又呆吗?

  A. 会

  B. 不会

- 人在青壮年时期一定不会得阿尔茨海默病吗?

  A. 是

  B. 否

扫描左侧二维码查看本书更多测试题

推荐序一

生命在医学之上

——疾苦文学的救赎意义

王一方
北京大学医学部教授

现代医学牛不牛？当然牛。无论是内行还是外行都会惊叹，它越来越先进、越来越精准，越来越多的药物像充满魔力的子弹，直击靶点，杀敌不伤己；不仅可以在胎儿身上做手术，还可以在基因上“动刀”；器官移植手术可以移植除了大脑之外的器官，几乎没有盲区；ICU 里每天都在讲述着起死回生、妙手回春的故事。然而，还有许多疾病与创伤，现代医学要么无济于事，要么办法不多、短板不少。生物医学更乐意把一切疾苦都归咎于医学，事实的证据化、对象化、客观化，大量情感化、心灵化、社会化的痛苦被遮蔽。对此，宿命论者的隐喻是“膏肓”，医学永远难以超越不确定性，所谓“道高一尺，魔高一丈”。从生命哲学角度看，就是“生命在医学之上”。也就是说，生命的价值丰度远远超越了医学的。以“救助”为例，医学的全部魅力在于疾病的“救治”、危机的“救援”，医学的进阶也不过是身心的“拯救”，而生命关怀的至高境界是苦难的“救赎”。何以为“赎”？依照法国哲学家让·鲍德里亚（Jean Baudrillard）的观点：痛苦是人生的“象征性交换”，由此确立受苦的意义和人生的价值。人生不过是一个穿越苦难、超越苦难的旅程。完整的人生、刚毅的人生里少不了苦难的救赎。

摆在诸君面前的这几本书，讲述的都是人间苦难的救赎故事，尽管我们也可以把他们的疾病罗列出来，阿尔茨海默病、孤独症、单侧忽略，然而，绵长的苦况绝非求医问药就能征服，更不是高技术、高投入所能战胜的，患者、家人、社会都从疾苦陪伴、见证、抚慰、安顿中解读出别样的人生密码。

作者记录、咀嚼、反思、咏叹、彻悟人生密码，呈献给读者《依然爱丽丝》《爱你的安东尼》《被忽略的赛拉》。

细细读来，故事情节忽明忽暗，人物命运扑朔迷离，但一定会凸显某种范式：有山雨欲来、有迹可循的序章，如至冰窟、头昏脑胀的心理休克，有心如刀绞、忧心如焚的折磨与煎熬，还有生不如死、度日如年的漫长过渡。从心乱如麻，到心力交瘁，再到无力无奈，最后随着解脱疾苦羁绊的终极解药——或许是死神的降临而云消雾散。

掩卷而思，我们可以从中悟到些什么……

疾苦是医学的母题，也是文学的母题。人们正是因为身心的疼痛或痛苦，才迫切渴望医学和文学的诞生，而伟大的文学作品都包含了对苦痛的追问、对人性的剖析。疾苦文学是对医疗技术叙事的拓展，揭示了疾病的非技术面相，它是灵魂的裸舞，是生命险境中人性、灵性、诗性的抒发。而单纯的生物学眼光造就了对疾痛理解、处置的偏狭。因为躯体疼痛必然产生心理与社会投射，演变成身心痛苦，除了疼痛感受之外，还有诸多心理反应、社会交往缺失，如孤独、苦闷、失落、恐惧、气愤、内疚、无助等体验。持续、群体痛苦的叠加，便是人类的大苦难。

在一个享乐主义盛行的年代里，我们为什么需要疾苦文学？难道我们有受虐癖好？显然不是，只因痛苦是人生快乐、幸福的映衬与参照物，疾苦可以使生命变得“深沉”而“厚实”。如果说恶疾是一次托付生命的壮游，触动灵魂的远行，疾苦文学就是一部记录人生历险的游记，这份游记不仅值得个人珍藏，也值得每一个希望生命精彩的人细细品味、分享。文学的精神阅读史（心灵剧场的角色扮演），是肉身痛苦、心灵苦难、生死（无常）宿命、救疗（无力－无奈）体验的接受史、感受（共情）史、投射史，也是一个人的精神发育史：借他人的苦难，得自身的彻悟。如果说踢足球、观足球比赛是男人英雄梦的替代，疾苦文学则是健康人、幸运儿生命两极体验的品味与遥望。马克斯·舍勒（Max Scheler）在《受苦的意义》一书中认为对疼痛的纵容本质上是拒绝轻而易举地获得快乐和幸福。人常说：“痛苦使我强大。”诗人余秀华曾宣称：“疼痛和苦难让心灵更加明澈。”让－雅克·卢梭（Jean-Jacques Rousseau）更是断言：“一个人如果惧怕痛苦，惧怕种种疾病，惧怕不测的事件，惧怕生命的危险和死亡，他就会一事无成。”

对于医护领域的读者而言，他们可以把疾苦文学作为叙事医学进阶的范本，是医患共情、技术反思的良药。在叙事医学开创者丽塔·卡伦（Rita Charon）看来，“只有听得懂他人的疾苦故事，才能开始思考如何解除他人的苦痛”。疾苦救助仅有证据是不够的，故事也是证据；身心拯救仅有技术是不够的，人文也是技术。医学的目的或许并不是奋不顾身的救死扶伤，而是如何回应患者的痛苦。人类面对疼痛、苦楚、罹难，有拒绝、愤怒、讨价还价、沮丧的情绪（呈现共轭效应），存在激烈的身－心冲突、欲－求冲突、命－运（使命与宿命）冲突、恩－怨冲突、知－行冲突，导致精神（价值）大厦倾斜、倾圮。单一的心理疏导难以抵达这些冲突的深渊。

最后，笔者想指出，疾苦文学并非只有文学感染力，还具有现实的引领、示范价值。它告知我们，患者接纳疾苦之后，应对办法有三：一是直面它（迎击，不回避，不放弃生命的目标），二是解构它（无意义的痛苦），三是重构它、赋意义于它。因此，医者、亲属一方面需要寻求对症治疗，如快捷的缓解疼痛之药，另一方面则需要着力进行痛苦抚慰，解决抑郁、危机感、绝望的纠结，同时去阐释痛苦的意义。一般认为，抚慰苦难的路径有三：一是支持性/支撑性抚慰，二是心理危机辅导，三是生命意义的建构。掌握这些基本的路径对我们大有裨益。如果我们的亲朋好友遭逢了突发的事故，或者身处银发时代的洪流中突遇阿尔茨海默病，我们在应对方法上也不至于白纸一张。

科学性与艺术性的完美结合

郭起浩
上海交通大学医学院附属第六人民医院老年病科行政副主任

《依然爱丽丝》，讲的是关于阿尔茨海默病的故事，它不是一份严谨但枯燥的病史档案，而是一部科学性与艺术性兼顾的文学作品。细腻的内心活动描写、情景交融的环境铺垫，流淌着人性的光辉，它反思人生、追忆似水年华，不仅使读者对疾病本身有更好的理解，也告诉我们如何对待自己、家庭、朋友和社会。

在我国，有约一千万阿尔茨海默病患者、三千万轻度认知损害患者，所以阿尔茨海默病是一个常见病，是严重危害患者健康，影响其生活质量的脑部疾病。

作为从事阿尔茨海默病临床研究三十多年的医生，我借此机会向大家普及一些阿尔茨海默病的相关知识。

首先，解释一下这个拗口的病名。阿尔茨海默是一名德国医生，这个病以他的名字命名。在我国，这个病原名为老年性痴呆，这个名称容易误导大众，会让大家以为患者都是“又痴又呆”的，实际上，早期或前驱期，病人并不会丧失工作能力或社交能力。它是一个慢性病，通过几年或十几年的发展，才会出现明显的临床症状，如丢三落四（记忆障碍）、张冠李戴（命名障碍）、迷途忘返（空间障碍）、喜怒无常（情绪障碍）等。

其次，阿尔茨海默病病因与发病机制还不是很清楚。目前，最被认可的阿尔茨海默病的发病机制是由基因与诸多环境因素相互作用而产生的极其复杂的级联反应。β- 淀粉样蛋白（Aβ）假说仍是主流。这一假说认为，Aβ 在脑内过度积聚，从而导致一系列病理生理改变，包括导致 Tau 蛋白过度磷酸化形成的神经纤维缠结、以及炎症反应、氧化应激等，最终引起神经细胞变性死亡而发生认知功能障碍。近来，脑 - 肠轴、突触可塑性机制、血管病变与载脂蛋白 E 方面的研究也颇受重视。

再次，阿尔茨海默病的治疗，已经上市的药物治疗包括胆碱酯酶抑制剂（如多奈哌齐、卡巴拉汀、石杉碱甲）、N- 甲基 -D- 天冬氨酸受体拮抗剂（美金刚）、重塑肠道菌群平衡的甘露特钠胶囊（又名九期一）以及抗淀粉样蛋白原纤维抗体（仑卡奈单抗）。针对淀粉样蛋白靶点的新药还有一系列处于Ⅲ期临床试验中，这在本书中也有相当多的描述。抗淀粉样蛋白原纤维抗体能有效降低大脑中淀粉样蛋白斑块含量，但降低淀粉样蛋白斑块含量是否能使导向认知功能改善或病程减缓，尚需要进一步观察研究。

古语说，三分治、七分防。良好的生活习惯与行为方式，就是灵丹妙药。

献给已逝的安吉

献给阿莱娜

目录

2005年

“我的昨天在消失，我的明天还不确定，我到底为什么而活呢？不久的将来，我会忘记自己说过这些话，但即使我忘记了，也不意味着我没有经历过今天的每一分和每一秒。我为每一天而活。”

STILL ALICE

爱丽丝跟女人坐在长椅上，看着孩子们从她们身边走过。每个人都在走路，忙着去他们必须去的地方。爱丽丝不需要去任何地方，她感到很幸运。

她花了一上午找充电器，可无论如何都找不到。她放弃了，去店里买了一个新的。可就在晚上，她发现原来的充电器就插在床边的插座上。

即使是一年多以前，她的脑内也有神经元死亡的情况，就在离她的耳朵不远的位置，它们窒息而死，安静得连她自己也无法听到。有些人说，是因为她的身体情况恶化严重，神经元自主启动了一系列毁灭程序。不论是分子谋杀还是细胞自杀，一系列神经元在死亡之前都无法预示她接下来将发生什么。

2003年9月

爱丽丝坐在卧室的书桌前，却因为约翰在楼下不停穿梭于各个房间的声音分了心。她在给《认知心理学杂志》的一篇来稿做同行评审，审完还得去赶飞机，可她已经盯着同一个句子看了三遍了，还是没看懂。卧室的时钟显示的时间是七点半，按照她的猜测，这个时钟大概快了十分钟。根据这个时间，再加上约翰跑来跑去的声音越来越大，爱丽丝推测约翰是想出门，但是忘记拿某样东西，而且找不到了。她用红笔敲了敲下唇，看看时钟液晶屏上的数字，等着她早就料到的那一声叫唤。

“爱丽[1]？”

她把笔扔在桌上，叹了口气。下了楼，爱丽丝看到约翰在客厅里，双膝跪地，在沙发垫下面摸索。

“钥匙吗？”她问。

“眼镜！拜托，别指责我了，我要迟到了！”

爱丽丝顺着他焦急的目光望向壁炉，上面摆的沃尔瑟姆古董钟显示现在是八点，这钟贵就贵在它走时精准。然而他应该知道的，这钟信不得——他们家里所有的钟都信不得。爱丽丝之前被它们看似诚实的外表坑了太多次，早就知道只能信自己的手表了。果不其然，她一进厨房，时光就倒流了——微波炉上显示现在的时间是六点五十二分。

她的目光扫过整洁光滑的大理石台面，眼镜就在台面上那个装

① 爱丽，爱丽丝的昵称。——编者注

满未开封信件的蘑菇碗旁边。它没有被盖住，没有被遮住，一眼就能看到。约翰这么聪明的人，一个生物学家，怎么就看不到眼前的东西呢？

当然了，她的东西也经常躲在犄角旮旯里。只不过爱丽丝是不会在他面前承认的，也不会让他帮忙找。前几天，在约翰毫不知情的情况下，她花了一上午的时间满屋子地找手机的充电器，甚至还去办公室找了。实在找不到，她放弃了，去店里买了一个新的。可就在那天晚上，她发现原来的充电器就插在床边的插座上——她早该来这里找找的。她把这一切都归结于两个人太忙了，要同时兼顾多件事，而且他们年纪也越来越大了。

约翰站在门口，看着她手里的眼镜，而不是她。

“下次找不到东西的时候就假装自己是女人吧。”爱丽丝微笑着说。

“那我穿你的短裙找吧。爱丽，拜托了，我真的要迟到了。”

“按微波炉上的显示，你时间宽裕着呢。”她说着，把眼镜递给他。

“谢谢。”

他像接过接力棒的运动员一样抓起眼镜，冲向大门。

“周六我回家的时候你会在家吗？”爱丽丝跟着他走向门厅，冲着他的背影问道。

“我也不知道，我周六可能要在实验室忙一整天。”

他从门廊桌上拿起公文包、手机和钥匙。

“一路顺风，替我给莉迪亚一个吻。对了，尽量别跟她争论。”约翰说。

爱丽丝看着门厅镜子里两人的身影——棕色头发稍显花白的高个子男人，戴着眼镜，精神焕发；瘦小的卷发女人，双臂抱胸。两人都是一副随时要投入争吵的样子，而这争吵无止无休地重复了无数次。她咬紧牙关，咽了咽口水，决定这次先忍住。

“我们最近在一起的时间太短了。拜托，尽量回家等我，好吗？”她问道。

“我知道，我尽力。”

约翰吻了她，虽然急着要走，但还是停留了片刻沉浸在吻中，即使这停顿难以察觉。若不是爱丽丝太了解他，也许还会把这个吻想象得过于浪漫呢。她可能会满心希望地站在那里想，这个吻的意思是说“我爱你，我会想你的”。可当爱丽丝看到约翰独自一人匆匆走在街上的背影时，就可以确信，他的吻实际上是在说“我爱你，但是周六回来发现我不在家，你可千万别生我的气”。

曾经，他们每天早晨都会一起散步去哈佛园。她喜欢在离住处不到两公里的地方工作，而且还能跟丈夫在同一所学校工作，她最喜欢的一点就是两人可以一起上下班。他们经常在上班的路上去杰瑞咖啡馆，他买一杯黑咖啡，她买一杯柠檬茶，有时是冰的，有时是热的，取决于季节。然后，他们继续朝哈佛园走去，聊着各自的研究和课程，以及系里的问题，聊聊他们的孩子，或者当晚的计划。他们刚结婚的时候，甚至还会在路上手牵手。她享受早晨跟他一起漫步的亲密时光，那时候他们还没被工作和野心带来的烦琐日常弄得紧张又疲惫。

可最近一段时间，他们都是各自走去哈佛园的。整个夏天，爱丽丝几乎都在出差，去罗马、新奥尔良和迈阿密参加心理学论坛，到普林斯顿做论文答辩的委员会成员。春天的时候，约翰的细胞培养物需要他在每天清晨去做什么冲洗工作，他信不过任何一个学生，觉得他们都做不到坚持每天都去，于是他只好自己去。爱丽丝记不得春天之前的理由是什么了，但她知道，每个理由听起来都很有道理，而且都只是暂时的。

爱丽丝继续看桌上的论文，可心还没收回来。她现在想着刚才真该跟约翰吵那一架，说一说小女儿莉迪亚的事。支持她一次会要他的命吗？她敷衍地看完了剩下的论文，用心程度远远比不上平时，可她只能做到这样了，此刻她思绪太乱，而时间又太紧。她完成了评价，提交了修改建议，把文件装进信封封好，愧疚地意识到她可能漏掉了研究设计或解读中的某个错误，心里埋怨约翰害她在工作质量上妥协。

她重新打包行李，上次出差时打包的东西还没有完全拿出来呢。她希望接下来的几个月可以少出几次门。她的秋季学期日历上只标了几个演讲邀请，她把这些演讲主要安排在周五，那天她没有课。明天就是周五，她要去斯坦福大学的秋季认知心理学学术研讨启动会上做演讲嘉宾。会议结束后，她要跟莉迪亚见面。她会努力不跟莉迪亚争吵，但她没办法保证。

爱丽丝轻松找到了斯坦福大学的科杜拉会堂，就在校园西路和巴拿马路的交叉路口。这栋建筑的外墙涂白色涂料，屋顶以陶土装饰，还有茂密的植被环绕，这在习惯了东海岸生活的爱丽丝看来简直像加勒比海滩上的度假酒店，而非一座教学建筑。她来早了，但还是进去了，心想可以用多余的时间坐在安静的会堂里复习一下演讲稿。

可进去后她惊讶地发现，会场几乎坐满了。人们热情地围着一张自助餐桌，像城市海滩上的海鸥一样在争抢食物。爱丽丝本打算悄悄溜进去，却注意到了乔希，乔希是她在哈佛大学读书时的同学，也是尽人皆知的极端自我主义者。乔希现在就站在她面前不远处，双脚微微分开，好像正准备朝她扑过去。

“这全都是为了迎接我准备的吗？”爱丽丝戏谑地微笑着说。

“什么？我们每天都这么吃。其实这是为了给我们这儿的一位发展心理学家准备的，庆祝他昨天拿到了终身教职。你在哈佛过得如何啊？”

“很好。”

“真不敢相信，这么多年过去了，你还在那儿。你要是觉得待久了无聊，可以考虑考虑这里。”

“真到那个时候我会告诉你的。你过得怎么样？”

“好极了。你演讲结束后应该来我办公室坐坐，看看我们最新的模型数据。绝对能让你惊掉下巴。”

“哦，抱歉，我去不了，我要赶飞机去洛杉矶，一结束就得走。”她答道，并且为这个现成的理由感激不已。

“啊，那太遗憾了。上次见你是在去年的心理学大会上吧。很不幸，那次我错过了你的演讲。”

“你今天能听到那次演讲的不少内容呢。”

“你现在都开始重复利用自己以前的演讲内容了？”

她还没来得及回答，系主任戈登·米勒就如同超级英雄般拯救了她，他让乔希去帮忙发香槟酒。斯坦福大学和哈佛大学的心理学系都有这项传统，有教授拿到终身教职时，所有人都要举香槟向他祝酒。作为一名教授，职业生涯中值得张灯结彩的成就并不多，而拿到终身教职是其中一大项，还是掷地有声的一项。

所有人都拿到一杯香槟酒之后，戈登站在演讲台前，拍了拍麦克风说：“我能请大家安静片刻吗？”

乔希过分洪亮且极具穿透力的大笑声在安静的会堂里回响了片刻后，戈登才继续讲话。

“今天，我们在此庆祝马克获得终身教职。我敢肯定，达成这项成就对他来说是件开心的事。让我们祝他未来还能获得更多这样激动人心的成就，敬马克！”

“敬马克！”

爱丽丝与周围的人碰杯后，所有人都很快回到了之前的状态，继续吃喝、聊天。餐盘上的食物被拿得差不多了，最后一瓶香槟酒也被倒干净时，戈登再次走上演讲台。

“大家请坐吧，我们可以开始今天的演讲了。”

他停顿片刻，等着会堂里的七十多人找到座位后安静下来。

“今天，我荣幸地向大家介绍第一位客座演讲者。爱丽丝·豪兰博士是哈佛大学心理学系一位杰出的教授。在她过去二十五年成功的职业生涯里，她为心理语言学提供了多项基石级别的研究成果。她是语言机制研究方面的先驱者，开创并引导着一种跨学科的综合性研究方法。今天，我们非常荣幸地请到她来讲一讲语言的概念和神经机制。”

爱丽丝跟戈登换了位置，望着台下正在看她的听众。在等待掌声渐渐平息的过程中，她想到一个数据说，人们对公开演讲的惧怕程度超越了死亡。而她很热爱演讲，她享受能在听众面前展示的所有时刻——教学、表演、讲述故事、参与一场激烈的辩论。她热爱演讲带来的肾上腺素飙升的感觉，场合越重要、观众水平越高（或者越有敌意），整个过程给她带来的刺激感就越强烈。约翰是名卓越的教师，但演讲通常让他感到又痛苦又害怕，他非常佩服爱丽丝对演讲的热忱。在约翰看来，演讲可能不如死亡可怕，但绝对比蜘蛛和蛇可怕。

“谢谢，戈登。我今天来谈一谈语言的习得、组织与使用背后的心理过程。”

这次演讲的主要框架爱丽丝已经用过无数次了，但她不认为这是“重复利用”。这次演讲的核心内容是语言学的主要原则，这其中有不少是她发现的，幻灯片中有几页她已经用了很多年了，但她不觉得这是懒惰，也不觉得这有什么丢人的。她感到很自豪，因为她演讲的这些内容和她的这些发现经过时间的考验之后，依然成立。她的贡献极具价值，推进了未来的研究发现。再说了，她的演讲也涵盖了后来的发现。

她演讲时不需要低头看笔记，她的状态放松，讲述生动，语言流畅。可当全长五十分钟的演讲进行到大概第四十分钟时，她突然卡住了。

“这个数据显示，不规则动词的使用需要用到心理……”

她想不起那个词了。她对自己要说的话有隐隐的感觉，但那个词怎么也想不起来了。它丢了。她不知道这个词的开头是什么字母，也不知道读音大概是什么、有几个音节。这个词并不是卡在她嘴边说不出来，而是彻底忘了。

也许是因为香槟酒。她通常不会在演讲前喝酒，即使演讲稿已经烂熟于心，即使在最随意的场合，她也想尽量保持头脑清醒，尤其是在演讲完的问答环节时。问答环节可能会很激烈，会出现内容丰富、无法预测的辩论的情况。但由于她今天不想冒犯别人，所以她在不得不与乔希阴阳怪气地聊天时多喝了一点。

也许是因为时差。她绞尽脑汁想这个词以及她忘掉这个词的合理原因，心怦怦直跳，脸也热辣辣的。她还从来没在观众面前失语过。她也从没在观众面前慌乱过，而且从前的听众远比这次多，场面也更吓人。她告诉自己：深呼吸，别纠结了，继续讲。

爱丽丝用模糊又不合适的“那个”代替了她依然想不起来的词，放弃了她原本要讲的论点，继续讲下一张幻灯片。对她来说，刚刚的停顿太明显了，尴尬得像过了一个世纪，可当她扫视听众的脸，想看看有没有人注意到她的失误时，却发现他们脸上没有一点惊讶、尴尬或担心。接着，她看到乔希跟旁边的女人窃窃私语，乔希眉头紧皱，脸上挂着不易察觉的微笑。

爱丽丝后来坐上了飞机，即将在洛杉矶国际机场降落时，才终于想起来那个词。

“词库”。

莉迪亚已经在洛杉矶生活三年了。她要是高中一毕业就去上大学，今年春末夏初时应该已经毕业了，爱丽丝该会多么为她自豪。莉迪亚可比她的哥哥姐姐聪明，而他们两个都上了大学，一个去了法学院，另一个去了医学院。

莉迪亚没有上大学，而是去了欧洲。爱丽丝本希望她从欧洲回来时会更清楚自己想要学什么、去哪所学校。可莉迪亚回来就告诉父母，她在都柏林[①]的时候尝试了演戏，并爱上了表演。接着，她就搬去了洛杉矶。

爱丽丝差点气疯掉。更让爱丽丝生气的是，她意识到这个问题跟她有关。莉迪亚是三个孩子里最小的，在她小时候父母都在为工作奔忙，经常外出，而她一直是个好学生，爱丽丝和约翰几乎没怎么管她。他们给了莉迪亚很多自由，让她在自己的小世界里独立思考，没有像同龄孩子那样被管教。莉迪亚父母的职业生涯就很好地印证了一个事实，树立远大又独特的理想，热情追求，努力工作会获得怎样的回报。莉迪亚理解妈妈的建议，也懂得大学文凭的重要性，但她有勇气、有信心拒绝这个机会。

再说了，她也不是孤立无援的。爱丽丝跟约翰最激烈的一次争吵就是因为约翰在这个问题上表达了他的观点："我觉得这很好啊，莉迪亚完全可以以后再上大学，只要她决定了她想上"。

爱丽丝在手机上核对了一遍地址，按了七号公寓的门铃，然后静静等着。当她正要再按门铃的时候，莉迪亚打开了门。

"妈妈，你来早了。"莉迪亚说。

爱丽丝看了看手表。

"我来得刚刚好。"

"你说你的航班八点到。"

---

① 爱尔兰共和国的首都。——编者注

“我说的是五点。”

“我把时间写在日程表上了，是八点。”

“莉迪亚，现在是五点四十五分，我已经到了。”

莉迪亚看起来犹疑不决，还有些慌张，像一只被路上一辆迎面而来的车惊吓到的松鼠。

“抱歉，进来吧。”

两人都在拥抱之前犹豫了一下，好像要练习一支刚刚学会的舞，对第一个舞步和谁来领舞都不太确定。或者，她们要跳的是一支很久以前的舞，因为很长时间没一起跳了，对舞蹈动作都不熟悉了。

爱丽丝能透过莉迪亚的衣服摸到她脊梁骨和肋骨的轮廓。她似乎瘦过头了，大概比爱丽丝上次见她还轻五公斤。爱丽丝希望这是因为她过于忙碌而不是刻意节食导致的。莉迪亚一头金发，身高一米七，比爱丽丝高八厘米。在坎布里奇[①]的时候，因为那里的女性大多是意大利裔和亚裔，身材娇小，莉迪亚显得鹤立鸡群，但在洛杉矶，每次试镜的等待室里都坐满了她这样身材的女人。

“我预订了九点的位子。你在这儿等一下，我马上就回来。”

爱丽丝伸着脖子从走廊里观察厨房和客厅。公寓里的家具大概都是二手市场淘的，或者是父辈用过的旧东西，合在一起还有些嬉皮士的风格——橙色的组合沙发、复古风茶几、《脱线家族》[②]风格的餐桌椅。白色的墙面空空的，只有沙发上方贴了一张马龙·白兰度的海报。空气里弥漫着浓郁的清洁剂味儿，好像莉迪亚为了迎接爱丽丝的到来做了紧急打扫。

实际上，整个公寓有点太干净了。没有到处乱放的影碟和光

---

① 位于美国马萨诸塞州。——编者注

②《脱线家族》（*The Brady Bunch*），一部美国情景喜剧，于1969年首播。——编者注

盘，茶几上也没有杂志和书本，冰箱上没有照片，整个房间没有一点体现莉迪亚爱好和审美的痕迹。这里住的可以是任何人。接着，爱丽丝注意到了自己身后这扇门的左边摆了一堆男士的鞋。

这时，莉迪亚从房间里回来了，手里拿着手机。

“给我讲讲你的室友。”爱丽丝说。

“他们都在上班。”

“做什么工作啊？”

“一个是调酒师，另一个送外卖。”

“你不是说他们是演员吗？”

“他们也是演员啊。”

“哦，他们叫什么名字来着？”

“道格和马尔科姆。”

有一个瞬间，爱丽丝注意到了，莉迪亚也知道她注意到了。莉迪亚说起马尔科姆名字的时候脸红了，紧张地往别处瞟，不敢跟母亲对视。

“我们出发吧。店家说可以让我们提前入座。”莉迪亚说。

“好吧，我先去下卫生间。”

爱丽丝洗手的时候看了看洗脸台旁边桌上的东西——洗面奶、面霜、薄荷牙膏、男士止汗露以及一盒卫生棉条。她想了想，自己整个夏天都没有来月经了。五月来了吗？她下个月就满五十岁了，所以她并不感到意外。她还没有经历过潮热或者盗汗，但并不是所有女人都会在更年期经历这些。可能她的更年期症状不明显。

她擦干手，注意到莉迪亚的美发产品后面放着一盒安全套。她得再了解了解这两个室友了，尤其是马尔科姆。

她们在常春藤餐厅的露台上落座，这是一家位于洛杉矶市中心的时髦餐厅。她们点了两杯酒，莉迪亚点的是浓缩咖啡马天尼，爱丽丝点的是梅洛红葡萄酒。

"爸爸那篇要发表在《科学》杂志上的论文写得怎么样了?"莉迪亚问。

她肯定才跟她爸爸打过电话,而爱丽丝上次跟她交流还是在母亲节那天。

"写完了,他很满意。"

"安娜和汤姆怎么样?"

"很好,他们都忙着工作。你跟道格和马尔科姆是怎么认识的?"

"有天晚上,我在星巴克上班,他们刚好去了。"

服务生来了,两人分别点了晚餐和第二杯酒。爱丽丝希望酒精能缓解她们之间的紧张气氛,这份紧张藏匿在如一张薄纸般脆弱的谈话之下,沉重而浓郁。

"你是怎么认识道格和马尔科姆的?"爱丽丝问。

"我刚刚告诉你了啊。你都不听我说话吗?我在星巴克上班,他们在店里聊起来要找个室友。"

"你不是在餐厅做服务生吗?"

"是啊。我工作日在星巴克上班,周六去餐厅做服务生。"

"听起来你好像没什么时间表演啊。"

"我现在也没拿到任何角色,但我在上课,也经常试镜。"

"什么样的课啊?"

"迈斯纳方法课[①]。"

"那你试镜的都是什么工作?"

"电视剧演员和平面模特。"

爱丽丝转了转杯中的红酒,把剩下的一饮而尽,舔舔嘴唇。"莉

① 美国演员和表演老师桑福德·迈斯纳(Sanford Meisner)发明的一种表演教学方法。迈斯纳一直强调"做事的真实性",这是他的方法的基础。——编者注

迪亚，你到底是怎么打算的？”

“我没打算放弃，如果这是你想问的。”

酒精开始起作用了，但效果与爱丽丝期望的相反。它成了助燃剂，将那张薄纸的最后一点厚度也烧掉了，让她们之间的紧张气氛完全暴露出来，熟悉而又危险的对话一触即发。

“你不能一辈子这样生活，你打算到了三十岁还在星巴克上班吗？”

“那还有八年呢！你知道自己八年后想做什么吗？”

“我知道。你早晚得学会负责任，你得有钱去买医疗保险、还房贷，还要存退休金——”

“我有医疗保险。我做演员也许能成，有些人是能成功的，你知道吧，他们挣的钱可比你跟爸爸的加起来都多。”

“这不是钱的事。”

“那是什么的事？是因为我没有变成你吗？”

“小点声。”

“别教我做事。”

“我不想让你变成我，莉迪亚。我只是不想看到你把自己的选择面变窄了。”

“你想替我做选择。”

“不是的。”

“这就是我，这就是我想要做的事。”

“你想做什么事？端超大杯拿铁吗？你应该在上大学。这是你重要的人生阶段，你应该在学东西。”

“我在学东西啊！我只是没有坐在哈佛大学的教室里，拼了命去争一个政治学考试 A 的成绩。我每周有十五个小时都在上严肃的表演课。你的学生们每周上几小时的课啊？十二小时吗？”

“这不是一回事。”

"反正爸爸觉得是，他在帮我付学费。"

爱丽丝抓着裙摆，抿紧了嘴唇。因为她接下来想说的话并不是要对莉迪亚说的。

"你从没看过我表演。"

约翰看过。去年冬天，他独自坐飞机来看她演的话剧。当时爱丽丝遇上了一连串紧急事件，抽不出空来。她看着莉迪亚充满痛苦的眼神，却怎么也想不起那时让她无法脱身的是什么紧急事件。爱丽丝对演员这个职业本身没有什么成见，但她觉得女儿没有学位就这样一根筋地追求演艺事业太鲁莽了。她现在不去上大学，不学某一领域的正规知识，也没有学位，要是表演这事失败了怎么办呢？

爱丽丝想到浴室里的那些安全套。万一莉迪亚怀孕了怎么办？爱丽丝担心莉迪亚会把自己困在一个没有成就、充满遗憾的生活中。她看着女儿，看到的是许多被浪费的潜力和时间。

"你年纪也不小了，莉迪亚，一生很快就过去了。"

"这我同意。"

她们的食物来了，可是两人都没有拿起叉子。莉迪亚用手绣餐巾擦了擦眼睛。她们总是会陷入同样的争吵，爱丽丝觉得她们似乎在用头撞水泥墙，还试图把它撞倒。这种争吵永远都不会有结果，只能伤害她们，结束之后还会继续让她们受伤。爱丽丝希望莉迪亚能看到，自己对女儿的期望是出于爱与智慧。她希望此刻能到桌子对面去跟莉迪亚拥抱，可她们之间隔了太多的盘子和酒杯，还有多年疏远彼此积累的距离。

从离她们不远的桌子那儿传来一阵骚动，吸引了她们的注意力。相机闪光灯闪了几次，一小群顾客和工作人员聚在一起，全都盯着一个跟莉迪亚长相有些相似的女人。

"那是谁啊？"爱丽丝问道。

"妈妈。"莉迪亚的语气里带着些许尴尬，又有一丝居高临下的感觉，这是她从十三岁起就练就的语气，“那是詹妮弗·安妮斯顿[①]。”

她们继续吃晚餐，聊了一些无关痛痒的话题，比如食物和天气。爱丽丝想进一步了解莉迪亚跟马尔科姆的关系，但是莉迪亚的情绪依然有些激动，爱丽丝害怕她的追问会再次点燃争吵的火焰。她付了账，两人离开餐厅的时候酒足饭饱，但心里却很不痛快。

“等下，女士！”

刚刚为她们服务的服务生追了上来：“您把这个落下了。”

爱丽丝愣了一下，想不通为什么她的手机会在服务生手里。她没有在餐厅里看电子邮件，也没看日历。爱丽丝摸了摸包里，确实没有手机，肯定是她掏钱包付账的时候把手机也掏出来了。

“谢谢。”

莉迪亚不解地看着她，好像想说什么跟食物和天气没有关系的事，却没说出口。她们沉默着走回了莉迪亚的公寓。

“约翰？”

爱丽丝站在门厅前等着，手搭在行李箱的提手上。她面前的地上堆积着一堆乱七八糟的信件，《哈佛杂志》躺在最上面。客厅的钟滴滴答答地响着，冰箱发出嗡嗡声。她背后是温暖而明媚的午后阳光，面前的室内空气却混合着阴凉、昏暗和发霉的味道。家里像是无人居住一样。

她拿起一封信，走进厨房，带滑轮的行李箱像一只忠诚的宠物跟在她身后。航班延误了，她回来时已经很晚了，就连微波炉上的时间也显示很晚了。约翰有一整天的时间，他整个周六都在工作。

---

① 詹妮弗·安妮斯顿（Jennifer Aniston），美国知名女演员，曾饰演情景喜剧《老友记》中“瑞秋”一角。——编者注

家里电话答录机上的红色灯光像是在盯着她看，这意味着没有语音留言。她看了看冰箱，门上也没有纸条，什么也没有。

她抓着行李箱的提手，站在黑乎乎的厨房里，盯着微波炉上的时间走了几分钟。她脑海里那个充满失望，但依然宽容的声音渐渐变弱，成了耳语；而另一个更原始的声音开始变强，扩散开来。她想了想要不要给约翰打电话，但是那个声音直接拒绝了这个提议，也拒绝一切借口。她想了想，决定忽视它，但那个声音已经扩散到了她的全身，在她的腹部回荡，在她的每个手指尖振动，它太强大了，已经充斥她身体的每一个角落，让她无法忽略。

为什么这事让爱丽丝这么在意呢？约翰在进行实验啊，不能随随便便回家的。这也并非第一次需要她换位思考，这就是他们的工作，这就是他们本来的样子。那个声音告诉她，她真傻。

她看到自己的跑鞋摆在后门口。跑步能让她舒服些，而这正是她需要的。

理想情况下，爱丽丝每天都要跑步。多年来，她把跑步当成和吃饭睡觉一样平常的事，成为日常生活中不可或缺的一部分。大家都知道，她有时会在半夜挤出时间去跑步，或者在暴风雪中跑步。但过去几个月里，她忽略了自己的这项基本需求，她太忙了。她系上鞋带，告诉自己去加利福尼亚州的时候没有带跑鞋是因为知道她没有时间去跑步。可实际上，她只是打包行李的时候忘带了。

她的跑步路线几乎一成不变，从位于杨柳街的家里出发，经过马萨诸塞大道，穿过哈佛广场，到达纪念大道，然后沿着查尔斯河跑到麻省理工学院旁边的哈佛大桥，再折回来。这一来回总长八公里出头，要跑四十五分钟。她已经考虑了很久要不要参加波士顿马拉松比赛了，可每一年最终都被现实打败，她没有时间投入那样的长距离跑步训练。也许有一天她会参加的。爱丽丝在同龄女性中身体素质是非常优秀的，她觉得自己能跑到六十多岁。

在跑步路线的第一段里，她穿过哈佛广场时看到人行道上熙熙攘攘的行人和十字路口偶尔出现的车辆。周六的这个时段，广场热闹拥挤，弥漫着各种期待，人群聚集起来，缓缓挪动，有的人在街角等待着指示通行的绿灯，有的人在餐馆外等待用餐的位子，有的人在排队买电影票，还有的人在停车场等待着一个不太可能出现的空车位。刚开始跑的十分钟路程需要爱丽丝集中精力来看路，但只要过了纪念大道，到达查尔斯河边，她就可以自由地大步奔跑了。

这个傍晚天气宜人，空中无云，查尔斯河畔有不少人，但这里的草地依然不像坎布里奇的街道那般拥挤。虽然有越来越多的人在慢跑、遛狗、散步、滑轮滑或骑自行车，还有推着婴儿车的女人，爱丽丝还是像个经验丰富的司机那样，在熟悉的路上游刃有余，对周围发生的一切只有模糊的感知。她沿着河奔跑时，只在意脚上跑鞋与地面接触的声音，而这声音与她呼吸的节奏相吻合。她没有回忆跟莉迪亚的争吵，没有在意咕咕叫的肚子，没有想约翰。她只是奔跑。

她按照平时的跑步路线，跑回到肯尼迪公园后就停了下来，这是纪念大道旁一块修剪精细的草坪。这时候她已经头脑清醒，身体放松又充满活力，她开始往家走。

肯尼迪公园通往哈佛广场的路上有一条摆了不少长椅的长廊，夹在查尔斯酒店和肯尼迪政府学院之间。

到了长廊另一头，她站在艾略特街与布莱托街的交叉路口，正要过马路，一个女人用惊人的力气抓住她的手臂说：“你今天有没有想过天堂？”

女人盯着爱丽丝，那眼神穿透力极强，非常坚定。她的长发从颜色到质地都像极了用旧的百洁布，她胸前还挂着自制的标语牌，上面写着“美国悔过，放弃原罪，拥抱基督”。哈佛广场总是有人在推销上帝，但爱丽丝此前从未被这样直接、这样近距离地盯上过。

“抱歉。”她说着，借着人群朝街对面走去的机会逃走了。

她想要继续走，却愣在了原地。她不知道自己在哪儿了。她回头看了看街对面。那个头发像百洁布的女人在沿着长廊追另一个“罪人”。长廊、酒店、商店，以及弯曲得不合逻辑的街道。她知道自己在哈佛广场，可她不记得哪条才是回家的路。

她又试图去回忆，这次想得更具体一点。哈佛广场酒店、东方山地运动公司、狄克森兄弟五金店、奥本山街。这些都是她熟知的地点，过去二十五年里，她经常光顾这个广场，但不知为何，它们就是无法跟她脑海里的地图同步，她怎么也想不起家与这些地方的相对位置。她面前有一个黑白的圆形字母T的标志，意味着这是地铁和公交车的地下停车点入口，但哈佛广场这样的入口有三个，她想不起自己要去的是哪一个。

爱丽丝的心跳开始加速，她开始出汗。她告诉自己，这都是跑步后身体的正常反应。可她站在路边，发现这更像是因为恐慌而产生的。

她逼着自己再走过一个路口，然后再走过一个，她感到双腿无力，满是疑惑的步伐随时可能让她倒下。哈佛纪念品商店、卡杜罗美食店、街角的报刊亭、对街的坎布里奇游客中心，还有远处的哈佛园。她告诉自己，她还能读懂文字。可这些信息都没用。她需要的是一份能够显示相对位置的地图。

人、轿车、公交车以及各种让她无法忍受的声音在她的周围环绕。她闭上双眼，听着自己血液流动的声音和耳朵后脉搏的声音。

“拜托，停下来。”她低语。

她睁开眼睛。脑海中消失的地图又突然回来了，原封不动。哈佛纪念品商店、卡杜罗美食店、街角的报刊亭、对街的坎布里奇游客中心、哈佛园。她不用想就明白自己应该在街角左转，沿着马萨诸塞大道往西走。逃离了在离家不到一公里远时迷路的恐惧，她的呼吸平稳了一些。可她刚刚确实离奇地在离家不到一公里远的地方迷路了。她没有跑，而是以最快的步伐往回走。

她回到了家所在的街上，离马萨诸塞大道仅几个路口远，这是一条绿树成荫的静谧居民街。双脚踩在自己家门前的街道上，家也在目之所及之处，她感觉安全多了，但还不够安全。她眼睛盯着家的前门，迈着双腿，她向自己保证，只要踏进前门廊，看到约翰，她脑海中汹涌的焦虑海洋就会被抽干——只要让她看到约翰在家。

“约翰？”

他站在厨房的门口，胡子拉碴，眼镜架在头顶，压在他的“疯子生物学家”发型上。他还嘬着一根红色冰棍，身上是他的灰色“幸运 T 恤”。他一整夜没有睡。就像她安慰自己时想的那样，她的焦虑开始抽离。可她的精力和勇气似乎也跟着焦虑一起流失了，此刻她非常脆弱，只想倒在他的怀里。

“嗨，我还在想你去哪儿了，正要在冰箱上给你留纸条呢。怎么样啊？”他问。

“什么怎么样？”

“斯坦福啊。”

“哦，挺好的。”

“那莉迪亚呢？”

她本来就因为莉迪亚的事和回家时看不到他这两件事感到了被伤害，后来这份情绪被奔跑驱散，被莫名迷路的事挤开。可现在，这种情绪又重新控制了她。

“那得问你。”她说。

“你们又吵架了。”

“你在给她付表演课的学费？”她用指责的语气问道。

“哦。”他说着，把最后一点红色冰棍吸进嘴里，嘴唇已经被染红了，“听着，我们能不能晚些再讨论这个事？我现在没空跟你解释清楚。”

“那你挤出空来啊，约翰。你还背着我帮衬她，我回家的时候你也不在，还有——”

“我回家的时候你也不在啊。你跑步跑得怎么样？”

约翰隐晦的问题背后有着简单的逻辑，她听出来了。要是爱丽丝留在家等他，或者打个电话给他，只要她没有随心所欲，想去跑步就去了，过去的一小时她就能跟他相处了。这点她不得不认同。

“好吧。”

“我很抱歉，我已经尽量多等一会儿了，但我现在必须回实验室。我这一天成果相当不错，实验结果很漂亮，但我们还没做完，我得在明早开始新测试之前完成数据分析。我回家就是为了见你一面。”

“我现在就得跟你谈谈。”

“这又不是新出现的问题，爱丽。我们在莉迪亚的事上本来就有分歧，就不能等我回来再谈吗？”

“不能。”

“你想跟我一起走过去吗？我们可以在路上聊。”

“我不去办公室，我得待在家。”

“你必须现在就聊，你还得待在家，你怎么突然这么多要求？出什么事了吗？”

“这么多要求”这个说法触动了爱丽丝脆弱的神经。这个说法等同于虚弱、不独立、不理智。就像她父亲那样。她这一辈子都在努力让自己不要变成那样，不要变得像自己的父亲那样。

“我只是累坏了。”

“你看起来是累坏了，歇歇吧。”

“我需要的不是休息。”

他等着她解释，可她停顿得太久了。

“听着，我早点走，就能早点回来。你休息休息，我晚点会回来的。”

他吻了一下她依然汗津津的头，走了出去。

约翰走后，爱丽丝原地站在门厅里，没有人听她倾诉，刚刚置身于哈佛广场的那种感受再次涌来。她坐在地上，靠着冷冷的墙，搭在大腿上的双手不停颤抖，像是失去了知觉。她试着集中精力调整呼吸，就像跑步时那样。

深呼吸几分钟后，她终于冷静了一些，可以试着分析刚才发生的事了。她想起在斯坦福大学演讲时突然想不起的词，还有迟迟不来的月经。她站起来，打开笔记本电脑，在检索框里输入“更年期症状”。

屏幕上出现了一连串相当吓人的症状——潮热、盗汗、失眠、突然疲惫、焦虑、晕眩、心律不齐、抑郁、易怒、情绪不稳定、定向障碍、意识模糊、记忆丧失。

定向障碍，意识模糊，记忆丧失。有，有，有。她靠在椅背上，用手指梳了梳黑色卷发。望了一眼落地书架上摆的照片，有她在哈佛的毕业照、她和约翰在婚礼上跳舞的照片、孩子们还小的时候拍的全家福，还有安娜结婚时拍的全家福。她接着看电脑屏幕上的症状清单。这是她作为女人下一人生阶段正常要经历的。成千上万的女性每天都在面对这样的问题。这不是什么生死攸关的问题。一切都很正常。

爱丽丝写了张纸条，提醒自己找医生预约做个体检。也许她应该试试雌激素替代治疗[①]法。她最后读了一遍症状清单。易怒、情

① 雌激素替代治疗，指妇女在进入更年期后向体内补充雌激素的疗法，最早用于缓解中老年妇女在更年期出现的潮热、出汗等症状。——编者注

绪不稳定，她最近面对约翰是越来越没耐心了。这都说得通，她满意地关掉了电脑。

她在光线渐弱的书房里又坐了一会儿，房子里安静得能听见邻居烤肉的声音。她闻到了烤汉堡肉饼的味道。不知为何，她的饥饿感消失了。她用水送服了一颗复合维生素，把行李拿出来，读了几篇《认知心理学杂志》里的文章，然后就去睡觉了。

午夜过后，约翰终于回家了。他上床时爱丽丝被惊醒了，但她并没有完全清醒。她没有动弹，假装自己还睡着。他没日没夜地工作，一定累坏了。他们可以早上再聊莉迪亚的事。她会为自己最近的敏感和情绪化道歉。他将温暖的手搭在她的胯上，把她拥入怀里。他的鼻息喷在她的脖子上，爱丽丝沉沉睡去，深信自己是安全的。

2003年10月

“这可得好好消化一下了。”爱丽丝说着，打开了办公室的门。

“是啊，那个墨西哥卷饼分量也太大了。”丹在她身后笑着说。

爱丽丝用笔记本轻轻拍了他的手臂。他们刚刚参加完一场时长约一小时的午餐研讨会。丹是个研究生，今年是他在校的第四年，他整个人看上去非常符合服装品牌J. Crew[①]的气质——精瘦却有肌肉，金色短发剪得整齐，脸上总是挂着露齿的自信微笑。他跟约翰长得完全不像，但他的自信和幽默感总让爱丽丝想起年轻时的约翰。

经历了几次不太成功的开题后，丹的论文研究终于有了起色。他此刻正沉醉其中，爱丽丝对这种感觉太熟悉了，她希望丹能把这种感觉转化为可持续的热忱。当一项研究有源源不断的结果时，任何人都可能被这项研究所吸引。然而，更重要的是要在研究结果不明朗、失败原因也不明确的时候依然爱它。

“你什么时候去亚特兰大啊？”她一边问他，一边翻着桌上的文件，找她批改好的丹的论文。

“下周。”

“下周你的论文大概就能提交了，现在已经基本成型了。”

“我真不敢相信我要结婚了。天哪，我老了。”

她找到了论文，递给他，“拜托，你哪里老了？一切才刚开始呢。”

丹坐下来，翻了翻论文，看着字里行间的红色字迹皱起眉头。

---

① J. Crew，美国服装品牌，于1983年创立，其服装样式多简练优雅。

爱丽丝用她长年的经验和深厚的知识着重给引言和讨论部分提了意见，填补了丹在理论上的漏洞，进一步从纵向角度解释了这篇论文的课题与从古至今的其他语言学理论之间的关系。

“这条是什么意思？”丹指着一条红色批注问。

“聚焦注意与分散注意的位差效应。”

“那对应的参考论文是哪篇？”他问道。

“哦，是哪篇来着？”她自言自语地说，紧闭双眼，等着第一作者的名字和论文的发表年份浮出脑海，“你看看，这才是人老了。”

“拜托，你也一点都不老。没事的，我可以自己查。”

对任何在科研领域耕耘的人来说，要记住各种研究的发表年份、实验细节以及做研究的人，这都是一大记忆负担。爱丽丝经常让她的学生和博士后们感到吃惊，因为她总能不经意间说出与某种现象相关的七项研究，还能记得每项研究的作者和发表年份。她系里的大部分资深教员都能随时展示这项技能。实际上，他们之间有一种心照不宣的竞争：比谁能记住更多的本学科的相关研究信息，而爱丽丝绝对是无冕之王。

“作者是奈，《生物物理学和生物化学》期刊，2000年！”她喊道。

“你这个超能力永远能震惊到我。说真的，你是怎么把那么多信息存在脑子里的？”

她微笑着接受了他的赞赏，“你以后会懂的，就像我刚刚说的，你的一切才刚开始。”

他浏览了论文剩下的部分，紧锁的眉头展开了。“行了，我太激动了，论文看起来不错。非常感谢。我明天修改好给你！”

就这样，他蹦跳着离开了她的办公室。这项任务完成了，爱丽丝看了看她的待办清单，也就是一张黄色便利贴，贴在她显示器上方的吊柜上。

她在“丹的论文”旁边满意地打了一个对钩。

“埃里克？”这是什么意思？

埃里克·沃尔曼是哈佛大学心理学系的主任。她是要告诉他什么事，或者给他看什么东西，还是问他什么事？她是要跟他开会吗？她看了看日历。10月11日，今天是她的生日。可日历上没写与埃里克相关的信息。埃里克。就这一个词，也太难猜了。她打开了收信箱，里面也没有来自埃里克的邮件，她希望这不是什么急事。她有些心烦，但她确信，她肯定能想起去找埃里克是有什么事的。这是她今天的第四张待办清单了，她把它丢进了垃圾桶，拿出一张新的便利贴。

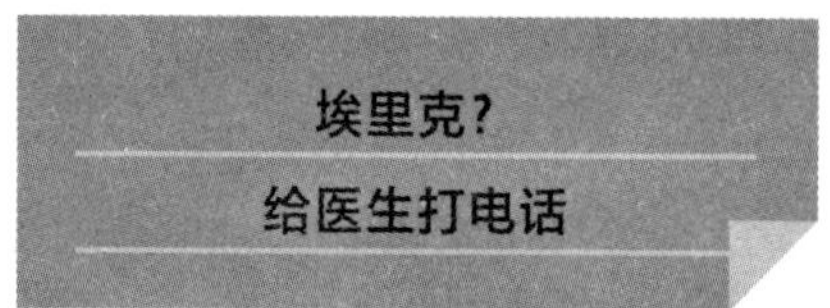

这种频繁的记忆紊乱像是时不时探出的丑陋脑袋，让她非常恼火。她一直没给她的全科医生打电话，因为她觉得这样的短暂记忆缺失的情况过段时间就好了。她希望能从熟人口中听到，这是这一人生阶段的普通现象，很快就会过去，这样她悬着的心就能放下来，也许就不用去看医生了。但这不太可能发生了，因为在她的朋友和她哈佛的同事中，年龄接近更年期的都是男性。她低头了，决定去问问医生的专业意见。

爱丽丝和约翰一起从校区走到英曼广场的埃普拉埃餐厅。爱丽丝看到大女儿安娜和她丈夫查理已经在吧台落座了。两人都穿着得体的蓝色西装，查理还佩戴了一条金色领带，安娜则戴了一串珍珠项链。几年来，他们一同在马萨诸塞州第三大律师事务所工作，安娜的专长领域是知识产权，查理则负责诉讼方面的工作。

爱丽丝看到安娜手里拿着一杯马天尼，胸围依然没有明显的变化，就知道她还没有怀孕。她已经备孕六个月了，但一直没有成功。安娜对待所有事都是这样：越难得到的东西，她就越想要。爱丽丝建议她再等等，没必要这样急着在“人生大事待办清单”上划掉如此重要的一条。安娜才二十七岁，去年刚跟查理结婚，而且她每周都工作八十到九十个小时。安娜反驳她的论点是，每个想生孩子的职业女性最终都会意识到一点，生孩子这件事根本没有所谓的“好的时机”。

爱丽丝担心养育孩子会影响安娜的工作。爱丽丝成为终身教授的旅程异常艰辛，不是因为这份工作的责任太过沉重，也不是因为她在语言学领域没有足够优秀的工作成果，仅仅是因为她是个有孩子的女人。她怀孕的时间前后加起来有两年半，孕期中的呕吐、贫血和先兆子痫[①]绝对分散了她的精力，阻碍了她的事业发展。哪怕她工作上遇到再强势的系主任、问题再多的学生，应对他们所需的精力都不如照顾三个小孩子多。

她常常忧心忡忡地看着一些到了育龄的女同事原本前程似锦的

① 妊娠 20 周以后出现的高血压、蛋白尿、水肿和高尿酸血症为特征的一组临床综合征。——编者注

职业生涯突然放缓，甚至直接换了赛道。她看着约翰在事业上已经超越了自己，这感觉并不好受，而他们原本智力相当，并驾齐驱。她经常想，约翰的事业是否能经受住这样的考验——三次会阴切开手术、母乳喂养、如厕训练、日复一日唱着无聊的“公交车的轮子转啊转不停”，以及时常整晚只能睡两三个小时的安稳觉。对此，她真的很怀疑。

他们互相拥抱、亲吻、寒暄，以及向爱丽丝送上生日祝福后，一个头发漂成浅色、穿着一身黑的女人走了过来。

“请问客人到齐了吗？”她微笑着问，但是微笑得太久已经有些僵硬，显然并不真诚。

“没，我们还在等最后一位。”安娜说。

“我到了！”汤姆说着，从他们背后走了进来，“生日快乐，妈妈。”

爱丽丝跟他拥抱，亲吻脸颊，然后才意识到他是一个人来的。

“我们需不需要等……”

“吉尔吗？不需要，妈妈，我们上个月分手了。”

“你换女朋友太勤了，我们都快记不住她们的名字了。”安娜说，“有没有新女友？我们需要给她留个位子吗？”

“暂时还没。”汤姆对安娜说，然后对穿黑衣的女人说，“我们人齐了。”

汤姆每隔六到九个月就会换一个女朋友，但他的空窗期从来不长。他聪明热情，长相与他父亲像是一个模子刻出来的，正在哈佛医学院上三年级，计划未来做一名心胸外科医生。他现在看起来像是饿坏了。讽刺的是，汤姆认为他认识的所有医学生和外科医生都吃得不好，只能赶时间随便吃点甜甜圈、薯片、自动贩售机里的零食，还有医院食堂的大锅饭。他们也没时间锻炼，除非他们放弃使用电梯，改走楼梯勉强算作运动。他开玩笑说，总归过不了几年他们就能帮彼此医治心脏疾病了。

所有人都坐进半圆形的卡座之后，饮品和开胃菜也上齐了，他们开始谈论唯一缺席的家庭成员。

“莉迪亚上次参加家庭生日晚宴是什么时候的事了？”安娜问道。

“我二十一岁生日的时候她来了。”汤姆说。

“那都差不多是五年前了！那次就是最近的一次吗？”安娜问道。

“不可能啊。”约翰说，可他并没有说出莉迪亚还有哪次也来过。

“我很确定那次就是。”汤姆坚持道。

“不是的。你父亲五十岁生日宴她也参加了，在科德角的那次，三年前。”爱丽丝说。

“她现在怎么样啊，妈妈？”安娜问。

莉迪亚没有上大学这件事给安娜带来一种隐约的快感。莉迪亚的低学历以一种奇特的方式巩固了安娜作为豪兰家的孩子中最聪明、最成功的地位。安娜是三个孩子中的老大，也是最先展现出高智商的，这让父母十分欣喜，她率先成了他们聪明的女儿。虽然汤姆也挺聪明的，但安娜却从来没在意过他，也许因为他是男孩吧。之后，莉迪亚出生了。两个女孩都聪明，但安娜要很努力才能拿到全 A 的成绩，而莉迪亚似乎毫不费力就能获得一张完美无瑕的成绩单。这让安娜很在意。她们两个都好强，也独立，但安娜从来都不冒险。她更愿意追求安全且传统的目标，以确保能获得有形的回报。

“她挺好的。”爱丽丝说。

“真不敢相信她还在外面漂着。她现在在演什么角色吗？”安娜问道。

“去年的那个话剧她演得非常好。”约翰说。

“她目前在上课。”爱丽丝说。

话说出口，爱丽丝才又想起来约翰背着她给莉迪亚付学费，让她去上这种无法获得学历的课。她怎么能忘了要跟他谈这个呢？她冲他投去愤怒的眼神。目光正落在他的脸上，他也感受到了那种灼热。他微微摇头，轻抚她的后背，暗示她现在不适合谈这个。她一会儿会跟他详谈的，要是她还记得的话。

“好吧，至少莉迪亚有事做。”安娜似乎很满意，现在所有人都知道豪兰家两个女孩的排名情况了。

“对了，爸爸，你的标签实验怎么样了？”汤姆问道。

约翰向前一靠，开始大讲特讲他最近那项研究的细节。爱丽丝看着自己的丈夫和儿子，两个人都在生物科学方面很专业，沉浸在科学分析的对话中，两人都想用自己的学识赢得对方的赞赏。树枝一样的鱼尾纹从约翰的眼角延伸开，就连他表情严肃无比的时候也很明显，在他谈论研究的时候，鱼尾纹更是深如沟壑，不停移动，随着他的双手挥舞起来，整个人就像舞台上的木偶。

爱丽丝很爱看他这个样子。约翰跟她谈研究的时候可不会这样详细热情。从前的他会。爱丽丝还是对他目前的研究有所了解，能在鸡尾酒会上讲个大概，但她只知道最基础的框架。她想起以前他们跟汤姆或者约翰的同事在一起时，约翰就会这样滔滔不绝。以前他对她无话不谈，她也不论什么话题都听得全神贯注。她想知道是从什么时候开始变了，是谁先没了兴致，是他不想继续讲了，还是她不想继续听了呢？

炸鱿鱼圈、缅因蟹粉焗牡蛎、芝麻菜沙拉、方形南瓜饺，所有菜品都完美。晚餐之后，大家一起大声唱着跑调的生日歌，引来其他桌客人凑热闹的慷慨掌声。爱丽丝那块温热的巧克力蛋糕切片上点了一根蜡烛，她吹灭了。然后大家举起装有凯歌香槟酒的细长杯子，约翰的杯子举得略高一些。

“祝我美丽又优秀的妻子生日快乐。敬你的下一个五十年！”

众人碰杯，喝下了酒。

爱丽丝在卫生间里看着镜中的自己。镜子里这个上了年纪的女人与她印象中的自己不太一样。她金棕色的眼睛透露着疲惫，即使她休息得很好，她的皮肤也显得黯淡无光，松弛了许多。她看上去明显不止五十岁，但也不算显老。她也没觉得自己老了。她进入下一个年龄段这件事主要体现在时常出现更年期健忘现象上。要不是因为这回事，她还觉得自己年轻力壮，非常健康呢。

她想起自己的母亲。爱丽丝长得很像母亲。记忆中母亲的表情总是严肃认真，鼻子和颧骨上长满了雀斑，脸上没有一丝松弛感，也没有一条皱纹。因为母亲活得不长，四十一岁的时候就去世了。爱丽丝的妹妹安妮要是还活着，现在也该四十八岁了。爱丽丝试着想象安妮现在的模样，想象她今晚跟他们一起坐在卡座里，跟自己的丈夫和孩子们一起，可怎么也想象不出来她的模样。

她坐在马桶上小便的时候，看到了血。她的月经来了。当然了，她明白，更年期初期月经总是不规律的，也不会突然彻底消失。但是她并没有进入更年期也是有可能的，这种想法一旦冒头就深深植根于她的脑海，不肯离去。

她的坚强早就被香槟酒和血迹击溃，她现在完全崩塌了。她开始大声哭泣。她感觉自己要窒息了。她已经五十岁了，觉得自己要疯掉了。

有人在敲门。

“妈妈？”安娜问道，“你还好吗？”

2003年11月

塔玛拉·莫耶医生的办公室坐落在一座五层写字楼的第三层，这栋楼在哈佛广场西边几个路口远的位置，离爱丽丝上次突然迷路的地方挺近的。等候室和诊室的墙是灰色的，是那种高中学校储物箱的颜色，墙上还挂着安塞尔·亚当斯[①]摄影作品的印刷画和医药公司的广告海报，一切都没有给她带来什么不好的回忆。莫耶医生做爱丽丝的全科医生二十二年了，可爱丽丝每次来看她都是为了预防性检查，像体检、补疫苗，最近一次是乳腺X光检查。

"今天是哪里不舒服吗，爱丽丝？"莫耶医生问道。

"我最近记忆出了问题，我一直把这当成更年期的症状。我大概六个月前停经了，但是上个月又来了，所以也许记忆出现问题不是因为更年期，于是我想，我该来你这儿看看了。"

"举些具体的例子吧，你忘记的都是什么事？"莫耶医生边问边做笔记，头也没有抬。

"一些名词，说话时突然忘词，还不记得我的手机放哪儿了，想不出待办清单上所记条目的具体意思。"

"好的。"

爱丽丝盯着医生看。她刚刚说的话似乎没有让医生产生任何反应。莫耶医生接收这些信息时就像牧师在听一个青春期男孩承认自己对一个女孩有不纯洁的想法。她可能每天要无数次听完全健康的人抱怨这些问题。爱丽丝差点为自己太过大惊小怪给医生道歉，毕

---

① 安塞尔·亚当斯（Ansel Adams），美国摄影师。——编者注

竟这种浪费医生时间的行为实在是太傻了。所有人都会忘记诸如此类的事情的，尤其是上了年纪之后。再加上更年期，而且她还总是同时做好几件事，甚至想着更多的事，这种短暂的记忆缺失突然显得那么渺小、寻常、无害，甚至合情合理。所有人都有压力。所有人都会累。所有人都会忘事。

“我还在哈佛广场迷路了。我不知道自己在哪儿，大概持续了几分钟，然后突然想起来了。”

莫耶医生停下了记录症状的笔，抬头直视爱丽丝。这一变化引起了她的注意。

“你有感到胸口发闷吗？”

“没有。”

“你有任何发麻或刺痛的感觉吗？”

“没有。”

“有感到头痛或晕眩吗？”

“没有。”

“有出现心悸的情况吗？”

“我心跳得很厉害，但那是我迷路之后，那种感觉更像是害怕导致的肾上腺素飙升。我甚至记得，在迷路之前，我身体感觉非常好。”

“那天还有其他特别的事吗？”

“没有，我刚刚从洛杉矶回家。”

“你感到过潮热吗？”

“没有。我迷路的时候可能有类似的感觉，但我觉得那也是因为害怕。”

“好的。你最近睡眠如何？”

“挺好的。”

“你每晚能睡多久？”

“五到六小时。”

“睡眠时间跟以前比有变化吗？”

“没有。”

“有没有难以入眠的情况？”

“没有。”

“你每晚大概醒来几次？”

“我好像不会半夜醒来。”

“你每晚入睡时间固定吗？”

“通常是固定的。除非我在出差，最近出差挺多的。”

“你出差都去过哪里？”

“过去几个月里，去过意大利，也去过加利福尼亚州、佛罗里达州、新泽西州、路易斯安那州的新奥尔良。”

“从这些地方回来后生病过吗？发烧过吗？”

“没有。”

“你最近在吃药吗？比如抗过敏药、保健品，或者任何你通常觉得不是药的东西。”

“只有一种复合维生素。”

“有没有胃灼热的感觉？”

“没有。”

“体重有变化吗？”

“没有。”

“有尿血或便血吗？”

“没有。”

医生的问题一个接一个，话题也转换得很快，爱丽丝都没跟上这些问题背后的逻辑。她好像在闭着眼睛坐过山车，无法预测下一个转弯是转向哪里。

“你有没有比平时更焦虑或者感觉压力更大？”

“只是因为记不住事而焦虑。除此之外就没了。”

“你跟丈夫的关系怎么样？”

“挺好的。”

“你觉得自己的情绪如何？”

“还不错。”

“你认为你可能有抑郁倾向吗？”

“我不这么认为。”

爱丽丝了解抑郁症。在她十八岁时，母亲和妹妹去世了，她没了胃口，虽然总是疲惫不堪，每天却只能睡几个小时，她也对所有事物失去了兴趣。这种状态持续了一年多，之后她就再也没有过这种感觉了。现在的情况完全不一样。这不是百优解[①]能解决的。

“你喝酒吗？”

“只在晚餐时和社交场合。”

“喝多少？”

“晚餐时喝一两杯，社交场合可能会多喝一点。”

“使用违禁药物吗？”

“没有。”

莫耶医生看着她，陷入沉思，用笔点着自己的笔记仔细读。爱丽丝怀疑问题的答案并不在那张纸上。

“所以我是到了更年期吗？”她问着，双手紧紧抓着羊皮制作的椅套。

“是的。我们可以测一下促卵泡激素，但是你告诉我的信息都跟更年期症状吻合。更年期开始的平均年龄是四十五岁到五十五

① 百优解（盐酸氟西汀胶囊），适应症为抑郁发生、强迫症、神经性贪食症。——编者注

岁，你的年龄刚好符合。接下来的一年里，你可能还会来几次月经。这都是完全正常的。”

“雌激素替代疗法能改善我记忆出现问题的症状吗？”

“我们现在已经不给女性提供雌激素替代治疗了，除非出现了睡眠障碍、严重的潮热，或者明显的骨质疏松问题。我认为你的记忆出现问题并不是因为更年期。”

爱丽丝感到血液一下子冲进了大脑。这正是她最害怕的话，也是她最近才敢去考虑的事情。听到医生专业地说出看法，爱丽丝自圆其说的解释崩塌了。她有麻烦了，她觉得自己还没准备好听问题到底出现在哪里。她压抑住越来越强烈的想躺倒在地或直接冲出诊室的冲动。

“为什么呢？”

“更年期症状中的记忆障碍和紊乱问题是睡眠问题的并发症状。女性认知上出现这些问题是因为她们睡得不好。也许你的睡眠质量没有你想象中那么好，也许你的行程表和旅行带来的时差对你有不良影响，也许你夜里过于忧心。”

爱丽丝想起以前失眠的时候头脑不清楚的感觉。每次孕期最后几周和孩子刚出生时，她的精神状态都不是特别好，重要任务的截止日期即将到来时也是这样。不过，不论是遇到这其中哪种情形，她都从没在哈佛广场迷过路。

“也许吧。会不会是因为我进入更年期了，或者年龄大了，需要的睡眠就比以往多了？”

“不，我想这种情况并不常见。”

“如果不是因为缺乏睡眠，你觉得还能是什么问题呢？”她问道，现在她的声音里已经完全没有了果敢和自信。

“这个嘛，我最担心的就是迷路的问题。我觉得这不是查查血液就能弄明白的问题，我们应该做一些检查。我会给你开几个检查单，去做个血检，做个乳腺 X 光检查，还有骨密度检查，因为你年龄到了，再做一个脑部磁共振成像。”

脑瘤？她甚至没有想到这个可能性。一个新的威胁在她的脑海中浮现，恐慌的感觉再一次在她的心中升起。

“如果不是怀疑有中风的可能性，为什么要做脑部磁共振成像呢？”

“排除一些可能性总是好的。约好磁共振成像的时间，做完检查之后马上来见我，我们一起过一遍结果。”

莫耶医生并没有直接回答她的问题，爱丽丝也没有逼她说出自己的怀疑。爱丽丝也不想说出自己对于肿瘤这一可能性的怀疑。她们只能一起等着了。

威廉·詹姆斯大楼坐落在哈佛园大门外的柯克兰街上，学生们管这片区域叫西伯利亚，楼里有心理学系、社会学系和社会人类学系。不过大楼所在的位置并非它与主校区脱节的原因。没有人会认为威廉·詹姆斯大楼宏伟，它与哈佛园里那些著名的古典学院风建筑，如新生宿舍楼或者数学系、历史系、英文系教学楼的样子相比，更可能会被错认成停车楼。这栋楼里没有什么多立克柱或科林斯柱，没有红砖，没有蒂芙尼蓝的玻璃，也没有尖顶的、高大的中庭，没有任何明显或不明显的暗示说明它属于哈佛大学。这栋六十四米高的米色立方体建筑毫无特色可言，它很可能是“斯金纳箱”[①] 的灵感来源。它从未出现在学生的徒步观光路线上，哈佛大学台历上的学校风景照片无论春夏秋冬都没有它的身影，这也并不奇怪。

---

① 斯金纳箱（Skinner box），是行为主义者斯金纳于 1938 年发明的心理学实验装置。——编者注

毋庸置疑，威廉·詹姆斯大楼的外观很糟糕，可从楼里看到的风景就非常壮观了，尤其是高楼层的许多办公室和会议室。爱丽丝在她位于十层的办公室桌前喝着茶，悠闲地看着查尔斯河和波士顿后湾的风景镶嵌在朝南的大窗子里。这风景被许多画家和摄影师用油画、水彩画、照片的形式捕捉过，波士顿地区的写字楼墙上随处可见这样的风景图。

爱丽丝知道能够时常欣赏这优美的风景是一种幸运，她感激这一美好的特权。随着时间流转，她办公室窗子里的风景也会变换，这些变换十分有趣，让人百看不厌。在这阳光明媚的十一月早晨，爱丽丝在威廉·詹姆斯大楼窗子里看到的波士顿是这样的：秋日的阳光映射在约翰·汉考克大厦的浅蓝色玻璃上，闪闪发光，就像跳跃的香槟气泡；几只海鸥仿佛被一根运动实验的绳子牵着，平稳地滑翔于平静的银色查尔斯河上方，飞往科学博物馆的方向。

这风景也让爱丽丝对哈佛大学以外的世界有了认知。在芬威公园上方渐暗的天空映衬下，雪铁戈公司的红白霓虹灯牌格外闪耀，像警钟一样突然刺激到了爱丽丝的神经系统，将她从每天充满野心与责任的匆忙状态中唤醒，想起自己要回家。多年前，在她还没获得终身教职的时候，她的办公室很小，也没有窗户，位于威廉·詹姆斯大楼的一个角落里。那时的爱丽丝被挡在大楼坚实的米色墙壁之后，看不到外面的世界，经常不知不觉就工作到了深夜。不止一次，她工作结束后发现整个坎布里奇市被从东北部来的风暴席卷，地上积了三十厘米厚的雪，那些不像她一样沉浸在工作中或办公室有窗子的教职工都早已明智地离开了大楼，去寻找面包、牛奶、卫生纸和他们的家了。

她不能再盯着窗外看了。她这天下午晚些时候要去芝加哥参加年度实验心理学研究大会，那之前还要完成一大堆工作。她浏览了自己的待办清单。

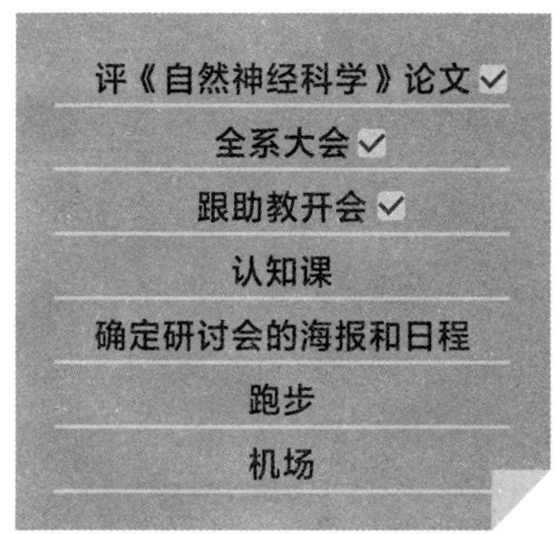

她喝掉了冰已经化掉的最后一点冰茶，开始研究自己的上课讲义。今天讲课的主题是语义学，这是语言学六节课中的第三节，也是她在这门课中最喜欢的一节。即使教了二十五年，爱丽丝还是会在每堂课之前花一小时备课。当然了，她的职业生涯到了这个阶段，她已经可以不动脑就精确背出任何一堂课百分之七十五的内容了。剩下的百分之二十五则包括一些观点、创新技术，或者学术领域当前最新发现的讨论，她利用课前的时间来完善新材料的组织和呈现方式，将这部分不断更新的信息加进课程中。这能让她保持对学科的热情，还能让她在每堂课都全身心投入。

哈佛的教职员工工作重点偏向于研究，所以不论是学生还是管理者，都对不甚完美的教学质量十分宽容。爱丽丝对教学质量的重视主要是因为她的信念，她相信她有义务，也有机会激励本学科的下一代接班人，或者至少不要让潜在的认知学思想领袖因为她而放弃心理学，转而学习政治。何况她本来就喜欢教学。

她做好了课前准备，看了看她的电子邮箱。

爱丽丝：

我们还在等你的三张幻灯片，迈克尔演讲要用的。一张是词汇检索图表，一张是语言漫画模型，还有一张是文稿。他的演讲安排在周四下午一点钟，但保险起见，还是尽快把你的幻灯片发给他吧，让他了解一下内容，也确认一下能否在限定时间内讲完。用邮件发给我或者迈克尔都可以。

我们住在凯悦酒店。芝加哥见。

埃里克·格林伯格

这封邮件仿佛点亮了爱丽丝脑中某盏被遗忘的、落满灰尘的灯。原来上个月待做清单上想不起来意思的那个“埃里克”说的是这件事。埃里克根本就不是埃里克·沃尔曼，而是埃里克·格林伯格，提醒她要给他发幻灯片。埃里克·格林伯格是爱丽丝在哈佛的一个前同事，他现在是普林斯顿大学心理学系教授。爱丽丝和丹一起做了三张幻灯片来描述丹做的一项简易实验，这是丹与埃里克带的博士后迈克尔合作的一部分。迈克尔想把它总结在实验心理学会议的发言中。爱丽丝不敢再做任何让自己分神的事，她赶紧把幻灯片给埃里克发了过去，还真诚道歉了。所幸他现在可以拿到幻灯片，准备时间依旧充裕。还好没酿成大祸。

爱丽丝的认知课讲厅跟哈佛大学里所有的东西一样，辉煌得过分。讲厅里蓝色软垫椅子的数量比这堂课的登记人数还多了好几百。讲厅有着技术先进的影音系统，非常华丽，投影幕布跟电影院的银幕一样大。有三个人正在忙着给爱丽丝的电脑插上各种连接线，检查音响和灯光。学生们优哉游哉地走进来了，爱丽丝在笔记本电脑上打开了“语言学课”的文件夹。

文件夹里有六个文件：“语言习得”“句法”“语义学”“语言理解”“语言模型”“语言病理学”。爱丽丝又读了一遍文件名。她记不起今天要讲的是哪一课了。她刚刚花了一小时的时间针对其中一个课题备课，现在却想不起是哪一个。是“句法”吗？它们在她眼里都那么熟悉，可没有哪个更突出一些。

自从上次去看完莫耶医生，爱丽丝每次忘事，不祥的预感就会加强。这种遗忘跟忘记手机充电器在哪儿或者忘记约翰的眼镜放在哪儿不一样。这不正常。她开始以一种痛苦又偏执的方式告诉自己，自己大概是长了脑瘤。她也告诉自己不要大惊小怪，不要让约翰担心，得先听听莫耶医生的专业意见。很不幸，她下周才能听到医生的意见，得等到实验心理学研讨会之后。

她决心先熬过接下来的一小时，然后不安地深吸了一口气。虽然她不记得今天上课的主题，但她知道今天的听众是谁。

“有谁能告诉我今天的课程安排吗？”爱丽丝问学生。

几个学生震惊却异口同声地说：“语义学。”

她猜测至少会有一些学生想要抓住这个机会向老师展示他们的学识和乐于助人的品性。她完全不担心学生们会好奇她为什么不知道今天讲什么。本科生跟教授之间有着不可逾越的鸿沟，特别是在年龄、知识和权力上。

再说了，在本学期的课程中，学生们早已在课上见识过她的学术能力，为她在课程文献中的主导地位而惊叹。他们要是真去思考这个问题，可能也会认为她有比心理学课程更重要的事去想，以至于没有时间在课前看一眼课程安排。但他们不知道的是，她在课前的一小时里，几乎全身心地在为“语义学”这个课题备课。

到了傍晚，明媚的天气已然消失，天空阴沉多云，这是她今年第一次真正感到冬天要来了。前一晚的雨把爱丽丝家树枝上的叶子几乎全打掉了，树变得光秃秃，脱了衣服迎接即将到来的寒冷天气。爱丽丝穿着羊毛衫，舒适暖和。回家路上，她放缓了脚步，享受着凉爽秋日的空气味道和脚踩落叶发出的簌簌声。

房子里灯火通明，约翰的包和鞋都摆在门口的桌子旁。

“嗨！我回家了。”爱丽丝说。

约翰从书房里走出来，盯着她看，带着满脸的困惑，好像不知该说什么好。爱丽丝也盯着他看，等他开口，她紧张地意识到可能出了什么坏事。她的思绪立刻跑到了孩子们身上。她僵硬地站在门厅里，准备听最坏的消息。

“你不是应该在芝加哥吗？”

“爱丽丝，你的血液检验结果都正常，磁共振成像结果也没有异常。”莫耶医生说，“我们现在有两个选择。我们可以等一等，看看接下来的情况，三个月后再看看你的睡眠情况和健康状况，或者——”

“我想看神经科医生。”

2003年12月

埃里克·沃尔曼开派对的那天晚上，天空又阴又沉，好像随时要下雪。爱丽丝希望那天会下雪。她跟大部分新英格兰地区的人一样，长大后依然保留着孩童时对初雪的期盼。当然了，她也像大部分新英格兰地区的人一样，当年12月许愿想要的东西到了次年2月就讨厌了。她对着她的铁锹和靴子骂骂咧咧，希望寒冷单调的无聊冬天赶快过去，好让充满粉色和黄绿色的温和春天取而代之。然而，就今晚而言，如果能下雪就太好了。

每年，埃里克和他的妻子玛乔丽都会在家里举办一个节日派对，并且邀请整个心理学系的人。这个场合从未发生过任何了不得的大事，但总有那么一些爱丽丝不想错过的小时刻——埃里克惬意地坐在客厅的地板上，而沙发和凳子上都坐满了学生和初级教员；凯文和格伦在礼物交换游戏中争夺一个圣诞怪杰玩偶；还有人会为了抢一块马蒂做的奶酪蛋糕而赛跑。

爱丽丝的同事们既优秀又有个性：他们乐于助人，但也爱争吵；他们野心勃勃，但也谦虚。他们就像一个大家庭。也许她有这样的感觉是因为她已经没有在世的兄弟姐妹了，父母也去世了。也许是这个时节让她多愁善感，想找一些人生的意义，找到一些归属的感觉。可能是由于这些原因，但绝对不止于此。

他们不只是同事。他们一起庆祝研究上的新发现、升职、论文发表等成功的瞬间，也一起庆祝婚礼、孩子出生、儿孙的成长。他们为了各种会议一起环游世界，利用会议间隙顺便安排家庭旅行。跟所有家庭一样，他们之间并非只有欢乐时光和美味的奶酪蛋糕。

他们在遇到不理想的实验数据或申请遭拒、被间歇的自我怀疑席卷、生病以及离婚时也能互相支持。

但最重要的是，他们对同一项使命有着共同的热忱——理解人的思想，了解掌控人类行为、语言、情绪、食欲的心理机制。这使命如圣杯一般，承载着个人的权力和声望，但它的内核是一群人的共同努力，他们追求有价值的知识，并将其献给世界。这种生活非常奇特，它充满竞争，也需要脑力，更是一种来之不易的特权。而他们正在一起经历这种生活。

奶酪蛋糕吃完了，爱丽丝抢到了最后一个淋了热巧克力酱的奶酪泡芙。她去找约翰，发现他正在客厅里跟埃里克和玛乔丽聊天。这时候，丹来了。

丹给他们介绍了他的新婚妻子贝丝，其他人衷心地表示祝福，并跟她握手。玛乔丽帮他们收起外套。丹一身西装，还系了领带，贝丝穿着及地红裙。他们不仅来迟了，穿着也隆重得不适合这个场合，大概是先去了其他派对。埃里克说要去给他们拿些喝的。

“我也再来一杯。”爱丽丝手里的葡萄酒才喝了一半。

约翰问贝丝对新婚生活的感受如何。爱丽丝并未见过贝丝，但她对贝丝和丹的故事略知一二。丹被哈佛录取时，还跟贝丝一起住在亚特兰大。一开始，贝丝留在亚特兰大，欣然接受两人异地的情况，丹也承诺等他一毕业就结婚。三年后，有一次丹不小心提了一句，说他读完这个学位大概要花五六年，甚至可能是七年。于是，他们上个月就结婚了。

爱丽丝跟其他人说了声失陪，去了洗手间。路上，她在房子的走廊里驻足，这条长廊一头是较新的门厅，一头是房子老旧的背面，她欣赏着墙上照片里埃里克的孙辈们幸福的脸庞，喝掉了最后一点葡萄酒，吃完了泡芙。她找到并使用了洗手间，然后又去了厨房，给自己倒了一杯酒，接着被旁边热情交谈的几位教师的妻子拉进了她们的谈话。

这几位妻子在厨房里走来走去，路过彼此时碰碰对方的手肘或肩膀，她们知道彼此的故事中那些人物是谁，她们互相赞美、打趣，笑得十分惬意。这些女人经常一起购物、吃午饭、参加读书俱乐部。她们关系很好。爱丽丝则跟她们的丈夫更熟一些，这让她与这些女人有所不同。她以倾听为主，一边喝自己的酒，一边点头微笑，对于这场谈话，她并不是很投入，这种感觉就像在跑步机上而不是在路上跑步。

她已经喝完了杯中的酒，又给自己续了一杯后，溜出了厨房，发现约翰正在客厅里跟埃里克和丹，以及一个穿红裙的年轻女孩聊天。爱丽丝站在埃里克的三角钢琴旁边，用手指在琴盖上敲着拍子，听他们谈话。每年，爱丽丝都希望有人能弹钢琴，可是从来都没有人弹。她和安妮小时候上过几年钢琴课，但现在，没有乐谱的话，她只能记起《小象散步》和《稻草里的火鸡》这两首儿歌了，而且只会右手弹。也许这个穿漂亮红裙的女子会弹钢琴。

谈话间隙，爱丽丝与红裙女子对上了目光。

“真抱歉，我是爱丽丝·豪兰。我好像还不认识你。”

女子紧张地看了看丹，才开口回答：“我叫贝丝。”

她看上去很年轻，可能是个研究生，可现在已经是 12 月了，就算她是研一新生，爱丽丝也应该认识她了。爱丽丝记得马蒂提过他新招了一个博士后教员，是位女性。

“你是马蒂新招的博士后吗？”爱丽丝问道。

女人又看了一眼丹，“我是丹的妻子。”

“哦，终于跟你见面了，真好，恭喜啊！”

所有人都沉默了。埃里克先是跟约翰对视，然后看了看爱丽丝的空酒杯，接着看了看约翰，他的眼神里传达着一个无声的秘密。爱丽丝却毫不知情。

“怎么了？”爱丽丝问道。

“这样吧，时间不早了，我明天得早起。我们回家吧？”约翰问道。

一出门，爱丽丝就想问约翰刚刚尴尬的眼神交换是怎么回事，但是他们刚刚在里面的时候，外面下起了雪，她被雪吸引了注意力。这雪柔得像棉花糖一样，让她忘了刚才的事。

离圣诞节还有三天的时候，爱丽丝坐在位于波士顿的麻省总医院记忆障碍科的候诊室里，假装在读《健康》杂志。她实际上在观察其他候诊的人。他们都成双结对，有一个看起来比爱丽丝大二十岁的女人，旁边坐着一个比她还要大二十岁的女人，这大概是她的母亲；还有一个女人有着一头黑得不自然的浓密头发，戴着夸张的金首饰，操着一口浓重的波士顿口音，正在大声但缓慢地跟她的父亲说话，而她的父亲坐在轮椅上，一直低头看着自己洁白的鞋子，一次都没有抬头；一个骨瘦如柴的银发女人在迅速翻着杂志，这速度绝不可能是在认真阅读，她旁边的男人看起来太胖了，头发也是银白的，他的右手有静止性震颤[①]，大概他们是一对夫妻吧。

等待自己的名字被喊到的这段时间漫长无比，似乎没有尽头。戴维斯医生长着一张娃娃脸，没有一点胡子。他戴着黑边眼镜，身上的白大褂没有系扣子。他看起来像是曾经很瘦，但现在他的下半身已经松弛外扩，破坏了敞开白大褂原本流畅的线条，这让爱丽丝想起汤姆说的话，医生的生活习惯都不太健康。他坐在桌后的椅子上，邀请爱丽丝坐在对面。

“爱丽丝，给我讲讲你的情况吧。”

---

① 静止性震颤，指主动肌与拮抗肌交替收缩引起的节律性震颤，是帕金森病的特征性体征。——编者注

“我最近记忆出现了很多问题，感觉不太正常。我在演讲和聊天的时候都忘过词，我需要把‘认知课’清楚地写在待办清单上，不然就会忘记我需要上这堂课。有一次我要去芝加哥开会，却完全忘记了要去机场，结果错过了航班。还有一次，我在哈佛广场迷路了几分钟，可我是哈佛大学的教授，我每天都要去那个地方。”

“这种情况持续多久了？”

“从今年 9 月份开始吧，也可能是夏天。”

“爱丽丝，你来这里有人陪同吗？”

“没有。”

“好的。那之后再来的时候，你要带一个家人或者一个经常跟你见面的人。你说的这些问题是与记忆相关的，你本人可能并不是真实情况的最可靠叙述者。”

她像个孩子一样感到局促不安。医生说的“那之后”扰乱了她的所有想法，不断地出现在她脑子里，就像没关紧的水龙头一直漏着水。

“好的。”她说。

“你有没有在服用任何药物？”

“没有，只吃了复合维生素。”

“安眠药或者减肥药呢？任何药都算。”

“没有。”

“你喝酒喝得多吗？”

“不太多。晚餐时可能会喝一两杯葡萄酒，社交场合可能会多喝一点。”

“你是素食主义者吗？”

“不是。”

“你的头部曾经受过创伤吗？”

“没有。”

“你做过任何手术吗？”

“没有。”

“你的睡眠质量如何？”

“完全没问题。”

“你有抑郁倾向吗？”

“青春期有过，后来就没了。”

“你压力大吗？”

“正常情况下会有一点，我这个人有点压力的时候状态会更好。”

“跟我讲讲你的父母吧。他们的健康状况如何？”

“我母亲和妹妹在我十八岁的时候因为车祸去世了。我父亲去年由于肝功能衰竭去世了。”

“肝炎？”

“肝硬化。他酗酒。”

“他去世时多大年纪了？”

“七十一岁。”

“他还有其他健康问题吗？”

“据我所知是没有的。不过过去几年里我没怎么跟他见面。”

爱丽丝每次见到父亲的时候，他都喝得不省人事。

“那其他家庭成员呢？”

她对亲戚的病史了解不多，但还是都讲了一遍。

“好吧，我接下来会告诉你一个名字和一个地址，你需要复述这些信息。然后我们再做些其他事情，之后我会再让你重复一遍名字和地址。准备好，我要说了：约翰·布莱克，布莱顿市西街42号。你能重复一遍吗？”

她重复了信息。

“你多大了？”

“五十岁。”

“今天是哪天呢？”

“2003 年 12 月 23 日。”

“现在的季节呢？”

“冬天。”

“我们此刻在哪儿？”

“麻省总医院，八楼。”

“你能说出附近几条街道的名字吗？”

“坎布里奇街、水果街、斯托罗大道。”

“好的，现在是一天里的什么时候？”

“上午，快到中午了。”

“从 12 月开始，倒数月份。”

她照做了。

“从一百倒数，每个数字间隔六。”爱丽丝说到七十六的时候，医生打断了她。

“说出这些东西的名称。”

他给她看了六张印着铅笔画的卡片。

“吊床、羽毛、钥匙、椅子、仙人掌、手套。”

“好的，用左手摸你的右脸颊，然后指向窗户。”

她照做了。

“请在这张纸上写一句关于今天天气的话。”

她写下：“这是一个晴朗而又寒冷的冬日早晨。”

“好了，画一个时钟，上面的时间是三点四十分。”

她画了。

“临摹一下这个。”

他给爱丽丝看的图片是两个交叉的五边形。

她临摹了。

“好的，爱丽丝，从桌子边起身。我们现在要做一个神经系统测试。”

她目光跟随着他的小手电筒，双手的拇指和食指同时且快速地轻轻敲打，一只脚的脚跟紧贴另一只脚的脚尖在房间里走直线。这一切她都轻易而迅速地完成了。

“好了，还记得我之前告诉你的名字和地址吗？”

“约翰·布莱克……”

她停了下来，盯着戴维斯医生的脸。她记不起地址了，这意味着什么呢？也许是因为她刚刚没有用心记。

“是在布莱顿市，但我记不得具体的街道地址了。”

“好的，是 24 号，28 号，42 号，还是 48 号？”

她不知道。

“猜一猜吧。”

“48 号。”

“是在北街，南街，东街，还是西街？”

“南街？”

从他的表情和肢体语言都无法判断她是否猜对了，若让她再猜一次，她恐怕会改口。

“好了，爱丽丝，我们已经拿到你最新的血检和磁共振成像报告了。我需要你再去做一些附加的血液检查和腰椎穿刺。你过四五周再回来，当天你要先预约一个神经心理测试，然后再来见我。”

“你觉得我这是什么问题？是正常的健忘吗？”

“我觉得不是，爱丽丝，但我们还需要进一步确认。”

她直视医生的双眼。一位同事曾跟爱丽丝说，如果你能跟一个人对视六秒以上，不眨眼也不躲开，那么眼神里产生的不是性欲就是杀欲。她本能地不相信这个说法，但觉得很有意思，经常在朋友和陌生人身上实验。她惊讶地发现，除了约翰，所有人都在六秒内挪开了视线。

戴维斯医生四秒钟之后就低头看他的桌子。按理说，这只能说明他既不想杀她，也不想脱掉她的衣服，可她担心这背后还有更深的含义。她会接着接受各项检查和测验，但她猜想，他其实并不需要进一步确认。爱丽丝已经给他讲了自己的故事，加上她还记不起约翰·布莱克的地址，他心里已经明白她到底是怎么回事了。

平安夜的早上，爱丽丝先是坐在沙发上一边喝茶，一边看相簿。多年来，她不断把新洗出来的照片放在相册空着的塑料口袋里。她的坚持不懈让家人有了一份完整的“编年史”，但她并没有在照片上贴任何标签。这没必要，她总是能回忆起每张照片背后的故事。

比如这张照片是莉迪亚两岁、汤姆六岁、安娜七岁时，一家人 6 月份在哈丁斯海滩拍的，那是他们第一次在科德角的度假屋过暑假。还有一张是安娜的小足球队在佩斯卡托球场比赛。还有一张是她跟约翰坐在大开曼岛的七里海滩上。

她不光能记起每张照片里孩子们的年龄，还能说出大部分照片拍摄时的细节。每一张照片都能唤起跟它相关却没被照下来的记忆，她记得当时还有谁在场，以及那段时间她的生活怎么样。

比如这张照片是莉迪亚第一次舞蹈表演的时候，穿着她那让皮肤发痒的浅蓝色舞蹈服。那时，爱丽丝还没有获得终身教授职位；安娜在上初中，还戴着牙套；汤姆疯狂爱上了他棒球队的一个女孩；约翰那年在贝塞斯达休假。

她分不太清的照片只有安娜和莉迪亚婴孩时期的，她们完美无瑕的肉嘟嘟的脸蛋相似到难以分辨。不过她总能找到一些线索，来分清照片里的孩子到底是谁。比如这张照片上的约翰留着络腮胡子，那么这张照片绝对是二十世纪七十年代照的，坐在他腿上的宝宝就肯定是安娜了。

“约翰，你看这是谁？”她举起一张宝宝的照片问道。

原本在读期刊的约翰抬起头来，把眼镜滑下来一些，眯起眼睛。

“是汤姆吗？”

“亲爱的，她穿着粉红色连体衣啊。这是莉迪亚。”

为了确认，她还是看了看照片背后的冲洗日期。1982 年 5 月 29 日。没错，是莉迪亚。

“哦。”

他把眼镜往上推了推，继续看期刊。

“约翰，我最近一直想跟你聊聊莉迪亚上表演课的事。”

他抬头，把正在读的那一页折了个角，然后把期刊放在桌上，摘下眼镜折起来，靠着椅背。他知道这不是一场速战速决的谈话。

“好吧。”

“我觉得我们不应该以任何方式支持她在外生活，我更不认同你背着我给她付表演课的学费。”

“我很抱歉，你说得对，我本来是想告诉你的，可一忙起来就忘了，你知道这种情况的。但这个问题我跟你观点不同，你也知道，我们也支持过其他两个孩子啊。”

“这不一样。”

“没什么不一样。只是你不喜欢她选择的生活。”

“问题不是表演，是她不上大学。她现在的年龄去上大学刚好，再过几年她就不太可能去了，约翰，你这样是在帮她逃避上大学。”

“她不想上大学。”

“我觉得她只是叛逆，不想成为我们这样的人。”

“我不认为她的选择跟我们的期待或者我们的身份有任何关系。”

“我希望她能做更多有意义的事。”

“她很努力啊，她对自己现在做的事有激情，也很认真，她很开心。这就是我们对她的期望。”

“我们有责任把自己的生活智慧教授给孩子们。我真的很害怕她错过一些人生必须做的事。大学能让人接触各种学科，养成不同的思维方式，大学里还有挑战、机遇和人脉。我们就是在大学里认识的啊。”

“这些她现在都能获得。”

“这不一样的。”

“那就不一样吧。我觉得给她付学费是应该的。我很抱歉我没有告诉你，但是跟你谈这个话题很难。你从来不让步。”

“你也不让步啊。”

他盯着壁炉上方的钟表，伸手拿起他的眼镜，把它架在头顶。

“我得去实验室待大概一小时，然后去机场接莉迪亚。你需要我帮你带什么东西吗？”他边问边起身准备离开。

“不需要。”

他们目光交汇。

“她会没事的，爱丽，别担心。”

她挑挑眉毛，但是没有再说话。她还能说什么呢？这种对话他们之前就进行过一次了，上次也是这么结束的。约翰的观点是选择阻力最小的理性做法，他总能保住自己“最受欢迎家长”的地位，他也从来都没有成功说服过爱丽丝。爱丽丝说的东西也没法动摇他的想法。

约翰出门了。他一离开，爱丽丝就放松下来，又继续去看相册里的照片。看着可爱的孩子们的婴儿时期、幼儿时期、青春期。她心想时间都去哪儿了呢？她拿起莉迪亚的照片，刚刚约翰猜成汤姆的那张。她现在对自己的记忆力更有信心了。当然了，这些照片只能打开长期记忆的大门。

约翰·布莱克的地址应该存在她的短期记忆中。人接收到的信息要从短期记忆转化成长期记忆，需要投入注意力，不断地复述和回忆，或者这个短期记忆在情感上具有重要意义，不然它很快就会随着时间的流逝而被抛弃。用心听戴维斯医生的问题和指令让她没机会去复述和回忆那个地址。虽然约翰·布莱克这个名字现在会在她心里激起一丝恐惧和愤怒，但当时在戴维斯医生的诊室里，这个名字对她而言没有任何意义。可话说回来，她的头脑并不一般。

她听到门口有信件被塞进来的声音，突然有了一个想法。她翻看了一遍所有信件——一张节日贺卡，是一个她教过的大学生寄来的，贺卡上印着一个戴圣诞帽的宝宝；一份健身俱乐部的广告单；话费账单、燃气账单、一份新的里昂比恩[①]商店的商品目录。她回到沙发上，喝了茶，把相册重新摆回架子上，然后一动不动地坐在那儿。房子里静悄悄的，只有滴滴答答的时钟声，以及各处的暖气片偶尔发出的蒸汽喷发的声音。她盯着时钟，五分钟过去了，时间足够了。

她不去看信件，边回忆边大声说："戴圣诞帽的宝宝贺卡、健身俱乐部的广告单、话费账单、燃气账单、里昂比恩商店的商品目录。"

小菜一碟。不过，她听完约翰·布莱克的地址再复述时，间隔时间可不止五分钟。她需要延长这个时间。

她从书架上抓起一本字典，给自己定了两条选词的规则。首先，必须是低频词，不能是她日常用到的，而且这个词必须是她本来就认识的。她在测试短期记忆，而不是学习能力。她随机翻开字典，指了一个词——"狂怒"，又拿出一张纸写下这个词，再把纸叠好，放进裤兜里。然后，她用微波炉计时器定时十五分钟。

莉迪亚蹒跚学步时最爱看的一本书就叫《河马狂怒啦！》。爱

① L.L.Bean，美国著名的户外用品品牌。——编者注

丽丝接着开始做平安夜晚餐。不一会儿，微波炉计时器发出“滴”声，时间到了。

“狂怒”，爱丽丝没有犹豫地说了出来，也不需要去看口袋里的纸条。

这天接下来的时间里，她一直在玩这个游戏，词的数量加到了三个，间隔时间达到了四十五分钟。难度增加了，一边记一边做饭也算是一份干扰，增添了分心的可能性，但她还是没有出错。“听诊器”“千禧年”“刺猬”。她做了意大利奶酪方饺和红酱。“负极”“石榴”“棚架”。她把肉放进烤箱，又布置好了餐桌。

安娜、查理、汤姆和约翰都在客厅里坐着。爱丽丝能听到安娜和约翰的争吵声，她在厨房里听不清他们在吵什么，只是从两人谈话中反复出现的重点和提高的音量听出他们在争执。大概是在谈政治吧。查理和汤姆没有掺和进去。

莉迪亚搅拌着炉子上煮的热苹果酒，谈着她的表演课。爱丽丝又要做晚餐，又要用心记词，这种情况下听莉迪亚说话，她根本没心思反驳和批评。莉迪亚自顾自地长篇大论，畅谈她的表演技巧。虽说爱丽丝对莉迪亚从事这个职业十分不赞成，还是忍不住被勾起了兴趣。

“这个场景过后，你加重语气问出以利亚[①]的问题：‘为什么是今晚而不是其他晚上？’”莉迪亚说。

计时器响了。不需要爱丽丝提醒，莉迪亚自觉地让开了。爱丽丝看了看烤炉里面，费解地盯着没熟的烤肉看了一会儿，脸热得难受起来。哦，原来是该回忆她口袋里装的三个词了。“手鼓”“巨蛇”……

---

① 以利亚（Elijah），《圣经》中的先知。据传说，以利亚很可能会突然出现在逾越节（一般在公历月）的家宴上，预报基督降临的好消息。——编者注

“永远都不能把日常生活演得平淡，总归是要演出生死攸关的感觉。”莉迪亚说。

“妈妈，红酒开瓶器在哪儿？”安娜在客厅喊着。

爱丽丝很难忽略孩子们的声音，多年来，她早已习惯了重视这声音。对她来说，孩子们的声音是这个世界上最容易听到的。而现在她要集中精力听自己内心的声音，她像念咒语一样重复着那两个词。

“手鼓”“巨蛇”“手鼓”“巨蛇”“手鼓”“巨蛇”。

“妈妈？”安娜又在喊了。

“我不知道开瓶器在哪儿，安娜！我在忙，你自己去找。”

“手鼓”“巨蛇”“手鼓”“巨蛇”“手鼓”“巨蛇”。

“故事的内核总是关于生存。我的角色要生存下来，需要的是什么？我要是得不到这东西，会发生什么？”莉迪亚说。

“莉迪亚，拜托了，我现在不想听这些。”爱丽丝吼道，揉着她汗津津的太阳穴。

“好吧。”莉迪亚说着，径直走向炉子，开始用力地搅苹果酒，显然是被打击到了。

“手鼓”“巨蛇”。

“我还是找不到！”安娜喊道。

“我去帮她找。”莉迪亚说。

“罗盘！”

“手鼓”“巨蛇”“罗盘”。

爱丽丝松了一口气，拿出做白巧克力面包布丁的原料放在厨台上——香草精、约五百毫升的重奶油、牛奶、糖、白巧克力、一条白面包、两盒半打装的鸡蛋。要用一打鸡蛋？记着她母亲菜谱的那张纸就算还在，爱丽丝也不知道把它放在哪儿了。她已经很多年都不需要用到那张纸了。这个菜谱非常简单，做出来的布丁却绝不逊色于马蒂做的奶酪蛋糕，从她还是个小女孩时起，她每年平安夜都做，已经好多年了。到底是几个鸡蛋来着？肯定不止六个，不然她只拿一盒出来就好了。是七个，八个，还是九个呢？

她试着先不去想鸡蛋，可其他原料看起来也那么陌生。这些重奶油应该全部用掉，还是要称一些出来呢？糖要放多少？所有原料应该一起搅拌，还是有什么特别的顺序呢？该用哪个烤盘呢？烤箱温度应该是多少？烘焙时间是多久呢？她怎么想都觉得不对。这些信息完全不记得了。

我这到底是怎么了？

她又去想鸡蛋的问题，可还是想不起来。她恨那些该死的鸡蛋。她伸手拿起一个，用尽全力把它扔进洗碗池。一个接一个，她把鸡蛋全摔碎了。

这举动给她带来些许安慰，但是远远不够。她需要再毁掉些什么，一些要费力气才能损毁的东西，她需要精疲力竭的感觉。她扫视厨房，与走廊里的莉迪亚四目相对时，爱丽丝的眼神充满了怒气和野性。

“妈妈，你在干什么？”

这场“鸡蛋屠杀”的痕迹不只留在了洗碗池。蛋壳和蛋液溅得到处都是，粘在墙上和台面上，蛋液顺着橱柜门往下流。

“鸡蛋过期了，我们今年没有布丁吃了。”

“啊，不能没有布丁啊，这可是平安夜。”

“反正我们没鸡蛋了，我也受够了这个闷热的厨房。”

“我去买。你去客厅休息一会儿吧，我来做布丁。”

爱丽丝走进客厅，微微颤抖，不过那阵强烈的愤怒感已经过去了。她不确定自己是失落还是感激。约翰、汤姆、安娜和查理都坐在那里喝着红酒聊天。看来是有人找到开瓶器了。莉迪亚已经穿好了外套，戴好了帽子。

她探头进来问：“妈妈，要用几个鸡蛋来着？”

“你得的是早发型阿尔茨海默病。我们一般认为阿尔茨海默病是老年人才会得的病，但实际上百分之十的患者都属于早发型，他们的年龄都在六十五岁以下。”

2004年1月

爱丽丝有充分的理由取消1月19日上午跟神经心理学家和戴维斯医生的预约。哈佛大学秋季学期的考试周就安排在1月，这时学生们刚刚放完寒假回来，而爱丽丝的认知课期末考试就安排在那天上午。她其实也没有必要出席，但她喜欢参与期末考的那种仪式感，可以看着她的学生们从一门课开课到结课。她不太情愿地安排了一位讲师去监考，主要还是因为1月19日是她母亲和妹妹的忌日，她们于三十二年前的今天去世。她自认为不像约翰那么迷信，但她从没在这个日子收到过一个好消息。她本想让医院前台帮她重新预约别的日期，可是下个空档期在四周之后。于是她只好接受，没有取消。毕竟再等一个月听起来可不是个好主意。

她想象着自己的学生们在哈佛，紧张不已地想着会有什么样的试题，然后匆匆把一学期学的知识都写在蓝色的考卷上，心里希望着大脑中拥挤的短期记忆不要辜负自己。她太理解他们的感受了。那天早晨，她经历的大部分神经心理学测试对她来说都很熟悉——斯特鲁普效应测验、雷文彩色推理测验、鲁利亚心理旋转测验、波士顿命名测验、韦氏记忆量表图片回忆分测验、本顿视觉保持测验、纽约大学故事回忆测验。它们都可以用来测验人的语言流畅度及在短期记忆和推理过程中的细微区别。实际上，她测过很多次，只不过是作为本科生们的认知研究中的阴性对照组[①]。可今天，她不再是对照组，而是被测试的对象。

---

① 阴性对照组，指肯定不会出现预期结果的组。——编者注

完成这些复制、回忆、整理、命名的任务花了她近两小时。她想象着，那些学生完成考试的时候应该也像她现在一样松了一大口气，她对自己的表现挺有信心的。在神经心理学家的护送下，爱丽丝进了戴维斯医生的办公室，在医生对面并排的两把椅子中挑了一把坐了下来。医生看了看爱丽丝另一边的空椅子，失望地叹了口气。他还没开口，爱丽丝就知道自己惹上麻烦了。

“爱丽丝，我们上次不是说了这回你要带个人来吗？”

“是说了。”

“好的，这是我们的规定，每个病人都要带一个了解他们的人来。如果不能准确地了解你的现状，我就不能好好给你治疗。而你不带人来，我就无法确定我是否了解清楚了。爱丽丝，下次可不能找任何借口了，能答应我吗？”

“能。”

下次。爱丽丝原本对神经心理学测试的结果自我感觉良好，可这下，她坚实的信心和从容的态度瞬间瓦解。

“我已经拿到你的全部化验结果了，我们可以一起过一遍。你的磁共振成像报告没有异常，没有脑血管疾病，没有任何轻微中风的迹象，也没有脑积水或肿瘤。脑部看起来一切正常。你的血液化验和腰椎穿刺也没有检验出异常。我已经尽力排查了，根据你的症状，常理上可能与此相关的所有病症都检验过了。我们知道，你没有感染艾滋病，没有患癌症，而且也没有出现维生素缺乏，没有线粒体疾病，还排除了多种罕见疾病。”

他的措辞组织得非常好，显然这并不是他第一次进行这种谈话。“她有的病症”会在最后出现。她点点头，告诉他自己听懂了，他可以继续讲话。

“在抽象推理、空间技能、语言流畅度等方面，你的正确率是百分之九十九。可惜，我观察到一个问题。你有短期记忆障碍，且严重程度与你的年龄不相符，跟你此前测试的功能级别也不相符。我是根据你对自己的问题的描述和它们对你学术的影响得出这个结论的。我也亲眼看到上次我让你记那个地址的时候你想不起来的样子。虽然你今天在几乎所有认知领域的表现都很完美，却在两个跟短期记忆有关的任务上出了很多差错。实际上，在其中一项任务中，你的正确率跌到了百分之六十。”

“爱丽丝，把所有这些信息都综合起来看，我怀疑你可能是得了阿尔茨海默病。”

阿尔茨海默病。

这几个字让她一下子呼吸不上来。医生是在跟她说什么？她在脑中重复他的话。可能。这个词给了她继续呼吸和说话的动力。

“所以，‘可能’是说我也许并没有得阿尔茨海默病。”

“不，我们用‘可能’这个词是因为阿尔茨海默病的完全确诊只能靠检查脑组织，也就是说必须靠解剖或活检，这两个对你来说都不是很好的选择。这是临床诊断。你的血液里没有致病蛋白可以让我们确诊，而磁共振成像能观察到的大脑萎缩症状是在晚期才会发生的。”

大脑萎缩。

“这不可能啊，我才五十岁。”

“这是早发型阿尔茨海默病。你说得对，我们一般认为阿尔茨海默病是老年人才会得的病，但实际上百分之十的患者都属于早发型，他们的年龄都在六十五岁以下。”

“这跟老年人得的那种有什么不同？”

“没有什么不同，只不过早发型病因通常跟基因相关性高，所以发病要早许多。”

跟基因相关性高。安娜、汤姆、莉迪亚。

“但是，你只能查出我没有什么病，那你怎么确定我得的就是阿尔茨海默病？”

“听你描述了你最近的经历和你的病史；测试了你的方位感、接收能力、注意力、语言、回忆能力，我已经百分之九十五确定了。接下来，你的神经学测试、血检、脑脊液测试和磁共振成像都没有提供其他解释，剩下百分之五的不确定也被抹去了。我很肯定，爱丽丝。”

爱丽丝。

她的名字似乎穿透了她的每一个细胞，让她全身的血液都冲出皮肤的禁锢。她好像在从房间的另一个角落看着自己。

“所以，这意味着什么？”她听到自己在问。

“我们现在有几种治疗阿尔茨海默病的药物，我先开给你。第一种是安理申[①]，它能增强胆碱能神经传递功能。第二种是美金刚[②]，它是今年秋天才获批的药，目前看来很有潜力。虽然这些都无法治愈你的病，但它们能减缓疾病的发展，减轻症状，我们希望尽量给你多争取时间。”

时间。能有多长时间呢？

“你还需要每天吃两次维生素 E 和维生素 C、低剂量的阿司匹林。还要每天服用一颗斯达汀[③]，虽然你目前没有明显表现出患有心血管疾病的风险，但是对心脏好的药对大脑也好，我们希望保住每一个能保住的神经元和突触。”

他把这些信息写在处方笺上。“爱丽丝，你有家人知道你今天来这里吗？”

---

① 安理申（盐酸多奈哌齐片），适应症为轻度、中度或重度阿尔茨海默病认知障碍症状。——编者注

② 美金刚，属兴奋性氨基酸受体拮抗剂，用于治疗阿尔茨海默病。——编者注

③ 斯达汀，他汀类药物，可用于预防和治疗心血管疾病。——编者注

“没有。”她听到自己说。

“好的，你得告诉一个人。我们能减缓你正在经历的认知衰退，但我们无法阻止也无法逆转这个过程。为了你的安全，你必须告诉一个经常跟你见面的人。你能告诉你的丈夫吗？”

她感觉自己点点头。

“好的，那就好。去拿药吧，按照我开的计量按时吃，如果有任何副作用，请给我打电话。你再去预约一下六个月后的复查。在此期间你如果有任何问题，可以给我打电话或发邮件，我还建议你联系丹尼丝·达达里奥。她是这儿的社工，能帮你获取一些资源和支持。我六个月后会在这儿跟你和你丈夫见面，到时候我们再一起看你的情况。”

她望着医生那智慧的双眼，想从中找寻一些其他信息。她等待着。她惊奇地发现自己的双手正紧紧握着椅子冰冷的金属扶手，确实是她的手。她并不是变成了超脱的分子，聚集在房间角落里。她，爱丽丝·豪兰，坐在冰冷的、硬邦邦的椅子上，旁边还有一把空椅子，她在精神科医生的办公室里，这里是麻省总医院的八楼，记忆障碍科。她刚刚被诊断患有阿尔茨海默病。她在医生的眼睛里寻找信息，却只能看到真相和遗憾。

1月19日。在这个日子里从来不会发生任何好事。

爱丽丝回到办公室，关上门开始读戴维斯医生让她交给约翰的《日常生活活动能力问卷》。“应该由联系人填写，而非病人本人”用加粗字体印在第一页顶上。“联系人”这个词、紧闭的门、她狂跳不止的心都给她带来一种无法掩饰的愧疚感，她像是躲在某个东欧城市里，拿着非法文件，而警察正在赶来，警笛声已近。

每项活动的打分范围是零分（没问题，跟往常没区别）到三分（有严重问题，完全依靠他人）。她浏览一遍三分的情况描述，心想这就是这种疾病发展到后期的症状了，而她仿佛被逼进了一辆没有刹车、没有方向盘的车里，驶上了这条笔直的短路。

三分的描述是一连串羞辱性的词句：必须有人喂食；大小便失禁；必须有人喂药；拒绝照料人帮忙清洁、打理；无法工作；只能居家或住院；无法使用钱；无法独自出行。太侮辱人了，但是按照她善于分析的思维，很难将这些事跟她个人的未来联系起来。这里面有多少是因为患有阿尔茨海默病导致的，多少实际上是因为被描述的人群绝大多数是老年人？八十多岁的老人大小便失禁是因为得了阿尔茨海默病还是因为他有一个八十多岁的膀胱呢？也许这些三分的情况并不会发生在她身上，她还很年轻，身体很好。

最糟糕的情况列在“沟通”一栏：说话让人无法理解；听不懂他人说的话；放弃阅读；无法写字；失语。除非她被误诊，不然她想不出如何能避免这些得三分的情况。这些都可能发生在像她这样的人身上——阿尔茨海默病患者。

她看了看书架上一排又一排的书和期刊、书桌上待批改的期末考试试卷、收件箱里的邮件、答录电话机上闪着的红色灯光。她想到那本《白鲸》，那些自己一直想读的书，它们放在卧室书架最顶层，她总以为自己还有时间去读。她还有实验要做，有论文要写，要上课和听课。她做的一切、爱的一切，她的全部身份都需要语言。

问卷的最后几页要求填写过去一个月里病人的这些症状的严重程度：错觉、幻觉、躁动、抑郁、焦虑、兴奋、冷漠、不合群、易怒、时常出现运动障碍、睡眠中断、饮食习惯改变。她有点想自己回答这些问题以证明她完全正常，戴维斯医生肯定是搞错了。然后她想起他的话：“你本人可能并不是这些问题的最可靠叙述者。”也许吧，可她明明还记得他说的这句话。她在想，她什么时候就会记不得这种事了呢？

她对阿尔茨海默病的了解确实浮于表面。她知道阿尔茨海默病病人的大脑中乙酰胆碱[①]会变少，乙酰胆碱是一种对学习和记忆至关重要的神经递质。她还知道大脑海马[②]会有斑块和神经原纤维缠结，即使她并不明白这种斑块和缠结到底是什么意思。她知道命名障碍也是一项标志性症状，这是由疾病导致的话到嘴边说不出来的现象。她也知道有一天，她会看着自己的丈夫、孩子、同事，这些她多年来熟悉、爱着的面庞，却不认识他们。

她知道还有很多症状。有太多让人不安且难以接受的事物需要层层揭开。她在搜索栏中打出“阿尔茨海默病”字样，她的中指在回车键上方停留时门口传来两下敲门声，惊得她放弃了这件事。她立刻缩回手，速度之快仿佛是在不自觉地藏匿证物。门外的人没有再敲门或等她回应就推开了门。

她害怕自己的脸上正写满了震惊、焦虑和欺骗。

“准备好了吗？”约翰问道。

不，她没准备好。她要是跟约翰坦白戴维斯医生跟她说了什么，她要是把《日常生活活动能力问卷》交给他，这些就都成真了。约翰会成为她的联系人，爱丽丝则成了无法自理的、慢慢等死的病人。她还没准备好把自己交出去，暂时还没有。

“快来，再过一小时就要关门了。”约翰说。

“好的。”爱丽丝说，“我准备好了。”

奥本山公墓建于1831年，是美国第一个无宗派的花园公墓，它现在成了美国国家历史地标，有着世界闻名的园艺景观。它也是爱丽丝的妹妹和父母安息的地方。

---

① 由胆碱和乙酰辅酶A在胆碱乙酰化酶的催化下合成的一种神经递质。——编者注

② 端脑内原皮质结构，位于侧脑室下角的底壁。在短时记忆转化为长时记忆中起重要作用。——编者注

自从那次致命的车祸之后，今天还是她第一次祭奠母亲和妹妹的时候有父亲在场。尽管父亲已经死了，但这依然让她很烦躁。原本这个日子是她和母亲、妹妹之间的私密时刻。现在父亲也会在场。他没有资格在场。

这边的公墓比较古老，他们沿着紫衫大道经过谢尔顿家那几块熟悉的墓碑时，她放慢了脚步，目光扫过墓碑。查尔斯和伊丽莎白将他们的三个孩子都葬在这里：苏茜，死于 1866 年，去世时还是个宝宝，可能是死胎；沃尔特，死于 1868 年，去世时两岁；卡罗琳，死于 1874 年，去世时五岁。爱丽丝难以想象伊丽莎白将三个孩子的名字刻在墓碑上时有多么痛苦。她永远无法忍受想象中这些可怕的画面：安娜出生时就毫无血色、一声不哭；汤姆死了，大概是一场大病之后，他穿着那套黄色的连袜睡衣；莉迪亚在幼儿园里好好地玩着涂色游戏，却在这天结束时失去了生命，变得僵直。爱丽丝向来会将这种太过恐怖的想象细节迅速逐出脑海，她的三个孩子很快就动了起来，回到他们现在的样子。

伊丽莎白的最后一个孩子去世时，她三十八岁。爱丽丝不知道她之后是尝试了再生一个，但没成功，还是说伊丽莎白和查尔斯开始分床睡，惧怕再去买一块小墓碑的可能性。她在想，伊丽莎白比查尔斯多活了二十年，她后来可曾找到了心灵的慰藉或内心的平和?

他们继续沉默地向爱丽丝家人的墓地走去。他们的墓碑样式简单，就像是由花岗岩做成的巨人鞋盒，不太整齐地在一棵紫叶山毛榉的树枝下连成一排。安妮·莉迪亚·戴利，1955—1972；萨拉·路易丝·戴利，1931—1972；皮特·卢卡斯·戴利，1932—2003。树枝低矮的山毛榉在他们头顶至少三十米高的地方，春天、夏天、秋天，它都长着漂亮且茂密的树叶，绿色混杂着深紫色。可现在是 1 月，山毛榉那光秃秃的黑色树枝在爱丽丝家人的墓地上投下扭曲的长影子，看起来诡异极了。拍恐怖电影的导演一定会爱死 1 月里的这棵树。

约翰牵起爱丽丝戴着手套的手，两人站在树下，一言不发。天气暖和的时候，他们在这儿能听到鸟鸣、洒水器声、工作人员乘坐的交通工具发出的声音、车载收音机里的音乐声。而今天，公墓里非常寂静，只能听见远处大门外的车流声。

他们站在这里的时候，约翰都想些什么呢？爱丽丝从没问过他。他没有见过她的母亲和妹妹，所以她们不会在他的脑海中停留很长时间。他是在想自己或者爱丽丝的生老病死以及灵魂吗？他有没有想到自己尚在人间的父母和姐妹们？他的思绪是否已经飘到了别处，在思考他研究和课程的细节，或是晚餐吃什么？

她怎么可能得阿尔茨海默病呢？跟基因相关性高。如果母亲活到了五十岁，会不会发病呢？难道是父亲遗传给她的？

父亲年轻时，就酗酒无度，却从没有明显喝醉的样子。年龄变大后，他越来越安静内向，但他的沟通技巧还是够用的，起码能去买下一瓶威士忌，或坚持说自己还能开车。就像他开着别克汽车从 93 号公路冲了出去，撞上了一棵树的那个夜晚，他害死了他的妻子和小女儿。

他酗酒的习惯从未改变，但大概是在十五年前吧，他的性情变了。他那些荒谬、挑衅的唠叨开始了，他的个人卫生差得让人恶心，有时候还认不出爱丽丝。爱丽丝当时还以为那都是因为多年酗酒终于搞垮了他糟糕的肝脏和一塌糊涂的头脑。有没有可能，他早就得了阿尔茨海默病，只是一直没有被诊断？她不需要解剖。这些症状都太符合了，肯定是这样的，而且这给了她一个完美的责备对象。

行了，爸爸，这下你满意了吧？我遗传了你的有问题的基因。你现在要害死我们所有人了。你害死全家人是什么感觉啊？

爱丽丝猛烈又痛苦的啜泣在旁人看来倒是很符合这个场景——她去世的父母和妹妹都葬在这里，在天色渐暗的公墓里，诡异的山毛榉旁。可在约翰看来，这完全是莫名其妙。去年 2 月她父亲去世的时候，她一滴眼泪也没掉，而母亲和妹妹已经离世太久了，她的悲伤和痛苦早已被时间冲淡。

约翰抱着她，但没有安慰她停下，也没有暗示自己要做什么，她想哭多久，他就抱她多久。爱丽丝意识到公墓马上就要关门了，也意识到她可能吓坏了约翰。她意识到再怎么哭也无法清洗她混沌的大脑。她更用力地将脸埋进约翰的羊毛大衣里，哭到精疲力竭。

约翰双手捧着她的头，吻了吻她湿润的眼角。

“爱丽，你还好吗？”

我不好，约翰。我得了阿尔茨海默病。

她差点以为自己把这句话说出来了，可实际上没有。这句话被困在她的脑海中，但不是因为被斑块和缠结阻挡。她就是说不出口。

她想象自己的名字刻在安妮墓旁一个一模一样的墓碑上。要让她失去理智，不如让她去死。她抬头看着约翰，他的眼里满是耐心，等待着一个回答。她怎么能告诉他自己患了阿尔茨海默病呢？他爱她的头脑。她失去了理智后，他还怎么爱她呢？她看看刻在石碑上的安妮的名字。

“我只是今天心情不好。”

她宁愿死都不想告诉他。

她想自我了结。冲动的自杀想法强劲而迅速地冲进她的脑海，将其他思绪全部挤到一边，把她困在一个黑暗又绝望的角落里，这样的状态持续了数日。但这些想法并不持久，它们渐渐萎靡，成了一种暗示。她还不想死。她仍然是一位备受尊敬的哈佛大学心理学教授。她还能读写，能正常使用卫生间。她还有时间。但她必须告诉约翰了。

她坐在沙发上，腿上盖着一块灰色毯子，双臂抱膝，感觉自己随时要吐出来。约翰坐在她对面的扶手椅上，只坐椅子的外沿，全身僵直着。

"这是谁告诉你的？"约翰问。

"戴维斯医生，他是麻省总医院的神经科医生。"

"神经科医生。什么时候的事？"

"十天前。"

他扭头，转着手上的婚戒，似乎同时在观察墙上的涂料。她憋着气，等他再看她一眼。也许他永远都不能再用从前的眼神看她了，也许她再也无法呼吸了。她抱着腿的双臂收紧了一些。

"他肯定搞错了，爱丽。"

"他没搞错。"

"你一点问题都没有。"

"不，我有问题。我最近一直在忘事。"

"每个人都会忘事。我总是想不起来我的眼镜放哪儿了。这个医生也要给我下阿尔茨海默病的诊断书吗？"

"我最近发生的问题并不正常。不是找不到眼镜这种。"

"好，你忘事，但也是因为你现在是更年期，你压力又大，你父亲的死可能又激起了你失去妈妈和安妮的回忆，让你心情复杂。你可能是抑郁了。"

"我没有抑郁。"

"这你怎么知道呢？你是临床医师吗？你应该去看你自己的专科医生，而不是这个神经科医生。"

"我看了我的医生。"

"那给我讲讲她是怎么说的。"

“她觉得我的问题不是因为抑郁，也不是因为更年期。她也无法给出答案，她觉得我可能是睡眠不足。她想让我先观察几个月再说。”

“你听听，你这不就是没照顾好自己吗？”

“她不是神经科医生啊，约翰。我睡眠很充足。而且那是 11 月的事了。我已经等了几个月了，情况并没有好转，反而恶化了。”

她试图在谈话中说服他相信一件自己抗拒承认了好几个月的事。她用一件他不知道的事来举例。

“还记得我没有去芝加哥的事吗？”

“这种事也可能发生在我身上啊，我认识的任何人都可能。我们的行程太紧了。”

“可我们的行程一直这么紧，我以前可从没忘记过坐飞机的事。而且我不光是忘了我的航班，是完全忘了那次会议，而我那一整天都在为会议做准备。”

他等待着。她有太多他完全不知道的惊天秘密。

“我会忘记一些词。有一天，我从办公室走到教室，就完全忘记了那堂课要讲的课题。我早上在待办清单上写的提示词，下午就想不起来是什么意思了。”

她看得出，约翰并没有被说服。他会说这是因为她太疲惫了，压力太大，使人焦虑。正常，正常，正常。

“平安夜的时候我没做布丁是因为我做不了。我一点都不记得做布丁的步骤了。它就那么消失了，我从小就每年都做那个布丁，根本不需要看菜谱。”

为了充分证明这件事，她又举了一个非常有力的例子。假使她面对的是同行陪审团，他们可能已经听烦了，但约翰爱她。

“我站在哈佛广场的报刊亭前，却完全记不得回家的路。我不知道自己在哪儿。”

“这是什么时候的事？”

“去年9月。”

她打破了他的沉默，但是没能破除他为她的精神健康辩护的决心。

“这只是冰山一角。我说不定忘了很多事，只是我自己都不知道我忘了，想想就害怕。”

他的表情突然变了，就好像他在那些影像上突然找到了可能有用的信息。

“丹的妻子。”他说，更像是在自言自语，而不是对她说的。

“什么？”她问道。

有什么东西在这一刻裂开了。她看到了。一种可能性渗了进来，稀释了他的决心。

“我需要读一些文献，然后我想跟你的神经科医生谈谈。”

他没有看她，只是站起来，径直走进了书房，留爱丽丝一个人在沙发上抱着双腿，她看起来难受得快吐了。

2004年2月

周五

早晨吃药 ✓

院系会议，九点，545 房间 ✓

回邮件 ✓

教动力与情绪课，下午一点，科学中心，B 教室（课题是“体内平衡与生理驱力”）✓

预约基因咨询（具体信息约翰知道）

晚上吃药

斯蒂芬妮·阿伦是跟麻省总医院记忆障碍科合作的基因专家。她留着齐肩黑发，一双拱形眉让人觉得她有一种好奇的、开放的心态。她用温暖的微笑欢迎他们。

“给我讲讲你们来这儿的原因吧。”斯蒂芬妮说。

“我妻子最近被诊断患有阿尔茨海默病，我们想给她做淀粉样前体蛋白（APP）、早老蛋白 1（PS1）和早老蛋白 2（PS2）的基因突变的筛查。”

约翰显然做了功课。他在过去的几周里一直埋头读阿尔茨海默病分子病因学的相关文献。这三种基因突变所产生的异常蛋白都可能是早发型阿尔茨海默病的元凶。

“爱丽丝，跟我说说，你想从筛查中得到什么信息呢？”斯蒂芬妮问道。

“确认诊断结果的合理办法吧，至少听起来肯定比大脑活检和解剖合理。”

“你担心你的诊断结果不准确？”

“我们认为是有这个可能的。”约翰说。

“好的，首先，我们来谈谈基因突变筛查结果阳性或阴性对你来说分别意味着什么。这几种基因突变都属于常染色体显性遗传。如果你的测试结果显示你有其中一项突变，那它就是对你诊断结果的确认。不过，如果你的测试结果都是阴性，那情况就复杂了。我们无法准确解读阴性结果的含义。百分之五十的早发型阿尔茨海默病患者并没有显示这三种基因的突变。这不是说他们未患阿尔茨海默病，也不是说他们的病与基因无关，只是我们目前还不知道他们是哪种基因发生了突变。”

“对她这个年龄的人来说，如果没有这三种基因突变，患病的可能性应该才百分之十左右吧？”约翰问道。

“没错，对她这个年龄的人来说，数据有些不同。但是如果爱丽丝的检测结果是阴性的，很不幸，我们也不能肯定地说她未患阿尔茨海默病。她可能只是属于少部分发生基因突变但还未被发现的较年轻患者。”

这完全是可能的，跟戴维斯医生的医学意见结合起来，就更显得合理了。爱丽丝知道约翰也明白，但他的解读符合“如果爱丽丝没有得阿尔茨海默病，我们的生活就不会被毁掉”的无效假设，而斯蒂芬妮的解读不符合。

“爱丽丝，你能理解我的意思吗？”斯蒂芬妮问道。虽然考虑到谈话的内容，她这么问是正常的，但爱丽丝还是讨厌被这么问，这让她看到将来她跟别人的谈话会变成什么样。她还能听懂别人说的话吗？她会不会因为大脑受损太严重，已经糊涂到没有能力同意筛查了呢？别人待她一向非常尊重。要是她大脑的思考能力逐渐消失，被精神疾病取代，从前别人对她的尊重又会被什么代替呢？可怜，迁就，抑或是尴尬？

“能。”爱丽丝说。

“我还想强调一下，如果结果显示你有基因突变，你的治疗或预后方案也不会有改变。”

“我理解。”

“很好。跟我说说你的家人吧。爱丽丝，你的父母还在世吗？”

“不在了。我母亲四十一岁就因车祸去世了，我父亲去年因为肝功能衰竭去世，当时是七十一岁。”

“那他们在世时，记忆如何呢？他们两个有没有痴呆的表现或性格突变的现象？”

“我母亲没有任何问题。我父亲一生酗酒，他原本是个冷静的人，可年老之后变得极度暴躁，而且很难跟人清楚交流。我觉得他过去几年里好像根本不认识我了。”

“他有没有去看过精神科医生？”

“没有。我以为那些都是酗酒造成的。”

“这些变化是什么时候开始的？”

“大概在他五十岁出头吧。”

“他每天都喝得烂醉。他是因为肝硬化死的，不是因为阿尔茨海默病。”约翰说。

爱丽丝和斯蒂芬妮沉默片刻，默默同意这件事随他怎么想，没有再争辩。

“你有兄弟姐妹吗？”

“只有一个妹妹，她十六岁的时候跟我母亲一起丧生于车祸。我没有兄弟。”

“那么姑姑舅舅、叔叔阿姨、表兄弟、表姐妹、祖父母和外祖父母呢？”

爱丽丝把自己知道的亲人的病史和死亡情况都告诉斯蒂芬妮，但她知道的并不多。

“好了，如果你没有其他问题的话，会有护士进来帮你抽血。我们把血样送去做基因测序，大概几周内能出结果。”

他们开车穿过斯托罗大道的时候，爱丽丝望着窗外。现在是下午五点半，外面已经又冷又黑了，查尔斯河边没有人冒着严寒出来。路上没有一点生气。约翰也没有打开收音机。现在没有任何事能转移她的注意力，她满脑子想的都是受损的基因和坏死的大脑组织。

“结果肯定是阴性的，爱丽。”

“但是那也改变不了什么，也不能说明我没得这个病。”

“但是严格地说，如果没有，你的情况就很可能另有原因。”

“比如说呢？你跟戴维斯医生聊过了。你能想出的让人痴呆的原因，他都已经帮我排除了。”

“听着，我觉得你这么早去看神经科医生是操之过急了。他看到你的症状就想到了阿尔茨海默病，可那是他的职业习惯，不能说他就是对的。还记得你去年伤了膝盖的事吗？你当时要是去看了骨外科医生，他就会看到韧带拉伤或者软骨磨损，他会想给你做手术。因为他是个外科医生，他眼里手术就是解决方法。可你只是休息了几周，没有跑步，吃了点布洛芬，然后就好了。”

“我觉得你现在太累了，压力又大，更年期的荷尔蒙变化又造成了你生理紊乱，我觉得你抑郁了。这些我们都能应付，爱丽，我们只需要一个一个去解决。”

听起来没错。她这个年纪的人得阿尔茨海默病不大可能。她也确实进入了更年期，确实很劳累。也许她是抑郁了。这也能解释为什么她得到诊断结果之后没有去挑战它，为什么她听到这命运的判决时没有用尽全力去抵抗。这完全不像她的性格。也许她压力大、劳累、处于更年期、抑郁。也许她并没有得阿尔茨海默病。

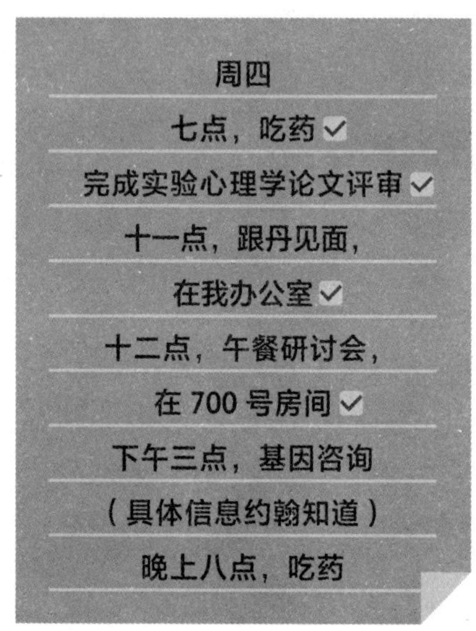

他们进来时，斯蒂芬妮坐在她的书桌后，可这次她并没有微笑。

“在开始聊你的结果之前，你们需不需要我重复上次说过的信息？”她问道。

“不需要。”爱丽丝说。

“那你还想听结果吗？”

“想。”

“我很抱歉，爱丽丝，你的早老蛋白 1 的基因突变检测结果为阳性。”

好吧，结果来了，无可辩驳的证据，没有裹糖衣的直接呈现的冰冷事实。消化这个结果对她是一种煎熬。她可以做雌激素替代疗法，可以吃阿普唑仑[1]、百优解，接下来的六个月每天都在峡谷农场养生度假村睡十二个小时，她的情况也不会有任何好转。她得了阿尔茨海默病。她想看看约翰，但她没有勇气扭头。

“我们聊过了，这个基因突变属于常染色体显性遗传，跟阿尔茨海默病有相关性，所以这个结果跟你的诊断结果吻合。”

“这家实验室的假阳率是多少？实验室叫什么？”约翰问道。

“叫雅典娜医学实验室，在这项基因突变的检测上，他们的准确率超过百分之九十九。”

“约翰，就是阳性的。”爱丽丝说。

她现在敢看他了。约翰的脸平时是那么棱角分明，一副坚毅果决的样子，此刻却松垮下来，在她眼里那么陌生。

“很抱歉，我知道你们两个都希望诊断结果是错的。”

“这对我们的孩子们有什么影响？”爱丽丝问道。

“对，关于这个，你们还有很多要思考的。他们多大了？”

“都是二十多岁。”

“那他们应该还不会有任何症状。你的孩子们都有百分之五十的可能性遗传到这个基因突变，只要遗传到，发病的概率就是百分之百。症状出现前也是可以做基因筛查的，但是有许多问题需要考虑。他们想带着这个消息生活吗？这会怎样影响他们的人生？如果其中一个遗传到了，另一个没有，这会影响他们的关系吗？爱丽丝，他们知道你生病的事吗？”

“不知道。”

“你可能得考虑尽快告诉他们了。这个信息一股脑扔给他们太沉重了，我也知道，你们两个自己还没有完全消化好。并且，针对这种会恶化的疾病，你可能想等做好计划以后再告诉他们，但到时

---

① 有抗焦虑、抗抑郁、镇静、催眠等作用。——编者注

候可能完全无法按原计划进行。或者，你可以让约翰告诉他们？”

“不，我们一起告诉他们。”爱丽丝说。

“你的孩子们有子女吗？”

只有安娜和查理结婚了。

“还没有。”爱丽丝说。

“如果他们在计划生孩子，这就是非常重要的信息。我给你们整理了一些书面信息，你们愿意的话可以把这些转达给他们。这是我的名片，还有一个心理咨询师的名片，这位心理咨询师擅长帮助那些需要做基因筛查和诊断的家庭。你们还有什么需要我回答的问题吗？”

“没有了，我想不到有什么问题。”

“我真的很抱歉，没能给你们带来期望的结果。”

“我也感到很遗憾。”

两人都沉默着上了车，约翰付了停车费，他们又沉默地行驶在斯托罗大道上。连续两周，气温都在零摄氏度以下，还有寒流来袭。平时跑步的人都被逼进了室内，要么在跑步机上跑，要么等天气暖和一些。爱丽丝讨厌跑步机，她坐在副驾驶座上，等着约翰开口，但他没有。回家的路上，约翰哭了一路。

2004年3月

爱丽丝打开了“一周药盒”里周一的盖子，把里面的七颗小药片倒进掌心。约翰大步迈进厨房，显然是来做什么的，可一看到她手里的东西，就立刻转身离开了，好像不小心看到了自己母亲裸身的样子。他拒绝看着她吃药。不管他们是不是正在谈话，甚至可能一句话只说了一半，只要她拿出那个“一周药盒”，他就要离开房间。谈话结束。

她用三大口热茶灌下了药片，茶太烫了，烫到了她的嗓子。吃药对她来说也不是什么愉悦体验。她坐在餐桌前吹着茶，听约翰在楼上的卧室里动静很大地走来走去。

“你在找什么呢？”她喊道。

“没找什么。”他也喊道。

也许又在找他的眼镜吧。他们去见过基因专家后的一个月里，他不再让爱丽丝帮忙找眼镜和钥匙了，即使爱丽丝知道他还是经常把它们弄丢。

他不耐烦地快步走进厨房。

“需要我帮忙吗？”爱丽丝问道。

“不用，我可以。”

她不知道约翰这股崭新的对独立的执着来自哪里。他是觉得帮他找弄丢的东西会给她造成精神负担吗？他是在练习没有她的未来吗？还是说他只是觉得让一个阿尔茨海默病患者帮忙找东西太丢人？她小口啜着她的茶，盯着墙上一幅至少挂了十年的画，画的是一个苹果和一个梨，她听着他在她身后厨台上的各种信件和文件里翻找。

他经过她身边，走到了门厅前。她听到门厅里的衣柜门被打开，又被关上。她听到门厅桌子的抽屉被打开，又被关上。

“你准备好了吗？”约翰喊道。

她喝完了茶，在门厅跟他会合。他已经穿好了外套，眼镜架在他乱糟糟的头发上，钥匙拿在手里。

“好了。”爱丽丝说着，跟他一起往外走。

坎布里奇的初春是个不值得信赖的狡猾骗子。树上没有新芽，地上的雪已经积了一个月，没有哪枝郁金香会勇敢或蠢到现在冒头，更没有小雨蛙的声音构成环境音。街道依然堆积着被踩黑了的脏雪，显得十分窄小。每天中午暖和一些的时候化掉的冰雪，一到傍晚气温下降时就又冻起来了，将哈佛园的小路和城市的人行道都变成布满黑冰的险道。日历上的日期让所有人都感觉受到了冒犯和欺骗，因为他们知道，在别处，春天已经来了，在那里，人们穿着短袖，听着知更鸟的叫声醒来。而在这里，寒冷的折磨一点没有离去的意思，走向校园的路上，唯一的鸟叫声来自乌鸦。

约翰同意每天早上跟她一起走路去哈佛园。她告诉他，她不想冒迷路的险。实际上，她只是想找回那些和他一起漫步的时光，重启他们以前的传统。不幸的是，他们发现被车撞到的风险还不如走在人行道的冰上滑倒摔伤的风险大，所以只能一前一后走在马路上，彼此并不说话。

爱丽丝右脚鞋子里进了石子。她纠结是应该在路上停下，把它倒出来，还是等到了杰瑞咖啡馆再说。要是现在倒出来，她就得一脚踩在路上维持平衡，另一只脚还得暴露在冷冽的空气中。她最终决定忍着不适走完最后的两个路口。

杰瑞咖啡馆坐落在马萨诸塞大道上，差不多在波特广场与哈佛广场之间。早在星巴克到这里落脚之前，它就是坎布里奇咖啡爱好者的圣地。柜台后黑板上有大写的粉笔字菜单，上面关于咖啡、茶、面点、三明治的各种名称，从爱丽丝还是个研究生时就没怎么变过。最近被修改过的只有单品旁边的价目，可以看出写价格的地方被黑板擦擦过，留下了长方形粉笔灰印，字也明显跟左边的品类名不一样，应该是另一个人写的。爱丽丝观察着黑板，很困惑。

“早上好，杰斯，给我来一杯咖啡和一个肉桂司康饼，谢谢。”约翰说。

“我也要一份一样的。”爱丽丝说。

“你不喝咖啡的。”约翰说。

“我喝啊。”

“不，你不喝。她要一杯柠檬茶。”

“我要咖啡和司康饼。”

杰斯看看约翰，等他反驳，但他们的拉锯战结束了。

“好的，两杯咖啡，两个司康饼。”杰斯说。

到了店外，爱丽丝尝了一小口咖啡。她觉得咖啡喝起来味道很冲，跟它美味的香气完全不符。

“你的咖啡怎么样？”约翰问她。

“太棒了。”

他们走去校园的路上，爱丽丝喝着自己讨厌的咖啡，只为了跟约翰赌气。她想赶快到自己的办公室，那样就能把这难喝的东西扔掉了，而且她迫不及待地想把靴子里的石子倒出来。

脱了靴子，扔了咖啡，她先打开了收件箱，点开了一封来自安娜的邮件。

嗨，妈妈！

我们很想跟你们共进晚餐，但是这周查理有一个庭审要忙。下周怎么样？你和爸爸哪天有空？我们除了周四和周五，哪天晚上都可以。

安娜

她盯着屏幕上一闪一闪的仿佛在讥讽她的光标，试图思考着她要回复的词语。把她的想法转化成声音、文字，或者在键盘上打字都需要她刻意地努力和十足的耐心。这些词汇她很久以前就娴熟掌握，还因为这方面的能力获得过许多金星奖励和老师的夸赞，可现在，她对自己的拼写一点信心也没有。

电话响了。

“嗨，妈妈。”

“哦，太好了，我正要回你的邮件呢。”

“我没有给你发邮件。”

爱丽丝这下不确定了，又看了一眼屏幕上的邮件。

“我刚刚才看了啊。查理这周有个庭审——”

“妈妈，我是莉迪亚。”

“哦，你怎么这么早就起来了？”

“我现在总是这么早起。我本来想昨晚给你和爸爸打电话的，但是考虑到时差，你们那儿的时间已经太晚了。我刚刚拿到了一个超棒的角色，剧名叫《水之记忆》，这部剧的导演非常出色，在5月大概会演六场。我认为这部剧非常好，可能会有很多关注。我希望你和爸爸能来看我表演，可以吗？”

爱丽丝从莉迪亚的语调变化和停顿中听出来，她该回答了，可她还没消化莉迪亚刚刚说的一串话。看不到跟她说话的人，就少了视觉上的帮助，电话里的谈话经常让她应接不暇。有的时候，她分不清连着的词汇，话题的突然转变也让她难以预料和跟上，她的理解能力下降了。虽然在写作方面也出现了一系列的困难，但她还能暂时把它们隐藏起来，因为她不需要实时回应。

“你要是不想来，直说就好了。”莉迪亚说。

“不是，我想去，但是——”

“或者你太忙了什么的，我就知道我该打给爸爸的。”

“莉迪亚——”

“算了，我挂了。”

莉迪亚挂了电话。爱丽丝本来想说她需要跟约翰确认一下，问问他能不能从实验室脱身，她很乐意去。不过约翰要是不能去的话，她就无法独自坐飞机到大陆另一端去了，她还得想个借口。她害怕在离家那么远的地方迷路或忘事，她最近都在躲避出行。她拒绝了下个月去杜克大学演讲的邀请，扔掉了一个语言研讨会的登记材料，而这个研讨会她从读研究生时开始，至今每年都去。她想看莉迪亚的剧，但这一次，她能不能去完全取决于约翰。

她拿着电话，思考要不要给莉迪亚打回去。她想了想还是把电话放了回去。她关掉了待编辑的回复安娜邮件的窗口，新建邮件，准备写给莉迪亚。她看着一闪一闪的光标，手指却僵在了键盘上。她大脑的电池今天电量过低了。

“别这样。”她对自己说，希望她能在脑中接上足够的跨接电缆，给自己充满电。

她今天可没时间应付阿尔茨海默病。她要回邮件，要写一份资金申请，要教一堂课，还要参加一个研讨会。这一切结束后，她要去跑步。也许跑步能让她清醒一下。

爱丽丝在袜子里塞了一张纸条，上面写着她的名字、地址和电话。当然了，她要是头脑混乱到不知道回家的路，可能也不会记得自己身上藏了这些信息，但她还是做了这项预防措施。

对于厘清思想，跑步的作用已经越来越差了。实际上，她最近觉得自己在跑步时像是在追赶一串逃走的冗长问题的答案。不论她跑得多卖力，都永远追不上它们。

我现在应该干什么呢？她吃过药了，晚上睡了六七个小时，也坚持参与了哈佛的日常活动。她觉得自己像个骗子，假装是个没有得神经系统变性疾病且病情还在不断恶化的哈佛教授，每天正常工作，好像一切都好，这样的生活会持续下去。

一个教授的日常工作很难量化。她不需要做账，不需要制作固定量的零件，不需要递交多少份报告。她的工作有容错空间，但是这空间究竟有多大呢？她的工作能力最终会退化到被别人发现和无法容忍的程度。她想要在那之前离开哈佛，在八卦和怜悯开始之前，但她甚至无法猜想那一刻会在什么时候到来。

想到在哈佛待得太久，她会害怕；可想到离开，她更害怕。她如果不再是哈佛的心理学教授，她又是谁呢？

她应该尽可能多跟约翰和孩子们相处吗？这样的生活对她来说具体又意味着什么呢？坐在安娜身边看她打字写辩护状吗？跟着汤姆巡诊吗？观摩莉迪亚上表演课吗？她要怎么告诉他们，他们都有百分之五十的可能性也要经历这些？他们要是怪罪她、恨她，就像她恨自己的父亲那样，又该怎么办呢？约翰现在退休还太早了。他要是不想葬送自己的事业，又能在她身上花多少时间呢？她还剩多少时间？两年，还是二十年？

虽然阿尔茨海默病早发型比晚发型发展得快，早发型患者却通常能带病生活很多年，毕竟疾病藏在相对年轻和健康的躯体里。她可能会很长寿，去见证凄惨的结局。到时候，她会无法自己进食，无法说话，认不出约翰和孩子们。她会蜷缩成婴儿的样子，而且她会忘记如何吞咽，进而得肺炎。约翰、安娜、汤姆、莉迪亚最终会决定，放弃简单的抗生素治疗，他们会为她的身体终于迎来某种致命疾病而感激，同时又为自己的感激而愧疚。

她停下了脚步，弯着腰，把午餐吃的千层面吐了出来。好几周后，雪才会融化，她的呕吐物才会被冲走。

她很清楚自己在哪儿。她在回家的路上，站在圣公会诸圣堂[①]门口，离她家只有几个路口。她清楚自己在哪儿，但她此生从未如此迷茫过。教堂的钟声响起，这个调子让她想起祖父母家的钟。她转动番茄红色门上的铁制圆把手，在冲动的支配下走了进去。

她看到里面空无一人，松了一口气，因为她还没想出个合理的故事说明她的来意。她母亲是犹太人，父亲却坚持要把她和安妮教育成天主教徒。于是她小时候每周日都会参加弥撒，领圣餐，忏悔，还受了坚信礼，但因为她母亲从未参与过这些，爱丽丝很小就开始怀疑这信仰的合理性。她的父亲和天主教会都无法给出让她满意的答案，于是她从未真正信仰过。

外面路灯的灯光透过天主教彩绘玻璃窗照进来，光线足够她看到整个教堂了。每扇彩绘窗上都画着身穿红白长袍的耶稣，作为牧者或医者正在施展奇迹。圣坛右边的一张横幅上写着“神是我们的避难所，是我们的力量，是我们在患难中随时可得的帮助”。

这就是患难时刻了，她太想求助了，但她却觉得自己像个侵入者，她不配，因为她不信。她都不确定自己相信这个上帝，对这个教堂也一点都不了解，又有什么资格去向他寻求帮助呢？

爱丽丝闭上眼睛，听着远处像大海声音一般让人静心的车流声，试图敞开心扉。她不知道自己要在这个寒冷又黑暗的教堂里，在这条铺了天鹅绒坐垫的长椅上停留多久，她在等待一个答案。可答案迟迟不来。她又坐了一会儿，希望有神父或者教徒走进来，问她为何来这里。她现在想好了解释，可是没人来。

她想起戴维斯医生和斯蒂芬妮给她的名片，也许她应该找社工

① 一座美国圣公会教堂。——编者注

或者心理咨询师谈一谈，也许他们能帮帮她。然后，答案完整而又简洁明了地出现了。

跟约翰谈谈。

她走进前门时遇到的对峙让她措手不及。

“你去哪儿了？”约翰问道。

“我去跑步了。”

“你一直在跑步？跑了这么久？”

“我还去了教堂。”

“教堂？我受不了了，爱丽。听着，你从不喝咖啡，你也从不去教堂。”

她闻到了他呼出的酒精味。

“反正我今天喝了咖啡也去了教堂。”

“我们本来应该跟鲍勃和萨拉吃晚餐的。我不得不打电话取消了，你不记得了吗？”

跟他们的朋友鲍勃和萨拉一起吃晚餐。这确实写在她的待办清单上。

“我忘记了，我得了阿尔茨海默病啊。”

“我完全不知道你去了哪儿，不知道你是不是迷路了。你必须随身携带手机了。”

“我跑步的时候不能带手机啊，我没有口袋。”

“那就用胶带缠在你头上，我不管，我不想每次你一忘事，就这么焦心一次。”

她跟着他走进客厅。他在沙发上坐下，手里拿着酒，怎么也不抬头看她。他额头上的汗珠跟他手里威士忌杯子外因为温差冒的水珠彼此映衬。她犹豫了一下，然后在他腿上坐下，紧紧环抱着他的肩膀，双手握住自己的胳膊肘，两个人的耳朵贴在一起，爱丽丝把一切都说了出来。

“我得了这个病，真是太抱歉了。我一想到情况还会变得更糟就非常难受。我无法忍受某天看着你，看着这张我深爱的脸，却不认识你。”

她抚摸着他的下颌线、下巴和他那因为长久不笑而僵硬的法令纹。她擦掉他额头上的汗珠和眼角的泪。

“我想着想着就快无法呼吸，但是我们必须想。我不知道自己还剩多少记得你的时间，我们得讨论接下来可能会发生的事。”

他举起酒杯，喝光了杯里的酒，又吸掉了冰块上残余的酒。然后，他抬头看着她，眼里的恐惧和悲哀是她从未见过的。

“我不知道我能不能做到。”

2004年4月

他们这么聪明，却无法商议出一个确切的长期计划。这里面有太多的未知因素，无法像解未知数 x 那样快速得出答案，其中至关重要的一项因素是，病情的进展会有多快？六年前，他们曾一起休假一年，去创作《从分子到头脑》，所以他们都还要再等一年才能申请长假。她可以坚持那么久吗？目前为止，他们商定她得先上完这个学期的课，尽可能避免出差，然后一起去科德角度过整个夏天。他们最远只能想到 8 月了。

他们还商量好，先不要告诉任何人，只跟孩子们说。这场无法避免的坦白是他们最惧怕的，他们将在这天早晨开展这次谈话，就着贝果、水果沙拉、墨西哥菠菜烘蛋、橙汁气泡酒和巧克力蛋。

他们已经有几年没一起过复活节了。安娜有时候会跟查理的家人一起在宾夕法尼亚州过；莉迪亚过去几年则留在洛杉矶，那之前她还在欧洲；约翰几年前的复活节还去科罗拉多大学博德分校参加会议。今年说服莉迪亚回来过节也花了不少力气。因为她在为新剧排练，她说她担不起中断排练的代价，也付不起机票钱，但约翰说服她空出两天时间，还为她付了机票钱。

安娜拒绝了橙汁气泡酒和血腥玛丽[①]，就着冰水咽下了焦糖巧克力蛋，因为像吃爆米花一样的吃法差点让她噎着。大家还没来得及猜想她是否怀孕了，她自己就先滔滔不绝讲了起来：她即将接受宫内人工授精。

---

① 血腥玛丽，一种酒精含量比较低的红色鸡尾酒。——编者注

“我们去布莱根妇女医院见了一个生殖专家，他也搞不明白。我的卵子很健康，我每个月都正常排卵，查理的精子也挺好。”

“安娜，说真的，我觉得大家并不想听你讲我的精子。”查理说。

“我说实话而已嘛，这情况太烦人了。我甚至还试了针灸，一点效果也没有。我的偏头痛倒是好了。但至少我们知道了，我是能怀孕的。我周二就开始打促卵泡激素，下周要给自己打个针，好排出我的卵子，然后他们会用查理的精子让我受孕。”

“安娜。”查理说。

“实话实说，就是这样，所以我可能下周就能怀孕了！”

爱丽丝勉强挤出鼓励的微笑，用紧咬的牙关将自己的恐惧禁锢起来。阿尔茨海默病的症状在人过了育龄之后才会显现，这时候变异的基因已经在患者不知情的情况下传给了下一代。她要是知道自己早已命中注定，身上的每一个细胞都有这个基因，会怎样呢？她会选择生下孩子，还是会做好措施，避免他们出生呢？她会愿意冒这个风险，把命运交给细胞的随机分裂吗？她的琥珀色眼睛、约翰的鹰钩鼻、她的早老蛋白1基因。当然了，她现在无法想象没有他们的生活，但那是她生孩子之后才体会到那种原始的、曾经无法想象的爱，这份爱是随着孩子的降生而降临的，重来一次的话，她会认为不生孩子才是最好的选择吗？安娜会这么觉得吗？

汤姆走了进来，为自己的迟到道了歉，他的新女友没有来。这样也好。今天应该只有家人，而爱丽丝连汤姆女友的名字都不记得。汤姆径直走向餐厅，大概是担心自己没赶上吃好吃的，回到客厅的时候，他脸上挂着明媚的笑容，手里的盘子堆得满满的，每种食物都装了一些。他在莉迪亚旁边的沙发上坐下，莉迪亚则手拿剧本，闭着眼睛，默背她的台词。他们全都来了。是时候了。

“爸爸和我有件重要的事要跟你们谈，我们想等到你们三个聚齐再说。”

她看了看约翰。约翰朝她点了点头，捏了捏她的手。

“我的记忆力出现问题已经有一段时间了，今年 1 月，我被诊断患有早发型阿尔茨海默病。”

壁炉上的表滴滴答答的声音很响，好像有人把音量调大了似的，声音就像没有人在房子里时那么响。汤姆叉着菠菜烘蛋的叉子停在了空中，悬在盘子和嘴之间，他整个人僵住了。她应该等他吃完这顿早午餐再说的。

“他们确定是阿尔茨海默病吗？你有没有再找个医生看看？”汤姆问道。

“她做了基因筛查。她有早老蛋白 1 基因突变。”约翰说。

“是常染色体显性遗传？”汤姆问。

“是的。”

他用眼神给汤姆传递了更多信息。

“这是什么意思？爸爸，你刚刚跟他说了什么？”安娜问道。

“这就是说，我们每个人都有百分之五十的可能性会得阿尔茨海默病。”汤姆说。

“那我的宝宝呢？”

“你还没怀孕呢。”莉迪亚说。

“安娜，如果你遗传了这个基因突变，你的孩子也是一样的。你的每个孩子都有百分之五十的可能性遗传到。”爱丽丝说。

“那我们该怎么办？要做筛查吗？”安娜问道。

“你们可以做。”爱丽丝说。

“我的天呐，我要是有这个怎么办？我的宝宝也可能有啊！”安娜说。

“等我们的孩子需要筛查的时候，这病很可能已经能治了。”汤姆说。

“但是我们来不及，你是这个意思吗？所以我的孩子可能会没事，但我将来会变成没有意识的僵尸？”

“安娜，够了！”约翰吼道。

他紧咬牙关，脸憋得通红。这要是十年前，他肯定会勒令安娜回自己房间去。可现在，他只是紧紧握住爱丽丝的手，双腿微微颤抖。在很多方面，他都失去了曾经的力量。

“对不起。”安娜说。

“等你们到我这个年纪，很可能已经有了预防性的治疗。这也是你们该去做基因筛查的原因。如果有，在症状出现之前开始治疗，说不定就永远不会有症状了。”爱丽丝说。

“妈妈，那现在有什么治疗方案吗？你怎么治疗呢？”莉迪亚问。

“他们给我开了抗氧化的维生素、阿司匹林、斯达汀，还有两种神经递质药物。”

“这些都是防止阿尔茨海默病病情加重的吗？”莉迪亚问。

“也许吧，能保持一小段时间，但他们也不确定。”

“那现在在临床试验的药物呢？”汤姆问道。

“我正在查这个。”约翰说。

约翰联系了波士顿研究阿尔茨海默病分子病因学的临床医师和科学家，了解他们对临床试验疗法的潜力有何看法。约翰是个癌细胞生物学家，不是神经科学家，但是他不难理解这些“分子罪犯”在另一个系统里犯罪的原理。他们的语言是相通的——受体结合、磷酸化、转录调控、被膜小窝、分泌酶。这就像拥有最高端俱乐部的会员卡，在波士顿阿尔茨海默病研究领域最受尊敬的思想领袖面前，约翰的哈佛大学教授身份让他显得可靠，也很容易跟他们搭上线。如果有更好的治疗方法存在或即将存在，约翰一定能帮她找到。

“但是妈妈，你看起来完全没事啊。你肯定是发现得及时，我都没看出你出现什么问题了。”汤姆说。

“我之前就有感觉。”莉迪亚说，“但不是怀疑她患有阿尔茨海默病，只是觉得她不对劲。”

“怎么说？”安娜问。

“比如有时候她打电话说不清楚话，经常一句话重复好几遍。她还记不得我五分钟前刚说过的事，圣诞节的时候她还忘记了怎么做布丁。”

“你注意到这些有多久了？”约翰问道。

“至少一年了。”

爱丽丝自己无法回想到那么久以前的事，但她相信莉迪亚。她感受到了约翰的尴尬。

“我必须知道我有没有。我想去做基因筛查。你们不想吗？”安娜说。

“我想，就算我有这个基因突变，比起活在不确定带来的焦虑中，我宁愿确切地知道我有。”汤姆说。

莉迪亚闭上眼睛。所有人都在等。爱丽丝突然有了一个荒谬的想法，觉得莉迪亚要么是接着记台词了，要么就是睡着了。一阵令人不安的沉默之后，她睁开眼，说出了她的决定。

“我不想知道。”

莉迪亚总是跟别人不一样。

威廉·詹姆斯大楼里寂静得有些奇怪。走廊里学生们的吵闹、提问、争执、抱怨、调情都没有了。春季阅读季总能让学生们从校园里消失，躲进宿舍或图书馆隔间里，但那还有一周才开始呢。很多认知心理学学生计划花一整天的时间去查尔斯顿观摩磁共振成像研究。也许那就是今天吧。

不论出于什么原因，爱丽丝很珍惜这次能好好工作、不被打断的机会。她来的路上决定不去杰瑞咖啡馆，现在却后悔了。她很需要咖啡因。她读了几篇新一期《语言学》杂志里的文章，出好了今年的动力与情绪课期末考试题，还回复了之前漏掉的所有邮件。这期间一直没有电话打进来，也没人敲门。

她回到了家，才意识到自己忘记去杰瑞咖啡馆了。她需要喝杯茶。她走进厨房，把水壶放到炉子上。微波炉上显示的时间是凌晨四点二十二分。

她望了望窗外，外面漆黑一片，只能看到窗子里自己的倒影。她发现自己一直穿着睡裙。

嗨，妈妈！

宫内人工授精没有成功。我没有怀孕。我没有之前想象得那么难过，查理似乎还松了一口气。希望我的另一个检测结果也是阴性吧。我们预约了明天去拿结果。知道结果后，汤姆会和我一起去告诉你跟爸爸。

爱你的安娜

在爱丽丝预估的时间又过去了一小时后，他们还没有出现，两人都没有遗传到变异基因的可能性从“不太可能”变成了“非常不可能”。要是他们都是阴性结果，拿结果时的谈话会很快，几句话就解决了，“你们俩都没事”“非常感谢”。也许只是斯蒂芬妮今天迟到了，也许安娜和汤姆在等候室里坐的时间比爱丽丝推算的要久。

当他们终于走进家门时，可能性已经从“非常不可能”变成了“极其之小”。如果两人都是阴性，他们肯定会一进门就说出来，情绪也会兴高采烈的，让人一眼就能看透。但他们的面部肌肉将心里的答案藏在了表面之下，两人走进客厅，尽力延长“结果被告知之前的生活”，即使他们已经知道那可怕的答案，却还是拖延着它被公布的时间。

他们在沙发上并排坐下，汤姆在左边，安娜在右边，就像他们小时候坐在汽车后座一样。汤姆是左撇子，喜欢靠着窗户，安娜则不介意坐在中间。他们此刻的距离近到前所未有，汤姆伸手握住安娜的手时，她没有尖叫，也没有大喊着“妈妈，汤姆碰着我了”。

“我没有基因突变。”汤姆说。

“但我有。”安娜说。

汤姆出生后，爱丽丝感到非常幸运，她实现了自己儿女双全的理想。二十六年后，这份福气却扭曲成了一个诅咒。爱丽丝伪装的坚强家长的形象崩塌了，她开始哭。

“我很抱歉。”她说。

“没事的，妈妈。你说了，他们会找到预防这种病的方法的。”

爱丽丝后来回想时，才发现这结果的讽刺之处。至少表面来看，安娜是最坚强的那个，一直都是她在安慰爱丽丝。可是爱丽丝并不惊讶。安娜是她的孩子中最像她的那一个，她跟爱丽丝有着同样的发色、肤色和脾气。她也遗传了母亲的早老蛋白 1 基因。

“我要做试管婴儿了。我已经跟我的医生谈过了，他们会给胚胎做植入前基因诊断。从每个胚胎中提取一个细胞做测试，看看有没有基因突变，只植入正常的胚胎。所以我们能保证我的孩子们不会遗传到这个病。”

这实在算是一条好消息。但当所有人都沉浸在这条好消息中时，爱丽丝品着品着却觉得难过。抛开她的自责不说，她还嫉妒安娜，她可以做到爱丽丝做不到的事——保证自己的孩子是安全的。安娜永远都不需要坐在自己的女儿、自己的第一个孩子面前，看着她痛苦地消化自己将来会得阿尔茨海默病的消息。她希望自己年轻时也有这样先进的生殖手段。可转念一想，那样的话，安娜当初的那个胚胎就会被扔掉了。

斯蒂芬妮说汤姆没事，可他看起来不像没事的样子。他看起来面色苍白，像是被吓到，整个人显得很虚弱。爱丽丝本以为他们谁得到阴性结果都会松一口气，都会是一种简单明了的解脱。但他们是一家人，有着相似的经历和基因，他们深爱彼此。安娜是他的姐姐，教会了他如何吹泡泡和吹破泡泡，还总是把自己的那份万圣节糖果给他。

“谁来告诉莉迪亚呢？”汤姆问。

“我来。”安娜说。

2004年5月

爱丽丝第一次想到去那个地方看看是在确诊后一周，但她没去。幸运饼干、星座、塔罗牌、养老院她都提不起兴趣。虽然未来的每一天都在向那种生活靠近，她却不急于去瞥一眼。这天早晨也并没有什么特别的事突然给了她足够的好奇心和勇气去看看奥本山庄园护理中心内部的样子，但她就是去了。

大厅没有什么吓到她的地方。墙上挂着一张海景水彩画，地上铺着一张褪了色的东方风格地毯，一个眼妆浓重、有着甘草一样深色短发的矮个女人对着前门坐在桌后。大厅简直像个酒店大堂，但是淡淡的药味儿以及没有很多拉着行李箱的来往客人和礼宾人员让它显得不对劲。住在这里的人是住户，不是客人。

“请问需要帮忙吗？”女人问道。

“啊，需要。你们这里收不收阿尔茨海默病病人？”

“收的，我们有一个区是专门为阿尔茨海默病患者准备的。你想参观一下吗？”

“好的。”

她跟着女人走到电梯门口。

“你是在帮父母看吗？”

“是的。”爱丽丝撒谎了。

她们等待着。电梯和这里住的大部分人一样，又老又迟钝。

“你的项链真漂亮。”女人说。

“谢谢。”

爱丽丝用手指摸了摸锁骨和项链上的蓝色浆料石，这是她母亲留给她的新艺术风格的蝴蝶项链。母亲从前只在纪念日或去参加婚礼的时候戴这条项链，爱丽丝也一样，把它留给特殊场合。但是她最近的日历上没有标记任何正式场合，而她爱这条项链。于是上个月的某天，她穿着 T 恤和牛仔裤试了一下项链。看起来非常漂亮。

而且她喜欢看到项链上的蝴蝶。她记得自己在六七岁的时候听说蝴蝶只能活几天，于是为后院里蝴蝶的命运哭泣。母亲安慰她说，不要为蝴蝶悲伤，它们的生命短暂，但那不意味着它们的命运悲惨。看着它们在阳光下，在自家花园里的雏菊间翩翩飞舞，母亲对她说："你看，它们的一生多美啊。"爱丽丝希望自己能记得这段记忆。

她们在三楼下了电梯，走在铺了地毯的长长走廊里，穿过一道没有门牌的双开门，停了下来。女人指指在她们背后自动合上的门说："阿尔茨海默病特别护理中心的门一直是锁着的，不知道密码就出不了这扇门。"

爱丽丝看着门边墙上的键盘。数字是上下颠倒的，而且从右到左反着排列。

"密码锁的数字为什么是那样的？"

"哦，这是为了防止住户们知道并记住密码。"

这似乎是没必要的预防措施。他们要是能记住密码，就不需要住这里了，不是吗？

"我不知道你们家病人目前有没有这个问题，乱走和夜里不安是阿尔茨海默病患者的常见行为。我们允许住户随时四处走动，但也得保证他们的安全，防止他们走失。我们不会在晚上给他们打镇静剂或者把他们关在房间里。我们尽可能帮他们保留自由和独立。我们知道这对患者和家属来说都很重要。"

一个矮个子的白发女人走到爱丽丝面前，她穿着粉色和绿色交杂的花卉图案家居服。

"你不是我女儿。"

“抱歉，我不是。”

“把我的钱还给我！”

“她没有拿你的钱，伊夫琳。你的钱在你房间里。去看看你衣柜最上面的抽屉，我记得你把钱放在那儿了。”

女人用怀疑和厌恶的眼神看着爱丽丝，但还是听从了权威的建议，拖着她那脏兮兮的白色绒毛拖鞋回了房间。

“她有一张二十美元的现金，她总是藏起来，担心别人会偷走。当然了，然后她又会忘记自己把钱藏在哪儿了，总是说别人偷了她的钱。我们试着让她把钱花掉或者存进银行，可她不肯。有一天她会忘记自己有这二十美元的，那时候就消停了。”

她们摆脱了伊夫琳偏执的盘问，继续去参观走廊尽头的公共活动室。房间里的老年人坐在圆桌旁吃午餐。仔细看了一眼，爱丽丝发现这里几乎全是老年女性。

“只有三个男人吗？”

“实际上，三十二个住户里只有两个男人。另外一个是哈罗德，他每天都来跟他妻子一起吃饭。”

也许是又想起了童年时“亲女孩会染虱子”的规则，两个得了阿尔茨海默病的男人单独坐一桌，跟女人分开来。桌子之间的空间都被走来走去的人填满了。很多女人坐着轮椅。几乎每个人都是白发稀疏，凹陷的眼睛躲在厚厚的镜片后，显得更大了。他们吃饭的动作非常缓慢，彼此之间没有交流，没有谈话，甚至连哈罗德和他妻子都没有交流。除了吃饭的声音，就只剩一个女人边吃边唱歌的声音，她脑内的“唱针”不停地在《银月之光》的开头跳动，一遍又一遍。没有人制止她，也没有人鼓掌。

“你可能已经猜到了，这是我们的餐厅和活动室。住户们在这里吃一日三餐，每天时间固定。固定时间安排活动非常重要。一些休闲活动也在这里办。有保龄球、扔沙包、小知识竞答、歌舞、手工活动。他们今天早上做了些可爱的鸟屋。我们每天都请人来给他们读报纸，让他们知道最新的新闻。”

“银月……”

“我们的住户有很多机会去保持身体和头脑的活跃和充实。”

“……之光。”

“家属和亲友可以随时来参与任何活动，还能过来跟住户一起吃饭。”

除了哈罗德，爱丽丝没看到任何亲属。没有其他的丈夫、妻子、儿女、孙辈，也没有朋友。

“我们还有受过专业训练的医疗工作人员，如果住户有额外护理的需求，都可以被满足。”

“银月之光。”

“你们这里有六十岁以下的住户吗？”

“哦，没有，我记得最年轻的是七十岁。平均年龄大概是八十二或八十三。年龄低于六十的阿尔茨海默病患者很少见。”

你面前就站着一个呢，女士。

“银月之光。”

“这些服务要多少钱啊？”

“我可以在出去的路上给你一个信息手册，简单来说，截至1

月，阿尔茨海默病特别护理中心的价格是每天两百八十五美元。”

爱丽丝在脑海里做了估算。大概每年十万美元。如果是五年、十年，或是二十年，还要乘以这些数字。

“还有任何问题吗？”

“没有了，谢谢。”

她跟着向导回到锁着的双开门，看着她按下密码。

0791925。

她不属于这里。

这是坎布里奇最罕见的天气，是所有新英格兰地区的人梦寐以求的天气，因为太过期盼，都开始神话它或者怀疑它是否真正存在了。它是气温在二十摄氏度左右的一个明媚春日。天空是蜡笔涂出来的那种蓝色，人也终于不需要再穿外套了。这样的天气不该待在办公室，尤其是当你得了阿尔茨海默病后。

她在距离哈佛园西南边几个街区远的地方拐弯了，带着逃课少女般欣喜的刺激感走进了本和杰瑞冰激凌店。

“我要一个三球的巧克力配花生酱甜筒，谢谢。”

管它呢，我都在吃立普妥[①]了。

她像拿着奥斯卡奖杯一样捧着自己那又大又重的甜筒，用五美元的现金付了账，把找的零钱扔进“为大学捐小费”零钱罐，继续朝查尔斯河走去。

很多年前，她听说冻酸奶比冰激凌健康，于是改吃冻酸奶，她都忘记冰激凌有多厚实绵密了，这真是一种纯粹的享受。她边舔冰激凌边走路，还想着在奥本山庄园护理中心的所见所闻。她需要一个更好的计划，她不想去阿尔茨海默病特别护理中心跟伊夫琳玩扔

① 立普妥，通用名为阿托伐他汀钙片，是一种降脂药。——编者注

沙包。她也不想约翰花一大笔钱只为了让一个已经不认识他的女人安全地活下去，更重要的是，他那时可能也不认识她了。她不想走到那一步，到那时情感和经济上的负担已经严重压倒了她留下来的好处。

她已经在出错了，并努力地试图掩盖它们，但她很确定，她的智商至少还比平均智商高一些。智商普通的人并不会去自杀。当然，有些人会，但不是因为他们的智商。

即使记忆的消退在加速，她的大脑依然以数不清的方式很好地服务她。比如说，此刻，她吃着冰激凌，冰激凌没有滴到甜筒边缘或手上，因为她用到了孩童时就学会并内化的技巧——舔完就转筒，这个信息大概跟骑自行车技巧和系鞋带技巧一起储存在大脑某处。她从人行道上走下来，过了马路，她的运动皮层和小脑解读着复杂的数学公式，保证她的身体能挪到马路另一边，而不在路上摔倒或被车撞到。她能闻到水仙花的甜味和街角印度餐厅传来的咖喱香气。每舔一口冰激凌，她都能细品巧克力和花生酱的美味，这证明她大脑负责享受欢愉的线路还是通畅的，这就跟享受性爱和一瓶好酒时的感觉是一样的。

但是迟早有一天，她会忘记如何吃甜筒冰激凌，如何系鞋带，如何走路。不知何时，她体验欢愉的神经元会被不断聚集的淀粉样蛋白[①]攻破，那时她就无法享受她爱的这些事了。在将来某一刻，这些都会变得没有意义。

她真希望自己得的是癌症。如果给她机会，她会毫不犹豫地把阿尔茨海默病换成癌症。她为这个愿望感到羞愧，这是毫无意义的讨价还价，但她允许自己幻想。如果得的是癌症，她就有可以斗争的对象。她可以做手术、放疗、化疗。她有机会赢。她的家人和哈佛

① 淀粉样变性组织中积聚的来自免疫球蛋白的糖蛋白，在机体衰老过程中增多。阿尔茨海默病患者脑组织内 β- 淀粉样蛋白明显增多。——编者注

大学的大家庭都会支持她的战斗，认为这是一场神圣的斗争。即使最后输掉了，她也能清醒地看着他们的眼睛，在离开前认真地道别。

阿尔茨海默病则是完全不同的怪物。没有任何武器可以斩杀它。服用安理申和美金刚就像用漏水的劣质水枪冲着熊熊大火喷水。约翰继续研究在做临床试验的药物，但她持怀疑态度，这些药对她有明显作用的可能性不大，不然约翰早就开始给戴维斯医生打电话，坚持给她用上这些药了。目前，所有阿尔茨海默病患者都面对着同样的结局，不论他们是八十二岁还是五十岁，不论是奥本山庄园的住户还是哈佛大学的全职心理学教授。熊熊烈火能吞噬一切。没有人能活着走出来。

剃光的头和抗癌丝带是代表勇气和希望的徽章，而她退化的词汇和消失的记忆则被宣传为精神不稳定甚至是即将疯掉。癌症患者会受到周围人的支持，爱丽丝则会成为局外人。即使是好心人和高知者也会对有精神疾病的人敬而远之。她不想成为别人避之不及、感到恐惧的人。

接受了她患有阿尔茨海默病这个事实，而且目前只有两种确切有效的药物可以缓解，她也不能把这个病换成什么可以治疗的病，那她还想要什么呢？要是试管婴儿成功了，她想活到能抱抱安娜的孩子的那天，并清楚地知道这是她的外孙或外孙女。她还想看莉迪亚出演一部她能为之自豪的作品。她想看汤姆真心爱上一个人。她想跟约翰再一同休假一年。她想在自己不能阅读之前读完想读的每一本书。

她不小心笑出了声，惊讶于自己刚刚揭示的事实。这个清单里根本没有跟语言学、教学以及与哈佛大学有关的事。她吃光了甜筒。她想要更多二十度左右的明媚天气，想吃更多的冰激凌。

等到疾病的重担压倒了吃冰激凌带来的快感，她只想死。但到了那个时候，她还能清醒地意识到这一点吗？她担心未来的自己无法记住和执行这个计划。让约翰或她的孩子以任何形式帮忙都不可能。她永远不会让他们那样难堪。

她需要一个计划，一个由现在的她设计安排，由未来的她执行的自杀计划。她要设计一个简单的测试，每天自测。她想到戴维斯医生和神经心理学家问她的问题，那些她去年12月就无法回答的问题。她想到自己还有什么心愿，而完成这些事并不需要多么高的智商。她愿意带着千疮百孔的短期记忆继续生活。

她从淡蓝色的挎包里掏出自己的手机，包是莉迪亚送的生日礼物，她每天都背着，包带挂在左肩上，包搭在右胯上。它已经成了她不可或缺的配饰，就像她的白金婚戒和运动手表。包跟她的蝴蝶项链很配，里面装着她的手机和钥匙。她只有睡觉的时候才会把包卸下来。

她打出这些字：

爱丽丝，回答以下几个问题：

1. 现在是几月？

2. 你住哪里？

3. 你的办公室在哪里？

4. 安娜的生日是哪天？

5. 你有几个孩子？

如果你答不出以上任何一个问题，打开你的电脑上叫“蝴蝶”的文件夹，立刻按照里面的指示做。

她设置了振动闹钟，每天早晨八点钟以日程的方式出现并提醒她，没有设置结束日期。她意识到，这个计划有很多潜在问题，它远远算不上滴水不漏。她只希望，她能在自己成为那个傻瓜之前打开“蝴蝶”文件夹。

她几乎是跑着去教室的，担心自己要迟到了，但是她到的时候，课还没开始。她找了个靠过道的座位，倒数第四排，中间靠左。几个学生从后门溜了进来，不过大部分人已经准备好了。她看看自己的手表：十点零五分。墙上的钟时间也一样。这太不正常了。她给自己找点事做。她看了看课程安排，又浏览了她上节课的笔记。她还写了一份这天接下来的待办清单：

已经十点十分了。她用笔敲着《我的莎罗娜》的调子。

学生们开始躁动不安。他们看看笔记本，看看墙上的钟，翻翻教科书，再合上。他们打开笔记本电脑，开始点点鼠标，打打字。他们喝完了咖啡。他们把巧克力、薯片等各种零食的包装揉出声响，然后吃掉了零食。他们咬笔盖和手指甲。他们扭过身去看教室后面，或者探身去找其他排的朋友们说话，他们一会儿挑挑眉，耸耸肩，一会儿小声交头接耳，咯咯笑着。

“也许今天有客座讲师吧。”一个坐在爱丽丝后面几排的女孩说。

爱丽丝再一次打开她的动力与情绪课程安排。5 月 4 日，周二：压力、无助感和控制（第十二章和十四章）。这里没有提什么客座讲师啊。房间里的情绪从期待转变为不和谐的尴尬。他们像热炉子上的玉米粒一样：只要一个爆开了花，其他的就会跟着，但没有人知道谁会做那第一个爆开的。哈佛大学的校规是，如果教授迟到，学生至少要等二十分钟才能认为这堂课被正式取消了。爱丽丝不害怕做第一个，她合上自己的笔记本，扣好笔盖，把所有东西装进书包。十点二十一分。等得够久了。

她转身离开时，看到身后坐着的四个女孩。她们都抬头看着她微笑，可能是感激她第一个走，释放了压力，给了她们自由。她举起手腕，把腕表上的时间当作她的佐证数据。

“我不清楚你们怎么想，反正我还有更重要的事要做。”

她走上台阶，从后门离开了教室，没有回头。

爱丽丝坐在办公室里，看着窗外高峰期的车灯在纪念大道上闪烁。她感觉胯部有东西在振动。早上八点了。她从淡蓝色挎包里拿出手机。

爱丽丝，回答以下几个问题：

1. 现在是几月？
2. 你住哪里？
3. 你的办公室在哪里？
4. 安娜的生日是哪天？
5. 你有几个孩子？

如果你答不出以上任何一个问题，打开你的电脑上叫“蝴蝶”的文件夹，立刻按照里面的指示做。

5月

马萨诸塞州坎布里奇市杨柳街34号，邮编02138

威廉·詹姆斯大楼，1002室

1976年9月14日

三个

2004年6月

一个显然上了年纪的女人涂着亮粉色指甲油和口红，正在跟一个大概五岁的小女孩玩挠痒痒，小女孩应该是女人的孙女。两个人看起来都开心极了。广告上的内容是："全世界最棒的挠痒痒冠军服用全世界最棒的阿尔茨海默病处方药。"爱丽丝在翻看《波士顿》杂志，但是看到这一页就愣住了。她恨那个女人，恨意就像滚烫的液体一样侵袭她的全身。她盯着图片和那段文字看，等待自己的思绪追赶上直觉，但还没等她想清楚自己为何对这个广告如此反感，莫耶医生就打开了诊室的门。

"爱丽丝，你说你有入睡难的问题，跟我讲讲具体情况吧。"

"我现在入睡总要花一个多小时，睡不了几小时就又醒了，然后只能再重复一次入睡过程。"

"你睡觉时有没有潮热或身体不适？"

"没有。"

"你在服用什么药物呢？"

"安理申、美金刚、立普妥、维生素C和维生素E、阿司匹林。"

"这样啊，很不幸，失眠的确是安理申的副作用之一。"

"对，不过我不能断掉安理申。"

"给我讲讲你无法入睡时做什么。"

"我主要是躺在那儿担心。我知道我的情况还会越来越糟糕，但我不知道那会是什么时候，我担心自己哪天可能一觉醒来，就不知道自己是谁、在哪儿、是做什么的。我知道说出来可能不合逻辑，但我还是觉得，阿尔茨海默病只能在我睡着的时候杀掉我的脑细胞，只要我还醒着，守着我的大脑，我就不会变。

“我知道这些焦虑让我夜不能寐，但是我没有办法。我一睡不着，就会担心，然后越担心越睡不着。这太让人疲惫了，我光是跟你说这些就感觉很累。”

她刚刚的话只有一部分是真的。她确实担心。但她最近睡眠非常好。

“你白天有这种强烈的焦虑吗？”莫耶医生问道。

“没有。”

“我可以给你开点抗抑郁的药。”

“我不想要抗抑郁药，我没有抑郁。”

实际上，她可能是有一点抑郁的。她被诊断出患有一种无法治愈的致命疾病。她的女儿也一样。她几乎完全不外出了，曾经生动的课堂如今也变得无聊到难以忍受，即使约翰偶尔跟她一起在家，他也仿佛在千里万里之外。没错，她是有些伤感。但是以她现在的处境，这是正常的反应，而不是成为她再加一种每日服用的药物的理由，那样她承受的副作用也要增加了。她来这里为的也不是这个。

“我们可以给你试试替马西泮①，每天睡前一颗。它能帮你迅速入眠，让你睡大概六小时，早晨醒来时也不会迷糊。”

“我想要药效更强劲一些的。”

长久的沉默。

“我希望你重新预约一天，跟你丈夫一起来，到时候我们再聊给你开更强劲的药这件事。”

“这跟我丈夫没关系。我没有抑郁，我也不绝望。我清楚我在

① 替马西泮，临床上用于治疗睡眠障碍。——编者注

要什么，塔玛拉。”

莫耶医生仔细地打量她的脸，爱丽丝也打量着莫耶医生的。两人都过了四十岁，还不到老年，都是受过高等教育的已婚职业女性。两人的熟悉程度还没有到知道彼此的政治观点的地步。如果有必要，她也可以去找其他医生。她的症状已经越来越严重了。她不能冒险再等下去。她可能会忘掉。

她还排练了额外的对话，但她没用上。莫耶医生拿出处方笺，开始写字。

她又跟那位叫什么萨拉的神经心理学家共处小小的诊室了。她刚刚又向爱丽丝介绍了自己，但爱丽丝已经忘记她的姓了。这可不是好迹象。不过这个房间跟她记忆里 1 月时的样子一模一样——窄小、干净、没有特别之处。房间里的一张桌子上放着笔记本电脑，桌旁有两把咖啡厅椅子和一个金属文件柜。除此之外，房间里空空如也。没有窗子和植物，墙上和桌上也没有任何照片和日历。没有能让人分心的东西，也没有什么可能的线索或偶然的关联。

萨拉以非常平常的内容开启了谈话。

“爱丽丝，你多大了？”

“五十岁。”

“你的五十岁生日是什么时候？”

“10 月 11 日。”

“现在是一年中的什么时候？”

“春天，不过感觉已经像是夏天了。”

“可不是吗？今天外面太热了。那我们现在在哪儿呢？”

“在麻省总医院记忆障碍科，位于马萨诸塞州的波士顿。”

“你能说出这张图片里的四样东西吗？”

“书、电话、马、车。”

“我衣服上的这个东西叫什么？”

“扣子。”

“我手指上的这个东西是什么？”

“戒指。”

“能不能倒过来拼一下‘Water’（水）这个单词？”

“R-E-T-A-W。”

“重复我接下来的话：谁、什么、时间、地点、原因。”

“谁、什么、时间、地点、原因。”

“你能抬起手，闭上眼，同时张开嘴吗？”

她照做了。

“爱丽丝，你之前在图片里指出的四个物件是什么？”

“马、车、电话、书。”

“很好，在这里写一个句子。”

她写道：“我不敢相信将来有一天，我会无法这样做。”

“很好，一分钟内，尽可能多说‘S’开头的词。”

“莎拉，什么，傻，声音，生存，生病，色，肃静，什么。哦，不好意思，这个说过了。说，神圣。”

“尽可能多说你能想到的‘Y’开头的词。”

“遗忘，永远，有趣，迂回，逸，宜人，丫的。”她笑出了声，自己也觉得惊讶，“抱歉了，最后那个。”

“没关系，这个测试里我经常听到这个词。”

爱丽丝忍不住想，要是一年前做这个测试，她能想出多少词来。她想知道一分钟想出多少词才是正常的。

“尽力多说几种蔬菜。”

“芦笋，西兰花，花椰菜，韭菜，洋葱，甜椒……甜椒，不知道了，我想不出了。”

“最后一项了，尽力说四条腿的动物名。”

“狗，猫，狮子，老虎，熊，斑马，长颈鹿，羚羊。”

“请为我读一下这个句子。”

萨拉递给她一张纸。

“7 月 2 日，周二，在加利福尼亚州圣安娜，一场火灾导致约翰·韦恩机场关闭，共有三十名旅客滞留，包括六名儿童和两名消防员。”爱丽丝读道。

这是一个纽约大学故事回忆测验，用来测试陈述性记忆。

“好了，给我重复你刚刚读的故事，尽可能多说细节。”

“7 月 2 日，周二，在加利福尼亚州圣安娜，一场火灾导致三十人滞留机场，包括六名儿童和两名消防员。”

“很好。我现在给你看一些卡片，你要告诉我图里物品的名字。”

波士顿命名测验。

“公文包，纸风车，望远镜，冰屋，沙漏，犀牛，球拍。哦，等下，我知道这是什么，是让植物爬的梯子，格子架？不对。花棚！手风琴，碱水面包结，拨浪鼓，哦，再等一下。我们在科德角家里的院子里就有这个东西。要挂在树中间，人能躺在上面。不叫挂床，叫什么来着，吊索吗？不。哦，天哪，里面肯定有‘吊’字，但我想不起来了。”

萨拉在她的打分表上写下一个符号。爱丽丝想争辩，她说不出这个词很可能不是因为阿尔茨海默病，而是单纯的突然忘事。即使完全健康的大学生也会每周经历一两次话到嘴边说不出来的情况。

“没关系，我们继续。”

接下来的图片内容爱丽丝都轻易地准确说出，但她还是无法激活那个负责“午睡网”名称编码的神经元。他们家那个东西就挂在院子里的两棵云杉树之间。爱丽丝记得她经常在午后跟约翰在那里小憩，她记得阴凉的树荫带来的愉悦。他的胸膛和肩膀就是她的枕头，他的上衣散发着他们用的衣物护理剂那熟悉的味道，跟他被晒黑的、沾了海盐的肌肤散发的夏日味道交织在一起，每一次呼吸都让她深深着迷。她记得这所有的一切，却记不得他们躺的那个东西究竟叫“吊什么”。

她顺利完成了韦氏记忆量表图片回忆分测验、雷文彩色推理测验、鲁利亚心理旋转测验、斯特鲁普效应测验、临摹和记忆几何图形测试。她看看手表，发现她在这个小房间里才刚待满一个小时。

“好的，爱丽丝，回忆你刚才读的那个小故事。你还能说出什么信息？”

她吞咽了一下口水，恐慌的感受像是卡在了她的隔膜上方，沉重而巨大，让她的呼吸很不顺畅。不知是她获取那个故事细节的路径被阻塞了，还是她没有足够的动力来敲响储存它们的神经元的大门。出了这个衣柜般的房间，她就能用手机去查她丢失的信息了。她可以重读电子邮件，在便利贴上给自己写提示词。她可以依靠哈佛大学教授的身份给她带来尊重。出了这个小房间，她可以藏起自己大脑里不通畅的路径和孱弱的神经信号。即使她很清楚这些测试就是为了探究她不能获取哪些信息，此刻她还是觉得自己在毫不知情的情况下被人逮到了把柄，尴尬至极。

“我不太记得了。”

就这样，她的阿尔茨海默病在明亮的灯光下被曝光，赤裸地展露着，任由这位叫什么萨拉的神经心理学家随意审视和评判。

“没关系，能记得什么就说什么，任何一点信息都可以。”

“我记得好像是一个机场的故事。”

“故事发生在周日、周一、周二，还是周三？”

“我不记得。”

“那就猜一猜吧。”

“周一。”

“发生灾害的原因是飓风、洪水、大火，还是雪崩？”

“大火。”

“故事发生在 4 月、5 月、6 月，还是 7 月？”

“7 月。”

“哪个机场被关停了？约翰·韦恩机场、杜勒斯机场，还是洛杉矶国际机场？”

“洛杉矶国际机场。”

“滞留的旅客有几个人？三十、四十、五十，还是六十？”

“我不知道，六十吧。”

“滞留的孩子有几个？两个、四个、六个，还是八个？”

“八个。”

“滞留的还有什么人？两个消防员、两个警察、两个商人，还是两个教师？”

“两个消防员。”

“很好，你的测试做完了。我带你去戴维斯医生那儿。”

很好？有没有可能她记得那个故事，只是自己不知道？

爱丽丝走进戴维斯医生办公室，惊讶地发现约翰已经坐在那儿了，她前两次来的时候，那个座位都空荡荡的。人到齐了。爱丽丝、约翰、戴维斯医生。她不敢相信这一切正在发生，这就是她的人生，她是跟丈夫一起坐在记忆障碍科医生办公室的病人。她仿佛在扮演戏里的一个角色——一个患了阿尔茨海默病的女人。她丈夫把一份资料放在大腿上。只不过，这不是什么脚本，而是《日常生活活动能力问卷》。（场景：医生办公室内。女人的记忆障碍科医生坐在女人丈夫的对面。女人走了进来。）

“爱丽丝，坐下吧。我刚刚跟约翰聊了几分钟。”

约翰转动他的婚戒，抖动着右腿。他们的椅子挨着，所以她的椅子在跟着抖动。他们刚刚聊了什么呢？她想在开始之前跟约翰私下说几句，了解刚刚发生了什么，两人好对一下说辞。她还想告诉他，不要再抖了。

“你感觉怎么样？”戴维斯医生问道。

“我很好。”

他冲她微笑。这微笑带着善意，让她的疑虑瞬间减少了几分。

“好，那你的记忆力怎么样了？上次回去后，有没有新增的顾虑或者变化？”

“我感觉我现在很难弄清楚自己的时间表。我整天都得不停地看手机和待办清单。我现在很讨厌打电话。要是看不到谈话对象，我就难以完全理解对话内容。我总是在脑海里赶着理解对方之前说的话，就错过了他们后面的话。”

“那方位迷失呢？有没有再次迷路或者出现短暂困惑的现象呢？”

“没有。对了，我有时候会弄不清楚现在是一天中的什么时候，即使看着表也不行，但最后我能反应过来。有一天，我以为是早上了，就去了办公室，结果回到家才发现那是半夜。”

“有这回事？”约翰问道，“什么时候？”

“我不知道，好像是上个月吧。”

“那我在哪儿呢？”

“睡着呢。”

“你怎么现在才告诉我，爱丽？”

“我不知道，我大概忘记告诉你了吧？”

她冲他微笑，但是这似乎对他没用。要说有作用，就是让他更加担忧了。

“这种对时间的困惑和夜里走出去是很常见的，而且很可能再次发生。你们可能需要考虑在前门装一个响铃或者其他东西，夜里门开了就能叫醒约翰。你们还可以考虑跟阿尔茨海默病协会登记一下‘平安回家’项目。我记得好像只要四十美元，登记好了你就会戴一个有个人编码的身份手环。”

“我手机上存有约翰紧急联系信息，而且我的手机放在包里，我走到哪儿都带着这个包。”

“好的，那挺好的，但是如果你手机没电了，或者约翰手机关机了，而你刚好迷路了，怎么办？”

“那在我包里放一张纸，写着我的名字、约翰的名字、我们的住址和电话，怎么样？”

“这样也可以，只要你保证一直带在身上。但你可能会忘记拿包，换成手环，你就不需要去想这么多了。”

“这是个好主意，”约翰说，“她会去申请一个的。”

“你吃药的情况怎么样？是不是按处方吃？”

“是。”

“有没有出现副作用？恶心、头晕之类的。”

“没有。”

“除了你去办公室的那晚，你还出现过睡眠问题吗？”

“没有。”

“你在规律地锻炼吗？”

“是，我还在跑步，大概八公里，基本每天都跑。”

“约翰，你跑步吗？”

“不跑，我走路去上班，这就是我的锻炼了。”

“我觉得你可以考虑跟她一起跑。有可靠数据表明，仅靠锻炼就能减缓 β- 淀粉样蛋白的堆积和认知退化。”

“我看到过那些研究。”爱丽丝说。

“好吧，那就继续跑步吧。不过我希望你能有个伴，这样我们就不用担心你迷路或者忘记了跑步。”

“我会开始跟她一起跑的。”

约翰讨厌跑步。他打壁球、网球，偶尔打高尔夫，但他从来不跑步。他现在的脑力肯定在她之上，但身体素质方面，他就无法跟她比了。爱丽丝喜欢跟约翰一起跑步这个建议，但她不确定他能否执行计划。

“那你最近情绪怎么样？你感觉好吗？”

“总体来说还可以，但因为要费力地理解和跟上所有事情，还是会让我觉得很沮丧、很疲惫。我还很担心未来的事。除此之外，我感觉没什么变化。实际上在某些方面还好了些，因为我跟约翰和孩子们说了。”

“你跟哈佛的人说了吗？”

“没有，暂时没有。”

“你这学期上课和完成一些其他工作都顺利吗？”

“还好，我需要比上个学期多付出很多的精力，但都完成了。”

“你有独自去外地参加会议或演讲吗？”

“我几乎不去了。我取消了两场大学演讲，4 月的一次大型会议也没去，这个月也不去法国参加会议了。通常我夏天出差最多，我们两个都是，但今年我们计划整个夏天都待在科德角的家里。我们下个月就要去了。”

“很好，听起来非常棒。好吧，我觉得你这个夏天应该是没什么问题了。不过我认为你应该提前想想秋天的计划，包括告诉哈佛的人，也许还需要有计划地退出你的工作，我想那时候你应该是彻底不能出差了。”

她点点头。她恐惧 9 月的到来。

“现在还需要计划一些法律层面的事，比如代理权、生前遗嘱之类的预先指示。你有没有考虑过捐赠大脑用于研究？”

她考虑过。她想象着自己的大脑被抽干了血液，泡在福尔马林里，成了橡皮泥色，放在医学生等待的双手中。老师会向他们指认各种沟槽和脑回，教他们辨认大脑的体感皮层、听觉皮层、视觉皮层。她的大脑里面存储着海洋的味道、她孩子的声音、约翰的手和脸的样子。或者，她可以想象自己的大脑被切成薄薄的切片，就像切片的熏火腿，被贴在载玻片上。被这样处理一番，放大的脑室的样子一定让人过目不忘。那些空了的位置就是她曾经存在的脑细胞。

“嗯，我想捐赠。”

约翰不舒服地动了动。

“好的，我安排你今天走之前填表。约翰，能把你手里的问卷表给我吗？”

我来之前约翰在这里是怎么描述我的呢？他们永远都不会向我谈起的。

“爱丽丝是什么时候告诉你她的诊断结果的？”

“就在你告诉她之后。”

“好的，在你看来，那之后她状态如何？”

“我觉得很好。打电话的问题确实存在。她现在压根不接电话了。要么我去接，要么她等着来电被转到答录机。她现在离不开她的手机，几乎是有强迫症：她每天早上出门前都要隔几分钟就看一次。我看到她这个样子有点难受。”

约翰似乎越来越无法直视她了。他看她的时候都是带着一种观察性的冷静目光，好像她是他的一只小白鼠。

“还有其他问题吗？可能是爱丽丝没提到的。”

“我想不到了。”

“她最近的情绪和性格怎么样？你有没有注意到什么变化？”

“没有，她没变。可能多了一点防备心吧。她还安静了一些，不像以前那样爱主动谈话了。”

“那你呢？”

“我？我很好啊。”

“我可以给你一些信息，关于照料人互助小组的。丹尼丝·达达里奥是这里的社工。你应该跟她预约一下，让她了解情况。”

“是针对我的会面吗？”

“是的。”

“哦，我不需要，我挺好的。”

“好吧，如果你需要的话，这些资源都在。我现在有一些问题要问爱丽丝。”

“实际上，我想了解一下附加治疗和临床试验。”

“好的，可以，但我要先做完她的测试。爱丽丝，今天是星期几？”

“星期一。”

“你是什么时候出生的？”

“1953年10月11日。”

“现在的美国副总统是谁？”

“迪克·切尼。”

“好的，我现在告诉你一个名字和一个地址，你重复给我。我过一会儿会让你再重复一次。准备好了吗？约翰·布莱克，布莱顿市西街42号。”

“跟上次一样。”

“是的，没错。非常好。你能重复一遍吗？”

“约翰·布莱克，布莱顿市西街42号。”

约翰·布莱克，布莱顿市西街42号。

约翰从来不穿黑衣服，汤姆住在布莱顿市，莉迪亚住在西海岸，八年前我四十二岁。

约翰·布莱克，布莱顿，西街42号。

“好的，你能从一数到二十，然后从二十开始倒数吗？”

她照做了。

“好，现在请用左手比数字，比画你生活的城市名首字母在字母表中的顺序。”

她在脑海里重复了他的话，然后用左手食指和中指比了“二”。

“很好。现在说一下我手表上这个东西的名字。”

“表扣。”

“好的，在这张纸上写一句关于今天天气的话。”

她写道：“今天雾蒙蒙的，又潮又热。”

“在纸的反面画一面钟，显示的时间是三点四十五分。”

她画了一个大圈，从最顶上的“12”开始，依次填上了十二个数字。

“坏了，我把圈画太大了。”

她把时间写了下来。

“3:45”。

“不是数字式的。我是让你画实体钟表。”戴维斯医生说。

“你是想测我的画画能力还是想测我还会不会读表啊？你要是能给我画个表面，我能给你指出来三点四十五分时指针的位置，但我画画从来都不行。”

安娜三岁的时候特别喜欢马，总求着爱丽丝给她画马。爱丽丝画的马顶多算是后现代风格的狗和龙结合的怪物，即使上幼儿园的安娜想象力丰富，接受能力极强，也不买账。“不，妈妈，不要这样的，给我画马。”

“实际上两个问题我都在测，爱丽丝。阿尔茨海默病对大脑顶叶的影响会很早出现，那是负责我们对体外空间内部解读的区域。约翰，就是因为这个我才想让你跟她一起跑步。”

约翰点点头。他们两个居然合起来对付她。

“约翰，你知道我不会画画的。”

“爱丽丝，让你画个表而已，又不是马。”

他居然没有替她说话，她惊讶极了，瞪着他，挑挑眉，表示再给他一个机会去说明爱丽丝在这方面完全没问题。但他却只是盯着她，转动着自己的戒指。

“你给我画个表面，我给你指三点四十五分。”

戴维斯医生在另一张纸上画了一个钟表，爱丽丝画出了指向三点四十五分的指针的正确位置。

“好的，现在，告诉我之前让你记的名字和地址。”

“约翰·布莱克，布莱顿市西街，不知道几号。”

“好的，是42、44、46，还是48？”

“48。”

戴维斯医生在画了表的那张纸上写了长长一串字。

“约翰，别抖我的椅子了。”

“好的，现在我们可以讨论临床试验方面的选择了。目前布莱根妇女医院有几项正在进行的研究。我觉得最适合你的那项这个月就开始接受病人报名了。那是一项分三阶段的试验，药叫艾米利克斯[①]。它可以固定可溶的β-淀粉样蛋白，防止它们聚集，所以跟你

① 艾米利克斯（Amylix），名称由淀粉样蛋白（amyloid）变形而来。——译者注

目前服用的药不同，这种药有希望防止你的病继续恶化。第二阶段的研究结果非常令人欣慰。药也没有什么耐受性问题，服用一年后，病人的认知功能似乎不再降低了，甚至还有所提高。”

“我想他们一定还设置了安慰剂对照组吧？”约翰问道。

“是的，这是双盲试验[①]，受试病人会被随机分到安慰剂组，或两个剂量组中的其中一个。”

所以我拿到的可能只是糖丸。她想，在β- 淀粉样蛋白那里，安慰糖丸和不切实际的幻想并没有区别。

“你对分泌酶抑制剂有什么看法？”约翰问道。

这是约翰最喜欢的。分泌酶是一种自然发生酶，能释放正常的无害剂量的β- 淀粉样蛋白。爱丽丝的早老蛋白1基因中，变异导致分泌酶对正常的机体管控不再敏感，它开始制造过多的β- 淀粉样蛋白。过多是有害的。这就像打开一个关不掉的水龙头，她的水池很快就溢出了水。

“目前，分泌酶抑制剂要么毒性太强，不能用于临床，要么——”

“氟比洛芬怎么样？”

氟比洛芬是一种类似布洛芬的消炎药。美瑞德制药公司宣称，它能够降低β- 淀粉样蛋白42的产生。这样，进入水池的水就少了。

“没错，这种药关注度很高。目前有一项第二阶段的研究，但是试验范围仅限于加拿大和英国。”

“你看爱丽丝可以用氟比洛芬吗？”

“我们还没有足够数据来确定它治疗阿尔茨海默病的效果。她如果决定不参与临床试验，那我认为试试也无妨。但如果她想参与

---

① 双盲试验，指在试验过程中，测验者与被测者都不知道被测者所属的组别（实验组或对照组），分析者在分析材料时，通常也不知道正在分析的资料属于哪一组。旨在消除可能出现在试验者和参与者意识当中的主观偏差和个人偏好。——编者注

临床试验，氟比洛芬被认为是阿尔茨海默病治疗中的研究性药物，用上的话她就无法参与临床试验了。”

“好的，那伊澜制药公司的单克隆抗体呢？”约翰问道。

“我觉得这个不错，但是研究还在第一阶段，目前报名已经截止了。假设它通过安全性研究测试，第二阶段启动最早也要等到明年春天，我希望爱丽丝尽快参与一项临床试验。”

“你有没有给人试过静脉注射免疫球蛋白？”约翰问道。

约翰认为这种疗法应该不错。它需要从捐赠血浆中提取免疫球蛋白，而且这已经被证明是安全的，对治疗原发性免疫缺陷有效，对一部分自身免疫性神经肌肉疾病也有用。它很昂贵，保险公司也不报销，因为它属于药品核准标示外使用，但如果真的有用，那天价也是值得的。

“我从没给病人试过。我不反对这种疗法，但我们不知道合理的用量，这是一种非常粗略的没有针对性的治疗方案。我认为它的效果至多也只能说‘不太大’。”

“不太大的效果我们可以接受。”约翰说。

“好吧，不过你需要明白这是在放弃什么。如果你决定尝试静脉注射免疫球蛋白，爱丽丝就不能参加任何临床试验，用不上那些可能更有针对性、对她的病更有效的治疗方案。”

“但那也得确保她绝对不会被分到安慰剂组。”

“没错。这两个选择都有风险。”

“要是参加临床试验，我必须停掉安理申和美金刚吗？”

“不，这两种你要继续吃。”

“我可以用雌激素替代疗法吗？”

“可以。有零散的证据表明它至少有一定程度的保护作用，所以我愿意给你开点雌激素片。但是，这种疗法也被认为是试验中的药物，如果用上，你就不能参与艾米利克斯的临床试验了。”

“我要参与试验的话，需要多久？”

“研究时间为十五个月。”

“你妻子叫什么？”爱丽丝问道。

“露西。”

“如果露西得了这个病，你希望她选择哪个？”

“我会希望她报名艾丽米利克斯试验。”

“所以艾米利克斯是你唯一推荐的吗？”约翰问道。

“是的。”

“我觉得我们应该在氟比洛芬和雌激素的基础上加上静脉注射免疫球蛋白。”约翰说。

房间里突然安静了下来。他们刚刚交换了大量的信息。爱丽丝用手指抵住眼眶，试图用她的分析思维考虑治疗方案的选择。她尽力在脑海里画出表格来比较这两种方案的优劣，但是脑海中的表格没有什么用，她把它丢进了大脑中的垃圾桶。她又试图用概念思维来考虑，得到一幅清晰的图像，是选一把猎枪还是选一颗子弹，答案已经明了。

“你们不需要今天就做决定。可以先回家去考虑考虑，然后再给我答复。”

不，她不需要再考虑了。她是个心理学家。她知道在寻求未知真相的过程中要怎样不求回报地冒险。这些年她在自己的研究中做过太多次这样的选择了，她选择了子弹。

“我想参与临床试验。”

“爱丽，我觉得在这件事上你应该相信我。”约翰说。

“我现在还可以作出自己的判断的，约翰。我想要参加试验。”

“好的，我帮你拿需要填写的表格。”

（场景：医生办公室内。神经科医生离开了房间。丈夫转动手上的婚戒。女人祈祷能被治愈。）

2004年7月

“约翰？约翰？你在家吗？”

爱丽丝很确信他不在家，但是最近，“确信”已经被戳了太多的洞，能承载的意义大不如前。他离开了，去了什么地方，但她记不得他什么时候走的，去了哪儿。他是去商店买牛奶或者咖啡了吗？他是去租电影光盘了吗？要是这两种情况，他很快就该回来了。还是说他开车回了坎布里奇？那至少要几小时，可能晚上才回来呢。他是不是终于发现他无法面对他们的未来，所以选择直接离开，不再回来了？不，他不会那么做的。这一点她很确定。

他们在科德角查塔姆的房子建于1990年，比起坎布里奇的房子，这里显得更加开阔，少了一些零碎感。她走进厨房，这个厨房跟坎布里奇家里的完全不同。白色的墙和橱柜、白色厨具电器、白色吧台椅和通铺的白色瓷砖给厨房带来一种漂白感，房间里其他的颜色只有皂石厨台以及各种白色瓷器和透明玻璃容器上的些许钴蓝色。这看起来就像是涂色书中的某一页，只被尝试着用一根蓝色蜡笔点了点。

岛式柜台上的两个盘子和用过的纸巾是吃过晚餐的证据。晚餐是沙拉配红酱意大利面，玻璃杯里还剩着一口白葡萄酒。爱丽丝带着法医般游离的好奇心拿起玻璃杯，用嘴唇去试杯里酒的温度。酒还是有一点冷的。她觉得自己是饱的。她看看时间，现在是晚上9点多了。

他们来查塔姆一周多了。在过去那些年里，只要远离哈佛紧张的日常工作一周后，她就会全身心投入科德角所惯有的放松生活方式中，而且已经开始读第三本或第四本书了。可这一年，虽说哈佛的日常工作依然紧张严苛，却也给她筑造了一个生活框架，熟悉而舒心。会议、座谈会、上课、约谈，仿佛是为她洒在路上的面包渣，引导着她走过每一天。

而在查塔姆，她没有日程表。她睡得很晚，吃饭时间也不固定，任何事都是随心所欲的。她的日子是靠吃药来计数的，她每天早晨都做“蝴蝶”测试，每天跟约翰一起跑步。但是这些活动不够给她筑造一个生活框架。她需要更大更多的面包渣。

她经常不知道当下是一天中的什么时候，也不知道日期。不止一次，她坐下来吃饭，却不知道要吃的是哪顿饭。就像昨天，沙粒酒吧的一个女服务生在她面前摆了一盘炸蛤蜊，可就算她摆的是早餐烙饼，爱丽丝也会同样热情地吃下去，毫不犹豫。

厨房窗子敞开着。她望了望窗外的车道。没有车。外面的空气依然保留着一丝白天的余温，远处传来牛蛙的叫声和一个女人的笑声，还有哈丁斯海滩的海浪声。她在脏盘子旁边给约翰留了一张纸条：

我去沙滩散步了。

爱你的爱丽

她大口吸着夜晚的干净空气。午夜深蓝的天空点缀着光点朦胧的星星和漫画一般的弯月牙。这里没有路灯，远离商业街，照亮他们这片海滩的只有露台灯、房间里的灯和偶尔经过的车灯，还有月亮。在坎布里奇，这样的黑暗会让她感到独自回家的路不够安全；但在这里，在这个度假的海边小社区，她觉得自己安全无比。

停车场没有车，海滩也空无一人。小镇警察不鼓励居民夜里出行。这个时候，海滩上没有尖叫的孩子，没有海鸥，没有非接不可的电话，也没有急着去赶下一件事的担忧，没有任何事能打破这份平静。

她走到水边，任大海吞噬她的双脚，温暖的海浪舔舐她的双腿。由于面对着南塔基湾，哈丁斯海滩的水域被保护起来，比起临近的直面冰冷大西洋的海滩，它的水温要高五摄氏度左右。

爱丽丝先脱掉了上衣和内衣，又一下子脱掉了短裙和内裤，然后走进海里。水中没有通常随着浪花冲上岸的海草，海水打在她的肌肤上泛起白色泡沫。她跟随着海浪调整呼吸的节奏。她轻轻地踩水，然后躺在水面上，惊叹地欣赏着追随她指尖和脚跟的点点磷光，感觉那像极了精灵的魔法粉末。

她的手腕反射着月光。直径五厘米长的不锈钢手环正面刻着“平安回家”，反面还刻着代表她的身份的数字“1800”，以及“记忆障碍”几个字。她的思绪随着一朵朵浪花，从手上这个她并不想要的手环飘到了她母亲的蝴蝶项链，又从项链飘到她自杀的计划、她想要读的书，最终困在弗吉尼亚 · 伍尔夫和埃德娜 · 庞特利尔的共同命运上[①]。那多容易啊。她可以一路游到南塔基湾，直到疲惫得无法继续游。

她望向黑乎乎的海面。她的身体强壮而健康，能让她保持漂浮状态，踩着水，她的所有直觉都在朝着生的方向努力。是啊，她不记得今晚跟约翰吃的晚餐，也不记得他说他要去哪儿。她明早可能

① 弗吉尼亚 · 伍尔夫（Virginia Woolf），英国女作家，在经历多次精神崩溃后选择了投河自杀。埃德娜·庞特利尔（Edna Pontellier），是美国女作家凯特·肖邦（Kate Chopin）代表作《觉醒》（*The Awakening*）中的主人公，最终选择葬身大海。——编者注

就不记得今晚发生的事了，可是在这一刻，她并不绝望。她感到无比幸福又充满活力。

她又回头看看海滩，岸上的风景被昏暗的光照着。一个人影走了过来。她还没看清他的任何外貌特征，就认出了那是约翰，因为他走路的步幅和一跳一跳的样子。她没有问他去了哪儿，走了多久。她没有感谢他回来。约翰也没有责备她不带手机自己跑出来，也没有让她赶快游回岸边回家去。两人一言不发。约翰脱掉了衣服，走进海里跟她一起游。

“约翰？”

她找到他时，他正在给独立车库刷漆。

“我在家里到处喊你。”爱丽丝说。

“我一直在外面，没听见你喊。”约翰说。

“你什么时候去开会？”她问道。

“周一。”

他要去费城待一周，参加第九届阿尔茨海默病国际论坛。

“莉迪亚会在那之前到，是吧？”

“是的，她周日来。”

“哦，对。”

收到莉迪亚的书面申请后，莫诺莫伊保留剧目轮演剧团邀请她作为夏天的特邀艺人加入。

“你准备好去跑步了吗？”约翰问道。

初夏的晨雾还未散尽，她的穿着不足以抵御空气中的寒意。

“我再去多穿一件就好。”

进了前门，她打开外套衣柜。每年初夏，在科德角想要穿得合适永远是个难题，每天早上的气温都是十摄氏度左右，下午则飙升至二十七摄氏度左右，又会在日落时迅速降到十摄氏度左右，通常还伴随着清凉的海风。一天中增减衣物不仅需要有时尚创意，还需要耐心和乐意投入。她摸了衣柜里挂的每一件外套的袖子。虽然这里有很多衣服，但只适合去海滩上坐坐和散步穿，跑步穿的话就有点厚重了。

爱丽丝跑上楼去，进了他们的卧室。在几个抽屉里翻找一番，她找到一件轻薄的羊绒衣穿上。她注意到自己在读的书摆在床头柜上。她抓起书，走下楼梯，进了厨房。她给自己倒了一杯冰茶，又走向后门廊。清晨的薄雾还没消散，天气比她预期的要冷。她把茶和书放在两把阿迪朗达克椅子中间的白色桌上，又回房子里去找毯子。

她回来了，用毯子把自己裹起来，坐在椅子上，打开书折角的那一页。阅读迅速成了让她心痛和辛苦的差事。她必须一遍又一遍地读同一页，才能理顺论文或故事的上下文关系，如果她把书放下一段时间，就必须退回章节开始处，才能找到故事线。而且阅读的选择也让她紧张。她要是没时间读完一直想读的东西，那该怎么办呢？给书排序让她痛苦，因为这提醒她，她的时间不多了，总会有未完成的事。

她刚开始读《李尔王》。她太爱莎士比亚的悲剧了，但是从没读过这一部。很不幸，这已经成了她的常态，她总是会读几分钟就卡住。她又读了前面的一页，用食指在文字下方画着无形的线。她喝掉了一整杯冰茶，看着树上停留的鸟儿。

“啊，你在这儿啊。你在干吗呢？我们不是要去跑步吗？”约翰问。

“哦，对，好的。这本书快把我逼疯了。”

“那我们就走吧。”

“你今天不是要去参加那个论坛吗？”

“下周一才去。”

“那今天是周几？”

“周四。”

“哦，莉迪亚什么时候来？”

“这周日。”

“她会在你走之前来吧？”

“是的，爱丽，我刚刚告诉你。你应该把这些记在你的手机上，我觉得这样你能清楚些。”

“好的，抱歉。”

“准备好了吗？”

“好了。等下，我先去个卫生间。”

“好，我在车库旁边等着。”

她把空杯子放在洗碗池旁边，把毯子和书放在客厅罩着椅套的沙发椅上。她站在那儿，准备走，可双腿需要进一步的指示。她进来是要做什么来着？她回忆自己刚刚拿的东西与做的事——毯子和书、厨台上的杯子、跟约翰站在门廊。他快走了，要去参加阿尔茨海默病国际论坛。也许是周日吧？她得问问他，确认一下。他们正准备去跑步。外面天气有点凉。她进来是拿羊绒衫的！不，不对。她已经穿上了。去他的。

她正朝前门走去，膀胱突然传来提示，这下她想起来她其实是要去卫生间的。她匆匆穿过走廊，打开卫生间的门。可是她简直不敢相信眼前的景象，这不是卫生间。扫帚、拖把、水桶、吸尘器、小凳子、工具箱、电灯泡、手电筒、漂白粉，这是工具房。

她又往走廊更深处看——厨房在左边，客厅在右边，没错。这层是有一间小卫生间的，对吧？肯定是有的。它就在这儿。可是她找不到。她又赶忙回到厨房，却只能找到一扇门，门通往后门廊。她跑回客厅，当然了，客厅旁边也没有卫生间。她跑回走廊，抓着门把手。

“拜托，拜托，拜托。”

她猛地推开门，像个魔术师正在展示最神秘的魔术，但卫生间并没有像变魔法般闪现。

我怎么可能在自己家里迷路呢?

她考虑要不要冲到楼上去找大卫生间，可她好像被一股奇怪的力量困在了“阴阳魔界”，脑子完全不转了——她的阴阳魔界就是没有卫生间的一楼。她实在憋不住了。她此刻有一种灵魂出窍的感觉，像是在身体之外观察着自己，这个可怜的陌生女人站在走廊里哭。她的哭声听起来并不像成年女人那样多少有些克制。这是一种恐惧的、泄气的、肆无忌惮的哭，像个小孩。

她再也控制不住自己的眼泪，然而眼泪也不是唯一一样她控制不住的东西。约翰从前门冲了进来，刚好看到尿液顺着她的右腿流下来，浸湿了她的运动裤、袜子和球鞋。

“别看我！”

“爱丽，别哭，没关系。”

“我不知道我在哪儿。”

“没关系，你就在这儿呢。”

“我迷路了。”

“你没迷路，爱丽，你跟我在一起。”

他抱着她，轻轻地左右摇晃，安慰着她。她曾无数次看到他在孩子们受伤或者遭遇不公时这样安慰他们。

“我找不到卫生间。”

“没关系。”

“我很抱歉。”

“不要道歉，没事的。来吧，我给你换身衣服。天已经热起来了，反正你也得换薄衣服了。”

约翰去参加会议之前给莉迪亚详细交代了爱丽丝的用药规律、跑步的安排、手机的使用等注意事项，还有“安全回家”项目。他还把神经科医生的电话号码给了她，以防万一。爱丽丝在脑海里重温他的叮嘱时，觉得这情形就像他们离开孩子们去缅因州或者佛蒙特州度假时跟年轻的小保姆交代注意事项。她现在需要被人看管，被她自己的女儿看管。

爱丽丝和莉迪亚在乡绅饭店一起吃了第一顿晚餐，然后她们散步去了商业街，两人并没有交谈。人行道旁各种高档小轿车和SUV停成一排，车顶上大多装备着自行车架、固定着划艇，婴儿车、沙滩椅、雨伞都挤在上面，车牌除了马萨诸塞州的，还有康涅狄格州、纽约州以及新泽西州的，这意味着夏天正式来临了。人们多以家庭为单位走在人行道上，毫不在意行人交通线，他们不慌不忙，也没有特定的目的地，时而停驻，时而往回走，或者看看橱窗。他们好像拥有用不完的时间。

悠闲地走了十分钟后，她们远离了拥挤的市中心，在查塔姆灯塔前停了下来，享受着面前的沙滩全景，然后走三十步左右，来到沙滩上。沙滩尽头摆着一排不起眼的凉鞋和拖鞋，这是人们早些时候脱下的。爱丽丝和莉迪亚把自己的鞋子脱下来摆在了队尾，继续往前走。她们面前的标识牌写着：

警告：浪大危险。在此冲浪将面临无法预料的大浪，可能威胁生命。此处没有救生员。

危险区域，请勿游泳、蹚水、跳水、滑水，请勿划帆船、小船、充气船、橡皮艇。

爱丽丝看着海浪无止无休地拍打在岸上。要不是滨海路上那些价值百万美元的住宅边上建了高高的防护堤，大海会吞噬每一栋房子，毫无歉疚和同情地淹没它们。在她的想象中，她的阿尔茨海默病就像眼前海滩边的这片海——无人可挡，凶狠猛烈，破坏性极强。只是，她的大脑中没有防护堤来保护她的记忆和思想，只能任由它们侵蚀。

“对不起，我没能去看你的演出。”她对莉迪亚说。

“没事的。我知道这次是爸爸的原因。”

“我迫不及待地想看你这个夏天的演出了。”

“嗯。”

太阳低低地挂着，在粉蓝相间的天空中显得格外巨大，似乎准备好随时坠入大西洋。她们经过一个跪在沙地上的男人，他的相机对准天际线，试图捕捉这转瞬即逝的美丽，而这美丽很快就要随着太阳一起消失了。

“爸爸去参加的那个会议是关于阿尔茨海默病的？”

“是的。”

“他是想去找治疗方法吗？”

“是的。”

“你觉得他能找到吗？”

爱丽丝看着海浪涌来，抹除了海滩上的脚印，摧毁了贝壳装饰的精致沙堡，灌满人们在早上用塑料铲子挖出的洞，海岸这一天的历史就这样被剥夺了。她嫉妒防护堤后面那些漂亮的住宅。

“应该不能。”

爱丽丝捡起一个贝壳。她擦掉上面的沙子，贝壳闪亮的牛奶白表面露了出来，还夹杂着优雅的粉色条纹。她喜欢这种丝滑的感觉，但是贝壳边缘有一点破了。她考虑是否要把它扔回海里，但最终还是决定留下它。

“反正我想他既然愿意花时间去，肯定是觉得会有所发现。”莉迪亚说。

两个穿着马萨诸塞州大学运动衫的女孩朝她们走来，咯咯笑着。相遇的时候，爱丽丝冲她们微笑，打了招呼。

“我还是希望你去上大学。”爱丽丝说。

“妈妈，拜托了，别说这个了。”

爱丽丝不想让她们共度的一周开始于一次激烈的争吵，于是她不说话了，只是在散步时默默回忆。她回忆起她爱过的、怕过的还有看过她出洋相的教授和男同学们，她想起考试前高效的通宵复习、上过的课程、一场场派对、一段段友情，还有与约翰的相遇——她关于这段人生的记忆十分鲜活，完好无暇，一点也不难想起来。它们赶来得那么快、那么全，似乎早已准备好，甚至带着些傲慢，好像它们并不清楚近在咫尺的战争。

她每次想起大学时光，思绪就会毫不意外地飘去读大一那年的1月。那天她的家人刚去看过她，然后返程回家，三个小时后，爱丽丝听到宿舍门外传来试探性的敲门声。她还记得校长站在她门口走廊里那一幕的所有细节——他眉间那一道深深的沟壑，他花白的头发分着男孩子气的发缝，他深绿色的毛衣上起满了毛球，他说话时低沉而又小心翼翼的语调。

她父亲在93号公路上开车时偏离道路，撞上了一棵树。他可能是睡着了，也可能是晚餐时喝多了。他总是在晚餐时喝多。她父亲那时在曼彻斯特的一家医院，可她母亲和妹妹都去世了。

“约翰？是你吗？”

“不是，是我在收毛巾。马上要下大雨了。”莉迪亚说。

空气沉甸甸的，充满水汽，是该下雨了。整整一周，天气都十分配合，白天阳光明媚，夜里温度适宜。她的大脑整整一周也都很配合。她学会了辨别每一天的不同，有些日子，她会遇到各种困难，忘事、忘词、找不到卫生间；有些日子，阿尔茨海默病仿佛沉默了，并不干涉她的生活。病症沉静的日子里，她就像往日的自己，那个她熟悉的、可以为之自豪的自己。那些日子里，她几乎可以说服自己，戴维斯医生和基因咨询专家都错了，或者过去的六个月只是一场可怕的梦，一个噩梦，那个躲在她的床下，抓挠她被子的怪物并不是真的。

爱丽丝在客厅里看着莉迪亚叠毛巾，她把毛巾都摞在厨房的一把高凳上。她穿着浅蓝色的吊带上衣和一条黑色短裙，看起来像是刚洗过澡。爱丽丝还穿着泳衣，外面套着褪了色的沙滩裙，上面印着鱼的图案。

“我应该换衣服吗？”爱丽丝问道。

“你想换就换。”

莉迪亚把干净的马克杯放进橱柜里，看了看手表。她回到客厅，收起沙发上和地上的杂志和商品目录，把它们整齐地摞在茶几上。她看了看手表，从茶几上拿起一本《科德角》杂志，坐在沙发上开始翻看。她们似乎是在消磨时间，但是爱丽丝不明白这是为什么。这不对劲。

“约翰哪儿去了？”爱丽丝问道。

正在看杂志的莉迪亚抬起头来，表情不知是觉得有趣还是尴尬，或者两者都有。爱丽丝说不准。

“他应该马上就回来了。”

“所以我们是在等他啊。”

“嗯。”

“安妮在哪儿呢？”

“安娜在波士顿，跟查理在一起。”

“不，安妮，我妹妹，安妮在哪儿呢？”

莉迪亚盯着她，眼睛都不眨，脸上的轻松感瞬间消失。

“妈妈，安妮死了。她跟外婆一起在车祸中丧生了。”

莉迪亚没有挪开视线，依然跟爱丽丝对视着。爱丽丝仿佛停止了呼吸，心脏就像捏拳头一样紧缩着。她的头脑和手指都麻木了，周围的世界变得黑暗又狭窄。她吸了一大口气。头脑和手指又注入了氧气，还给她的心注入了愤怒和悲痛。她开始发抖，哭泣。

“别这样，妈妈，这是很久以前发生的事了，还记得吗？”

莉迪亚在跟她说话，但是爱丽丝听不到她说了什么。她只感觉那份愤怒和悲痛填满了她的每一个细胞，她的心在疼痛、热泪在流淌，她只能听到脑海里自己的声音大声喊着安妮和妈妈。

约翰站在她们旁边，浑身湿透了。

“这是怎么了？”

“她在找安妮，她以为她们是刚刚去世。”

约翰双手捧着她的头。他在跟她说话，试图让她冷静下来。

他为什么没有跟我一样难过呢？他早就知道了，就是这样，他知道了却不告诉我。我不能信任他。

2004年8月

爱丽丝的母亲和妹妹是在她大一那年去世的。她的家庭相簿里没有一张母亲或安妮的照片。没有证据证明她们参加了她的毕业典礼、婚礼，她们也从没跟她和约翰以及她的孩子们一起过节、度假或者过生日。她无法想象母亲年老的样子，母亲如果现在还活着，肯定很年迈了，而且她脑海中的安妮一直是青春期时的模样。可她还是很肯定，她们随时会从前门走进来，不是来自过去的鬼魂，而是好好活着的健康的样子，她们会来跟爱丽丝一家人一起在查塔姆度过夏天。她糊涂到这种程度，都有些吓到自己了，她居然会在清醒的情况下真心相信早已去世的母亲和妹妹会来看她。更可怕的是，她只是有一点害怕。

爱丽丝、约翰和莉迪亚一起坐在门廊的桌旁吃早餐。莉迪亚在给他们讲她夏季剧的剧团和排练情况。不过她主要是在跟约翰讲。

“我去之前还是有点怕的，你懂吧？我是说，你可以看看他们的履历。什么纽约大学戏剧硕士、演员工作坊学员、耶鲁大学毕业生，还有在百老汇演过戏的。”

“哇哦，听着经验很丰富啊。他们都多大年纪？”他问道。

“哦，我应该是最小的。大多数人大概三四十岁吧，还有一男一女跟你和妈妈的年纪相仿。”

“啊？这么老啊？”

“你懂我的意思。反正，我当时不知道自己能否达到他们的水平，不过我零零散散参加的训练和积累的工作经验确实给我提供了正确的技巧。我完全明白自己在做什么。”

爱丽丝还记得她在哈佛大学做教授的最初几个月里，也有过同样的不安感和感悟。

“他们确实都比我有经验，可是他们都没学过迈斯纳表演法，他们学的是斯坦尼斯拉夫斯基体系，或者说‘体验派’表演法[①]，但我真心觉得迈斯纳表演法是获得表演中的自然感的最强大方法。即使我没有那么多舞台经验，还是能给这个剧团带来独一无二的东西。”

“那太好了，亲爱的。这也许正是他们选中你的原因之一吧。‘表演中的自然感’到底是什么啊？”约翰问道。

爱丽丝也有同样的疑问，可是她的词语被粘在淀粉样蛋白黏糊糊的胶质中，比不上约翰的速度，她现在跟人当面交谈经常是这样的。于是她听着丈夫和女儿毫不费力地以她赶不上的节奏侃侃而谈，好像一个观众坐在台下欣赏台上人表演。

她把芝麻贝果切成两半，吃了一口。她不喜欢干吃贝果。桌上摆着几种可以抹贝果的选择——缅因野蓝莓果酱、花生酱、一块摆在盘子里的黄油和装在小碗里的白色的像黄油一样的东西。可是那东西不叫白黄油。它叫什么来着？不是蛋黄酱。不，它太浓稠了，像黄油一样。它叫什么呢？她用黄油刀指着它。

“约翰，你能把那个递给我吗？”

约翰把装“白黄油”的小碗递给她。她给两片贝果分别抹了厚厚的一层，然后盯着它们看。她清楚地知道它是什么滋味，她还知道自己喜欢吃，可她现在就是不吃，必须先想起它的名字。莉迪亚

① 世界戏剧三大表演体系之一，由苏联戏剧教育家斯坦尼斯拉夫斯基创建，以“体验基础上的再体现”为基本内容。该体系中关于演员的训练方法，创始人称之为“体验派”表演法。——编者注

看着母亲研究手里的贝果。

“奶油奶酪，妈妈。”

“对哦。奶油奶酪。谢谢，莉迪亚。”

电话响了，约翰进去接。爱丽丝脑海中冒出的第一个想法是，那是母亲，她在打电话告诉他们她要迟到了。这个想法似乎那么真实，还带有一种即将发生的感觉，就像约翰几分钟后会回到门廊桌旁一样理所当然。爱丽丝纠正了这冲动的想法，批评了它，将它收起来。母亲和妹妹在她大一时就去世了。她现在需要提醒自己记着这一事实，这太让人抓狂了。

她终于抓住了这段跟女儿独处的时光，赶忙利用这机会说几句。

“莉迪亚，你觉得去修个戏剧学位怎么样？”

“妈妈，我刚刚说的话你一个字都没听进去吗？我不需要学位。”

“你说的每一个字我都听到了，我也都明白。我只是在从长远的角度考虑。这门艺术你肯定还有很多方面没有探索，很多东西可以继续学，也许还可以试试导演？重点是，有了学位，也许哪天你需要时，它就能为你打开更多的门。”

“能打开什么门呢？”

“打比方说，你要是想的话，有学位，你就有了教学的资格。”

“妈妈，我想做演员，不做老师。那是你，不是我。”

“我知道，莉迪亚，这你已经说得很清楚了。我说的不一定是在大学教学啊，虽然你也可以考虑。我说的是，将来有一天，你可能会开一家自己的工作坊，就像你现在去上课的那家一样，你不是很喜欢吗？”

“妈妈，抱歉，我不想花任何精力去想如果我做演员不够格的话还能做些什么。我不需要那样怀疑自己。”

“我不是在怀疑你做演员是否有未来。但是，你将来要是决定结婚生子，想放慢生活的节奏，又不想完全离开这个行业，怎么办呢？在工作坊教学，甚至可以在自己家工作，这样能让你的选择更加灵活。再说了，重点不是知识，而是人脉。上了大学，你就有各种跟同学、教授和校友结交的机会。你现在没有学位，没有业界认可的作品，我敢肯定，你去上学能接触到完全不同的圈子。”

爱丽丝停顿一下，等着莉迪亚说“是啊，但是……”，可这回她什么也没说。

“考虑一下吧。生活会越来越忙碌的。等你年纪大一些，再考虑就不好安排了。也许可以跟你剧团里的人讨论讨论，听听他们的看法，了解到了三四十岁甚至更大年纪时，做职业演员的生活是怎样的，好吗？”

“好吧。”

好吧。这是她们在这个话题上最接近达成共识的一次。爱丽丝试着去想其他话题，可她想不出。一直以来，这都是她们唯一的话题。两人之间的沉默不断延伸。

“妈妈，给我讲讲你的感觉吧。”

“什么感觉？”

“得阿尔茨海默病的感觉。你现在能感觉到自己生病了吗？”

“这个嘛，我知道我现在没有犯糊涂，也没有重复一句话，但是几分钟前，我想不起来‘奶油奶酪’这个词，我也插不进你跟你爸的谈话。我知道这种事迟早会再发生的，而且每次发生的间隔会越来越短，问题也会越来越严重。我即使在感觉自己完全正常的时候，也明白我可能并不正常。它并没有结束，只是在歇息。我无法信任我自己。”

她一说完，就担心自己坦白了太多。她不想吓坏女儿。但是莉迪亚没有畏缩，兴趣也没有消减，于是爱丽丝放松下来。

“所以，犯迷糊的时候，你是知道的？”

“大部分时候吧。”

“比如，你刚刚想不起奶油奶酪的名字时，是什么感觉？”

“我知道我在找寻什么，但是我的大脑就是找不到。就好像你心想，你要那杯水，可是手却端不起杯子一样。你好声好气地求它或者威胁它，它都不为所动。接着，你可能成功使唤手动了一下，但它抓起的却是调料瓶。或者你把杯子碰倒了，水洒得满桌子都是。再或者，你最终把杯子举到了唇边，嗓子却不痒了，你不需要喝水了，口渴的那一刻已经过去了。”

“听起来太折磨人了，妈妈。”

“是很折磨人啊。”

“真为你难过。”

“谢谢。”

莉迪亚伸手，跨过盘子、杯子，还有多年的疏离，握住了母亲的手。爱丽丝紧紧捏着她的手，脸上露出微笑。终于，她们找到了可以谈论的话题。

爱丽丝在沙发上醒来。她最近经常小睡，有时候一天还要小睡两次。休息时间多了，她得以补充注意力和精力，可是醒来继续这一天时的感觉很突兀。她看看墙上的表。下午四点十五分。她不记得自己是什么时候睡着的。她记得自己吃过午饭了。午饭是三明治，具体是什么三明治，她不记得了，是跟约翰一起吃的。她感觉胯部有尖尖的东西顶着她。这是她睡觉前在读的书。她肯定是看着看着就睡着了。

现在是下午四点二十分。莉迪亚要排练到晚上七点。她坐起来仔细听。她能听到哈丁斯海滩上海鸥的叫声，想象着它们去拾荒的场景，海鸥们争先恐后地寻找、吞下前来晒太阳的粗心人类留下的那点面包渣。她站起来，打算也去找寻，不过没有海鸥们那么匆忙，她要找约翰。她去了他们的卧室和书房。她看了看外面的车道。车不在。她正准备骂他怎么不留张纸条，就看到冰箱上用一块磁铁吸附着的纸条。

爱丽：

我开车出去转转，很快回来。

约翰

她回到沙发上坐下，拿起她的书，一本简·奥斯汀的《理智与情感》，但她没有打开书。她现在不想读。她读《白鲸》读到一半，把书弄丢了。她和约翰一起把房子翻了个底朝天，还是没找到。他们甚至找了那些只有患了痴呆症的人才会放书的地方——冰箱、储藏室、梳妆台抽屉、衣柜、壁炉。两人都找不到那本书。她可能是把它忘在了海滩上。她希望她是忘在了海滩上。至少那是她患上阿尔茨海默病之前就做得出的事。

约翰提出帮她再买一本。他也许是去了书店。爱丽丝希望他去了。她要是再等下去，就会忘了已经读过的内容，得重新开始了。她可是花了不少力气呢，想到要重来一遍，她就又累了。找《白鲸》的时候，她开始读简·奥斯汀，她一向喜欢简·奥斯汀。可是这本没能吸引她的注意力。

她慢悠悠上楼去了莉迪亚的房间。三个孩子里，她最不了解的就是莉迪亚。莉迪亚的梳妆台上摆着一些镶着绿松石的银戒指和一条皮质项链，还有一些从项链上掉下来的彩色珠子被收集在一个打开的纸盒里，盒子旁边摆着一堆发夹和一个熏香用的小盘子。莉迪亚算是个嬉皮士[①]。

莉迪亚的衣服扔得满地都是，有些叠起来了，但大部分都没有。她的衣柜里大概并没有放多少衣物。她的床也不收拾。莉迪亚有点邋遢。

她的书架上摆着诗集和剧本——《晚安，母亲》《友情晚宴》《求证》《微妙的平衡》《匙河诗集》《上帝的女儿》《天使在美国》《奥莉安娜》。莉迪亚是个演员。

她拿起几本剧本，翻看着。每本只有大概八九十页，每一页也只有稀疏的文字。也许读剧本会更容易，能给她更多满足感。而且读完还能跟莉迪亚讨论。她拿走了《求证》。

床头柜上摆着莉迪亚的日记、音乐播放器、《表演课：迈斯纳方法》，还有一张装在相框里的照片。爱丽丝拿起日记。她犹豫了，但只犹豫了一下。时间对她来说是一种奢侈品。她坐在床上一页又一页地读着女儿的梦想和自白。她读到莉迪亚在表演课里遇到的阻碍和突破，她对试镜的恐惧和期待，对选角结果的失望和喜悦。她读的是一个年轻女性对表演的热爱和坚韧。

爱丽丝还读到了马尔科姆的事。他们在表演课上合作表演一个戏剧性场景的时候，莉迪亚爱上了他。有一次，莉迪亚怀疑自己怀孕了，但结果没有。她很欣慰，她还没准备好结婚生子。她想等自己在这个世界上有了立足之地再说。

爱丽丝盯着相框里的照片，这是莉迪亚和一个男人的合照，应该是马尔科姆吧。他们脸贴脸，两人都在微笑。照片里的男人和女人看起来很开心。莉迪亚是一个女人了。

“爱丽，你在吗？”约翰喊道。

---

① 西方国家本来用于指称20世纪六七十年代反抗时政及习俗的年轻人，现在可指称部分年轻的自由主义人士。——编者注

“我在楼上！”

她把日记和照片放回床头柜，悄悄下了楼。

“你去哪儿了？”爱丽丝问道。

“我开车去兜风了。”

他举起两个白色塑料袋，一手一个。

“你给我买新的《白鲸》了吗？”

“算是吧。”

他把一个塑料袋递给爱丽丝。里面装满了各种影碟——格利高里·派克和奥逊·威尔斯主演的《白鲸》，劳伦斯·奥利维尔主演的《李尔王》，以及《卡萨布兰卡》《飞越疯人院》，还有她的最爱——《音乐之声》。

“我想着看电影对你来说应该更容易些，我们还可以一起看。”

她露出微笑。

“另一个袋子里是什么啊？”

她满心欢喜地期待着，就像圣诞节早晨期待礼物的孩子。他拿出一袋微波炉爆米花和一盒巧克力奶糖。

“我们能先看《音乐之声》吗？”她问。

“当然了。”

“我爱你，约翰。”

她给他一个拥抱。

“我也爱你，爱丽。”

她将双手搭在他的上背，脸埋进他的胸膛，用力闻他的气味。她想对他说很多话，说他对自己有多重要，可她找不到合适的语言。他的拥抱更用力了，好像她不用说约翰也知道。他们站在厨房里，拥抱着，久久无言。

“好了，你去爆爆米花，我来放电影，咱们沙发上见。”约翰说。

“好的。”

她走到微波炉旁边，打开门，大笑起来。她不得不笑。

“我找到《白鲸》了！”

爱丽丝醒来后一个人待了几小时了。清晨独处的时光中，她喝了绿茶，看了看书，还在外面的草坪上练起了瑜伽。她正在做下犬式，让清晨美味的海边空气浸润她的肺，沉醉于腘绳肌和臀肌被拉伸产生的一些疼痛的奇异快感。她用眼角余光瞥到自己的三角肌在支撑她的身体保持这个姿势。结实、有型、健美。她的身体看起来强壮又美丽。

她的身体正处在巅峰状态。高质量的食物和每日锻炼造就了她健壮的三角肌、灵活的髋部和强健的小腿，让她能轻松跑完八公里。当然了，她的头脑就是另一回事了——反应迟钝，不听命令，日渐孱弱。

她在服用安理申、美金刚、神秘的试验药物艾米利克斯、立普妥、维生素C和维生素E，还有低剂量阿司匹林。她还要吃抗氧化物，比如蓝莓、红酒、黑巧克力。她也喝绿茶，她还尝试过吃银杏叶。她冥想，玩手机上的休闲小游戏。她用左手刷牙，即使她是右撇子。她累的时候就睡觉。可是这些努力似乎都没有为她带来可见的、可度量的结果。也许她不做这些，不运动，不再吃安理申和蓝莓，她的认知水平会有更明显的下降。也许没有这些抵抗，她的健忘会疯狂发展。也许吧。但也许，这些举动都是徒劳。答案她不得而知，除非她停药，放弃巧克力和红酒，整整一个月什么也不做，但她不愿去做这样的试验。

她换了瑜伽战士体式。她呼气、压低上身，迎接体式带来的不适和对她注意力、耐力的挑战，她决心保持这个姿势。她决心继续做一个战士。

约翰从厨房里走了出来，一看就是刚从床上爬起来，头发乱糟糟的，四肢僵硬，可他已经穿好了跑步的衣服。

“你想先喝杯咖啡吗？”爱丽丝问。

“不想，直接出发吧，我回来再喝咖啡。”

他们每天早晨沿着商业街跑到镇中心，然后原路返回。身材上，约翰很明显变瘦了，身体也更加结实了，这个距离现在对他来说轻而易举，但是他还是一点也不享受跑步。他顺从地陪她跑步，也不抱怨，可他对这件事的热情和兴趣无异于去付账单和洗衣服。好在他愿意这么做，爱丽丝爱就爱他这一点。

她在约翰身后跑着，由他来定速度，她看着他跑，把他当作一件美丽的乐器——他犹如钟摆的甩胳膊动作、有节奏的呼气声、运动鞋踩在沙地上发出打击乐器般的声音。然后他吐了口唾沫，她大笑起来。他没有问原因。

回程时，她赶上了约翰，跟他并排跑着。她一时心疼他，正想说如果他不愿意的话，可以不跟她一起跑步的，她能自己跑完这段路。可是约翰突然转了个弯，爱丽丝跟着他在米尔路的岔路口往右跑了，要她自己跑的话，肯定会往左。显然，阿尔茨海默病不喜欢被她忽略。

回到家，她感谢了约翰，吻了他汗津津的脸颊，没有冲澡就去找莉迪亚了。莉迪亚穿着睡衣在门廊里喝咖啡。每天早晨，爱丽丝都会跟莉迪亚讨论她正在读的剧本，边聊边吃杂粮麦片配蓝莓或者抹奶油奶酪的芝麻贝果，配着咖啡或者茶。爱丽丝的直觉没错。读剧本比读小说或传记容易多了，体验好太多了。跟莉迪亚讨论不管是第一幕第一景，还是整部剧，都十分愉快，这还能很好地帮助爱丽丝巩固关于剧的记忆。跟莉迪亚一起研讨场景、人物、剧情，爱丽丝看到了女儿的思想深度，对人类的需求、情感、挣扎的丰富理解。她看到了莉迪亚，她爱这样的莉迪亚。

今天，她们讨论的是《天使在美国》的一个场景。她们热切地来回提问和回答，谈话是双向的，两人平等，内容有趣。因为爱丽丝不需要跟约翰争着看谁先把自己的想法整理出来，她可以按自己的速度来，不会被参与谈话的其他人甩在身后。

“跟马尔科姆演这个场景是什么感觉？”爱丽丝问。

莉迪亚盯着她，好像这个问题对她来说太意外了。

“什么？”

“你不是在表演课上跟马尔科姆演过这个场景吗？”

“你看了我的日记？”

爱丽丝一下子感觉胃被掏空了。她还以为莉迪亚跟自己讲了马尔科姆的事。

“亲爱的，我很抱歉——”

“我真不敢相信你会那么做！你没有权利看我的日记！”

莉迪亚把椅子向后一推，跺着脚走了，留下爱丽丝一个人坐在桌旁，震惊又不安。几分钟过后，爱丽丝听到前门被“砰”的一声关上了。

“别担心，她会冷静下来的。”约翰说。

整个早晨，她都试着去做点别的。她试了打扫、做园艺、阅读，可全程只顾着担心了。她担心自己做的事无法被原谅。她担心自己才刚刚开始了解女儿，就失去了女儿的尊重、信任和爱。

午餐后，爱丽丝和约翰一起散步去了哈丁斯海滩。爱丽丝下海去游泳，一直游到精疲力竭，除了疲惫没有任何其他感受。胃里那种空落落的、翻来覆去的感觉消失了，她回到沙滩椅旁，在上面放松地躺下，闭上眼冥想。

她读到过，长期冥想可以增加大脑皮质的厚度，减缓由年龄增长带来的皮质变薄。莉迪亚已经每天都在冥想了，爱丽丝表达兴趣后，莉迪亚教了她。不论冥想是否维持了她的大脑皮质厚度，爱丽丝都很喜欢这样的时刻，安静地集中注意力，高效地将头脑中拥挤的低沉噪声和担忧挤出去，给她带来内心的平静。

大概二十分钟后，她回到了更加清醒的状态，放松且精力充沛，还觉得有些热。爱丽丝蹚进海里，这次只是去沾沾水，将汗水和炎热换成盐分和凉爽。她回到自己的椅子上时，听到坐在旁边毯子上的女人说，她刚刚在莫诺莫伊剧场看了一部很棒的剧。那种胃里空落落的、翻来覆去的感觉又回来了。

那天傍晚，约翰烤了奶酪汉堡，爱丽丝做了一份沙拉。莉迪亚没有回家吃晚餐。

“肯定是排练没按时结束。”约翰说。

“她在恨我。”

“她不恨你。”

吃完晚餐，爱丽丝又喝了两杯红酒，约翰喝了三杯加冰威士忌。莉迪亚还是没回来。爱丽丝感觉胃里不舒服，吃下了晚上要服用的药，他们一起坐在沙发上吃爆米花和巧克力奶糖，看《李尔王》。

约翰叫醒了在沙发上睡着的爱丽丝。电视已经关了，房子里黑漆漆的。她肯定是在电影结束前睡着了。反正她不记得电影的结局。他领她上楼，去他们的卧室。

她站在床边——她睡的那侧，难以置信地捂住嘴，眼里噙满泪水，在肚子里翻腾的、脑海里萦绕不散的担忧终于全涌了出来——莉迪亚的日记就摆在她的枕边。

“对不起，我来迟了。”汤姆说着，走了进来。

“好了，所有人，汤姆也到了，查理和我有消息要宣布。”安娜说，“我怀孕五周了，双胞胎！”

大家先是拥抱、亲吻、恭喜他们，随后开始各种激动地提问和回答，被打断片刻后又开始提问和回答。爱丽丝对多人参与的复杂对话的理解能力在退化，可她对话里有话的情况、肢体语言、无法言说的感受更加敏感了。几周前，她向莉迪亚描述了这种现象，莉迪亚说这是演员求之不得的技巧。莉迪亚说自己和其他演员都必须努力集中精力才能将自己从口头语言中抽离出来，因为抽离后才能对其他演员的所作所为和情感做出真诚反应。爱丽丝不太明白这其中的区别，但她喜欢听莉迪亚说她的能力退化是一种令人艳羡的技巧。

约翰看起来开心又激动，但是爱丽丝也看出他只把自己的喜悦和激动透露了一小部分，也许是出于尊重，因为安娜提醒他们“还很早”。即使安娜没有提醒，他也有些迷信，大部分生物学家都这样，这两只“小鸡仔”没有破壳之前，他不愿意公开称之为生命。不过，他已经等不及了，他想要孙辈。

查理的喜悦和激动之下则潜藏着一层其他情绪，爱丽丝看到浓重的紧张盖着一层更加浓重的恐惧。爱丽丝觉得这两种情绪都相当明显，但安娜似乎丝毫没有察觉，其他人也没提。她看到的是准父亲正常的担心吗？还是说，他在为即将同时供养两个孩子，付两份大学学费的压力而紧张呢？这只能解释第一层紧张。让他恐惧的是否还有这样一幅未来图景——两个孩子在上大学，同时妻子开始出现痴呆的症状？

莉迪亚和汤姆肩并肩站着，跟安娜聊天。爱丽丝的孩子们都很漂亮，她的孩子们已经不是小孩子了。莉迪亚容光焕发，还在陶醉于全家人都能看她表演的好消息。

汤姆的微笑是真诚的，但爱丽丝看出了他那些许的不安，他的双眼和脸颊都有些凹陷，身体也瘦削了。是因为学业吗？还是因为女朋友？他意识到爱丽丝在打量他。

“妈妈，你还好吧？”他问道。

“基本上还好。”

“真的吗？”

“当然是真的，我感觉非常好。”

“你似乎太安静了。”

“是因为我们这么多人同时说话，而且说得太快了。”莉迪亚说。

汤姆的微笑消失了，他看起来像是要哭了。爱丽丝的浅蓝色包里的手机振动起来，这意味着她该吃药了。她可以等几分钟。她不想现在吃，不想在汤姆面前吃。

“莉迪亚，你明天的表演是什么时候来着？”爱丽丝拿着手机问道。

“上午八点钟。”

“妈妈，你没必要把这个时间记下来。我们都在这儿呢，我们出发的时候又不会把你忘了。”汤姆说。

“我们要看的剧叫什么？”安娜问。

“《求证》。”莉迪亚答道。

“你紧张吗？”汤姆问她。

“有一点，这可是首演啊，而且你们都要去。不过我一上台就会忘记你们的存在。”

“莉迪亚，你的剧什么时候开始？”爱丽丝问。

“妈妈，你刚刚才问过。别担心。”汤姆说。

“是八点钟，妈妈。”莉迪亚说，“汤姆，你这样没用的。”

“不是，你这样才没用。这件事根本就不用她记，为什么要让她为记住这个而忧心呢？”

“她把时间记在手机上就不会忧心了，让她记吧。”莉迪亚说。

“那她就不该那么依赖手机，她应该一有机会就锻炼记忆力。”

安娜说。

“所以到底该怎样？她是应该记住剧开演的时间，还是应该完全靠我们和手机？”莉迪亚问。

“你应该鼓励她多试着集中注意力。她应该尝试自己回忆信息，不能偷懒。”安娜说。

“她不是偷懒。”莉迪亚说。

“你和她的手机都在纵容她。等着，妈妈，莉迪亚明天什么时候表演？”安娜问道。

“我不知道，所以我才问她啊。”爱丽丝说。

“她已经回答你两遍了，妈妈。你能不能试着记一下她说的话？”

“安娜，别这么问她。”汤姆说。

“我本来要记在手机上的，可是被你们打断了。”

“我不是让你在手机上找答案，我是让你记住她说的时间。”

“反正我没有试着记，因为我正打算输进手机里。”

“妈妈，你就回想一下嘛。莉迪亚的剧明天什么时候开演？”

她不知道答案，但她知道，可怜的安娜需要认清一下现实。

“莉迪亚，明天你的剧几点开始？”爱丽丝问。

“八点钟。”

“八点钟，安娜。”

七点五十五分，他们坐在了观众席，第二排正中间的位置。莫诺莫伊剧场是个氛围温馨的小剧场，只有一百个座位，舞台离观众席第一排才几米远。

爱丽丝急切地等着灯光暗下。她读过这部剧的剧本，还跟莉迪亚深入讨论过。她甚至还帮莉迪亚对了台词。莉迪亚演的是凯瑟琳，一位天才数学家的女儿，她的父亲为数学痴狂到了疯癫的程度。爱丽丝迫不及待地想看到那些人物在她眼前变得鲜活起来。

从第一幕开始，演员们的表演富有层次感，也很真诚，有内涵，爱丽丝轻易地沉浸在他们所构造的世界中。凯瑟琳声称她发现了一个具有突破性的推理过程，可是她的爱人和久未联系的姐姐都不相信她的话，他们认为她可能跟她的天才父亲一样，也疯掉了。爱丽丝跟着她体会痛苦、背叛和恐惧。她的表演从头至尾都出色到让人挪不开眼。

表演结束后，演员们都走进了观众席。凯瑟琳露出灿烂的笑容。约翰递给她一束花，还给她一个有力的大拥抱。

“你太绝了，太厉害了！”约翰说。

“谢谢！这部剧是不是特别好？”

其他人也都拥抱她、亲吻她、称赞她。

“你太出色了，表演真精彩。”爱丽丝说。

“谢谢。”

“今年夏天我们还有荣幸在别的剧里看到你吗？”爱丽丝问道。

她久久看着爱丽丝，久到让人不舒服，然后才开口回答。

“不会了，我今年夏天只有这一个角色。”

“你只有这个夏天会在这边吗？”

女演员思考着，这个问题似乎让她有些伤心。她的眼里噙满泪水。

“是的，我要回洛杉矶住了，在八月底的时候，不过我会经常来这边看家人的。”

“妈妈，这是莉迪亚，你的小女儿。”安娜说。

一个神经元的健康与否取决于它与其他神经元交流的能力。研究表明，神经元的信息输入和传递产生的电信号和化学信号都能够有助于完成维持生命的细胞进程。无法有效与其他神经元交流的神经元会萎缩。于是，被抛弃的无用神经元就会死亡。

2004年9月

虽说哈佛大学的秋季学期已正式开始，天气却依旧很炎热。在这个9月里的一个夏日早晨，气温在二十七摄氏度左右，空气黏糊糊的，爱丽丝开始去往哈佛园的路程。每年入学前后，她都喜欢看非新英格兰地区的新生对这种天气的反应。坎布里奇的秋天让人想起这些画面：色彩浓郁的树叶、摘苹果活动、足球赛、人们毛衣加围巾的搭配。9月底的某天早晨，如果你在坎布里奇醒来，发现南瓜上有霜也不是稀罕事，但这个月的坎布里奇，尤其是在9月初，还是会随处可闻空调外机不停地嗡嗡作响，散发着热气；到处都有人积极地讨论着波士顿红袜队[①]的球赛。可是每一年，这里都有新搬来的学生，他们带着游客的那种不确定感，走在哈佛广场的人行道上，永远穿着过厚的毛衣，还拿着一大堆哈佛书店的袋子，里面装着必要的学习用品和哈佛运动衫。这些可怜的学生个个满头大汗。

即使爱丽丝只穿了白色无袖棉T恤和长及脚踝的人造丝半身裙，走到埃里克·沃尔曼的办公室时，她还是觉得浑身潮乎乎的，这让她觉得不舒服。埃里克的办公室就在爱丽丝的楼上，大小一样，也有着同样的办公用具以及窗外的查尔斯河和波士顿的风景，但不知为何，他的办公室感觉更宏大威严。她走进埃里克的办公室，总感觉自己像个学生，今天这种感觉尤为强烈，她被叫来“谈一谈”。

---

① 美国职业棒球队，隶属于美国职业棒球大联盟。——编者注

“你的暑假过得如何？”埃里克问道。

“很轻松。你呢？”

“很好，一转眼就过去了。6月的会议你没去，我们都想你了。”

“我知道，我也很想去。”

“好吧，爱丽丝，我想在课程开始前跟你谈谈你上个学期的课程评估结果。”

“哦，我还没来得及看呢。”

她的动力与情绪课程的评估结果垒成一摞，用皮筋绑着，放在办公室的某个角落里，还没打开。哈佛大学学生的评估问卷都是匿名的，而且只有这门课的讲师和系主任能看到。过去，她读这些问卷纯粹是为了获得自我满足感。她知道自己是个好老师，学生们的评估结果总是会印证她的想法，但埃里克从未要求她一起看问卷。这是她职业生涯中第一次感到害怕，害怕问卷描绘的是怎样的自己。

“来，花几分钟时间看一看吧。”

他递给爱丽丝他手里的那份问卷，最上面是总结页。

“请从一到五打分，一分是非常不符合，五分是非常符合：讲师对学生的表现要求高。”

打分是四分或五分。

“课堂能加深我对教学内容的理解。”

有四分、三分和两分。

“讲师帮助我理解了高难度的概念和复杂的观点。”

又是四分、三分和两分。

“讲师鼓励提问和考虑不同的思考角度。”

两个学生打了一分。

“从一到五，从表现很差到表现极好，给讲师总体表现打分。”

大部分是三分。如果她没记错，她以前在这一项上的得分从未低于四分。

整张总结页写满了三分、两分、一分。她没有试图欺骗式地自我安慰，这就是学生们没有恶意、经过深思熟虑的准确判断。她的教学表现在他人看来比她想象的更糟糕，可她还是愿意赌上全部身家，赌她并不是全系得分最低的。她也许在迅速跌落，但她还远远没有落到谷底。

她抬头看看埃里克，准备好面对他的批评，那可不是她爱听的声音，但也不可能过于逆耳。

“我要是没看到总结页上你的名字，根本不会觉得这有什么问题。这结果还可以，算不上可怕，但我从没看到你得到这样的结果。而且后面的评语尤其让人担心，所以我觉得我们应该谈谈。”

爱丽丝没有看总结页以外的内容。埃里克看着自己的笔记，念了出来。

“‘她似乎不了解自己在教的内容。’

“‘上这门课就是浪费时间，我完全可以自己读教材。’

“‘我很难跟上她的课。课上到一半，就连她自己都会犯迷糊。这门课远没有她的入门课讲得好。’

“‘有一次她来了教室，却没有上课。她就坐了几分钟，然后离开了。还有一次，她上了一堂跟上周一模一样的课。我可不想浪费爱丽丝·豪兰博士的时间，但我觉得她也不该浪费我的时间。’”

她听了这些很难受，她根本没意识到事情有这么严重。

“爱丽丝，我们认识很久了，对吧？”

“是的。”

“我就不客套了，就直白一点，坦率一点地说了。你的家庭生活还好吧？”

“好。”

“那你呢，有没有可能你压力太大了，或者抑郁了？”

“不，不是这样的。”

“这个问题有点尴尬，但你有没有可能有酗酒或者服用药物方面的问题？”

她听够了。她不能让自己沾上抑郁或者压力大的瘾君子这样的名声。阿尔茨海默病可没那么大的连带影响。

“埃里克，我得了阿尔茨海默病。”

他愣住了。他本以为自己会听到类似约翰出轨了这种信息。他甚至在心里为爱丽丝准备好了一个不错的心理咨询师。他准备好策划救助行动，帮她入住麦克莱恩医院。可这个答案让他措手不及。

“我今年1月就收到了诊断结果。我上个学期教学过程很艰难，但我没意识到我的症状当时就已经这么严重了。”

“我很抱歉，爱丽丝。”

“我也是。”

“我没想到会是这样。”

“我当初也没想到。”

“我还以为会是暂时的问题，你能克服的那种。这个问题可不是暂时的。”

“对，是啊，不是暂时的。”

爱丽丝看着他思考。埃里克就像系里每个人的父亲，保护欲强又为人慷慨，但同时也很务实，是个严格的人。

“学生家长每年要付四万美元的学费。他们不会轻易放过这个问题的。”

是啊，没有错。他们花重金送子女入学，不是来听一个阿尔茨海默病患者讲课的。她几乎已经听见晚间新闻里家长们正在抗议的吵闹声。

“对了，还有几个学生在申诉请求复议成绩。恐怕这事会升级。”

爱丽丝二十五年的教学生涯中，从没有经历过一次分数申诉。没有一个学生申诉过。

“我想，你可能不适合继续教学了，但我想尊重你的时间安排。你有计划吗？”

“我本来希望多留一年，然后休年假，但我没意识到我的症状有多严重，以及这对我的授课影响有这么大。我不想做一个坏老师，埃里克。我不是那种人。”

“我知道，那你想不想在休假之前先休病假？”

埃里克想让爱丽丝现在就走。她的研究成果和既往表现可圈可点，最重要的是，她是终身教授。从法律层面上讲，学校无法开除她，埃里克也并不想那样处理。即使爱丽丝很不愿放弃自己在哈佛大学的事业，但她的敌人是阿尔茨海默病，不是埃里克，也不是哈佛大学。

“我还没准备好离开，但我同意你的建议，虽然这让我很伤心，但我也觉得我应该停止授课了。不过我想继续做丹的论文导师，还想继续参加研讨会和学术会议。”

我不再是老师了。

“这个我们应该能安排。我希望你跟丹谈一谈，跟他解释一下情况，让他自己决定。要是能让你们两个更舒服一些，我可以跟你共同指导他。当然了，你不应该再接新研究生了，丹是最后一个。”

我也不再是科研人员了。

“你可能不该再接受去其他大学和论坛的演讲邀请了。以那种状态代表哈佛大学大概不是个好主意。我注意到你已经基本不出差了，所以也许你已经意识到这个问题了。”

“是的，我同意。”

“你想怎么通知系里的行政人员和其他人呢？这个问题上我也尊重你的时间安排，你想怎么做都可以。”

她会停止教学、研究、出差、演讲。人们会注意到的。他们会猜疑、揣测、八卦。他们会以为她是个压力太大的得了抑郁症的瘾君子，也许他们已经这么想了。

"我会告诉他们的，应该由我自己来说。"

亲爱的朋友们、同事们：

经过慎重考虑，我怀着深刻的悲痛宣布我决定放弃我在哈佛大学的教学、研究、外出演讲的任务。今年 1 月，我被诊断患有早发型阿尔茨海默病。

虽然我目前的病情很可能还处于早期阶段，我也经历了一些不可预测的认知退化，这让我无法以高标准完成这个职位的基本任务，而我一向以最高的标准要求自己，这也是这所学府的传统。

你们以后无法看到我在课堂里站在讲台上，也无法看到我忙着写新的宏大议题，但我还会继续担起作为丹·马洛尼论文导师的职责，也会继续参加学术会议和研讨会，希望我还能以积极参与者的身份做出贡献，也希望大家还欢迎我。

致以诚挚的爱与尊重。

爱丽丝·豪兰

2004 年 9 月 17 日

秋季学期的第一周，马蒂接手了爱丽丝的教学任务。交接课程安排和授课材料的时候，马蒂拥抱了她，表示感到难过。他问爱丽丝感觉如何，能不能帮她做些什么。爱丽丝感谢了他，说自己感觉还好。可马蒂一拿到课程所需的所有资料，就马不停蹄地离开了爱丽丝的办公室。

爱丽丝跟系里其他人的互动也大抵如此。

“真抱歉，爱丽丝。”

“我就是不敢相信。”

“我一点也不知情。”

“我能做些什么吗？”

“你确定吗？你看起来跟之前没什么不同。”

“我很抱歉。”

然后他们一有机会就赶快跟她分开了。爱丽丝觉得与他们偶然相遇时，他们都刻意展示出善意的表情，可大家其实并不经常碰面。这主要是因为其他人工作很忙，而爱丽丝现在的日程表空荡荡的。另一个重要的原因是，他们选择不碰到她。面对她就意味着要面对她脆弱的精神状态，还要不可避免地想到，只要一眨眼的工夫，这种事也可能发生在自己身上。面对爱丽丝是件可怕的事，所以他们基本上避开她，除非要一起参会。

今天要举办本学期心理学午餐研讨会的第一次学术会议。埃里克的研究生莱斯莉站在研讨会的发言桌前，蓄势待发，课题幻灯片已经投射在屏幕上。“寻求答案：注意力如何影响我们辨别眼前事物的能力。”爱丽丝也感觉自己蓄势待发，她在桌旁第一个位置上落座，坐在埃里克对面。她开始吃午餐，一份茄子比萨饺和一份田园沙拉，埃里克和莱斯莉交谈着，房间渐渐坐满了人。

几分钟后，爱丽丝注意到桌上的每个座位都有人了，只有她旁边的位置还空着，人们都开始站在墙边了。桌旁的座位意义非凡，不光是因为这些位置容易看到幻灯片，还因为不需要尴尬地应付盘子、餐具、饮料、笔和笔记本。很显然，这些麻烦都比不上坐在她旁边尴尬。她看着所有人，人们都刻意不去看她。房间里挤了大概五十个人，这些人都与她相识多年，她本以为他们和自己亲如一家。

丹冲了进来，头发乱糟糟的，衬衫没塞进裤子里，还戴着框架眼镜而不是隐形眼镜。他犹豫了一秒，然后径直走向爱丽丝旁边的空座位，把笔记本扔在桌上，宣布这个位置是他的了。

“我整晚都在写东西。我去拿点吃的，马上回来。”

莱斯莉的演讲持续了整整一小时。虽然很费劲，爱丽丝还是一直听到结尾。莱斯莉讲完最后一张幻灯片，屏幕变成一片空白，她表示可以开始讨论了。爱丽丝第一个举手。

“好的，豪兰博士。”莱斯莉说。

“我觉得你缺一个对照组来衡量干扰项的干扰能力。不论出于何种原因，这些干扰项都有可能没被注意到，或者它们的存在就没有起到干扰作用。你可以测试一下实验对象注意到并处理干扰的能力，或者你可以另开一组，将干扰项换成目标项。”

坐在桌边的很多人点了点头。丹嘴里塞满了比萨饺，但他还是用“嗯啊”表示赞成。爱丽丝还没说完自己的想法，莱斯莉就抓起一支笔狂记笔记。

“是的。莱斯莉，把幻灯片退回到实验设计那一张。”埃里克说。

爱丽丝环顾房间。所有人都盯着屏幕看。他们在专注地听着埃里克详述爱丽丝的评论。很多人继续点头。她有一种胜利感，还有些骄傲。她得了阿尔茨海默病，但这不意味着她不能以分析思维思考；她得了阿尔茨海默病，但这不意味着她不配跟他们坐在同一个房间里；她得了阿尔茨海默病，但这不意味着她的话不值得聆听。

问答环节持续了几分钟。爱丽丝吃完了自己的比萨饺和沙拉。丹站起来，几秒钟后又回来了。马蒂新招的博士后问了一个反对的问题，让莱斯莉无法招架。她的实验设计那页的幻灯片一直投射在屏幕上。爱丽丝读了一遍，举起手。

“豪兰博士，请说。”莱斯莉说。

“我觉得你缺少一个对照组来衡量干扰项的干扰能力。这些干扰项中可能有没被注意到的。你可以同时测试它们的干扰能力，也可以把干扰项换成目标项。”

她指出的问题很合理。这确实是实验的正确方法，不测试这些可能性，莱斯莉的论文就无法发表。爱丽丝很肯定。可是，似乎没有人看到这一点。她看着所有人盯着她看。他们的肢体语言透露出尴尬和恐惧。她又读了一遍屏幕上的数据。这项实验确实需要再加一个对照组。她得了阿尔茨海默病，但这不意味着她不能以分析思维思考；她得了阿尔茨海默病，但这不意味着她不知道自己在说什么。

“啊，好的，谢谢。”莱斯莉说。

但是莱斯莉没有记笔记，没有直视爱丽丝的眼睛，看起来也并不感激。

她不需要教课，不需要写研究经费申请单，不需要设计新的研究，不需要参加会议，也没人邀请她去演讲，再也没有了。她感到自己最重要的组成部分死了，那是她从前摆在壮观的架子上展示，并定期赞扬和欣赏的部分。剩下的那一小部分自我没有收获那么多欣赏，它在自怨自艾的悲痛中哀鸣，不知道离开了重要的那部分，她的自我是否还有任何意义。

她透过办公室巨大的窗子望着外面，看着慢跑的人沿着查尔斯河蜿蜒的河岸跑步。

“你今天有时间跑步吗？”她问道。

“也许吧。”约翰回答。

他也在望着窗外，边看边喝咖啡。爱丽丝想知道他看到的是什么，他是否也像她一样被那些慢跑的人吸引，还是说他看到的完全不同。

“真希望我们之前相处的时间能多一些。”她说。

“怎么这么说？我们一整个夏天都是一起过的啊。”

“不，不是说夏天，我是说整个人生。我想了很久了，真希望我们之前能多陪陪彼此。”

“爱丽，我们住在一起，还在同一个地方工作，我们一辈子都是一起过的啊。”

一开始确实是这样的，他们的生活都是跟彼此一起，但是时间一年一年过去，情况变了，他们也允许这些变化发生。她想到他们分开的休假，因为孩子相关事情产生的分歧，各自的出差和一根筋地专注于工作。很久以来，他们只是在彼此身边生活，而不是共同生活。

“我想我们冷落彼此太久了。”

“我没有觉得被冷落啊，爱丽。我觉得我们之间的关系是很好的平衡状态，有个人的独立空间，可以追求我们各自热爱的东西，也有共同的生活。”

她思考着他对热爱的东西的追求，他的这份热爱一向比她的更加极致。即使实验让他失望、数据不稳定、假想被证实是错误的，他对自己事业的爱也从未动摇。即使他的事业并不完美，即使它让他夜不能寐、抓耳挠腮，他也爱着它。他为事业付出的时间、心思、注意力、精力一直激励着她在自己的研究上更加努力。她也确实努力了。

“你也没有被冷落，爱丽，我就在这儿陪着你。”

他看了看手表，一口喝掉了剩下的咖啡。

“我得赶去上课了。”

他抓起自己的背包，把咖啡杯扔进垃圾桶，走到她身边。他弯下腰，双手隔着她的黑色卷发，捧着她的脸温柔地吻了她。她抬头看着他，嘴唇抿成一条线，忍住眼泪，等到他离开她的办公室才哭。

她真希望自己就是他的热爱。

认知课开课了，爱丽丝却缺席了，她坐在办公室看着外面纪念大道上的车灯。她小口喝着茶。她有一整天的时间，却没事可做。她的胯部传来振动。早晨八点了，她从淡蓝色挎包里取出手机。

爱丽丝，回答以下几个问题：

1. 现在是几月？
2. 你住哪里？
3. 你的办公室在哪里？
4. 安娜的生日是哪天？
5. 你有几个孩子？

如果你答不出以上任何一个问题，打开你的电脑上叫“蝴蝶”的文件夹，立刻按照里面的指示做。

9 月
坎布里奇市杨柳街 34 号
威廉·詹姆斯大楼，1002 室
9 月 14 日
三个

她喝着茶，看着闪亮的车灯在纪念大道上缓缓流动。

2004年10月

她从床上坐起来，不知道自己要做什么。屋里很黑，现在还是半夜。她没有糊涂。她知道自己应该在睡觉。约翰在她身边平躺着，打着鼾，但是她睡不着。她最近很难整夜安睡，可能是因为她白天经常打盹。也可能是，她白天打盹是因为晚上睡不好。她进入了恶性循环，这是正反馈[①]循环，这令人眩晕的旅途不知如何终结。也许，她白天强忍着不去打盹，晚上就能安然入睡，这样循环就被打破了。可她每天一到傍晚就精疲力竭，总是忍不住去沙发上休息。这一休息，她就会忍不住睡着了。

她记得孩子们两岁左右时也遇到过相似的难题。下午如果不小睡，他们一到晚上就会很难受，不听话。可要是让他们午睡，他们在正常的入睡时间就会清醒得很。她不记得解决办法了。

我吃这么多药，居然没有一样有“嗜睡”这个副作用。哦，等等，我还有医生开的安眠药呢。

她下了床，去楼下。虽然她很确定药并不在包里，她还是先清空了淡蓝色挎包。里面有钱包、手机、钥匙。她打开钱包，里面是信用卡、储蓄卡、执照、哈佛大学员工卡、医保卡、二十美元代币，还有一些零钱。

她在他们放信件的白色蘑菇碗里翻找。电费账单、天然气账单、电话费账单、房贷流水，还有哈佛寄来的什么文件，还有一些票据。

---

① 正反馈，是指受控部分发出反馈信息，其方向与控制信息一致，可以促进或加强控制部分的活动。——编者注

她打开书房里桌子和文件柜的所有抽屉，把里面的东西都翻了出来。她把客厅里的杂志和商品目录都从篮子里倒出来。她读了几页《一周》杂志，还把吉尔·斯图尔特[①]品牌的商品目录折了角，因为那一页有一件好看的毛衣，是她喜欢的那种海洋一般的蓝色。

她又打开杂物抽屉。里面有电池、螺丝刀、透明胶带、蓝色胶带、胶水、钥匙，还有几个充电器和一些火柴，太多东西了。这个抽屉可能有很多年没收拾了。她把抽屉完全拿下来，将里面的东西一股脑倒在餐桌上。

“爱丽，你在干吗啊？”约翰问。

她吓了一跳，抬头看到他凌乱的头发和睁不开的双眼。

“我在找……”

她低头看着餐桌上杂乱的东西。电池、针线包、胶水、卷尺，还有几个充电器和一把螺丝刀。

“我在找什么东西。”

“爱丽，这都三点多了。你的动静太大了，能不能早上再找？”

约翰的语调听起来很不耐烦，他不喜欢睡眠被打断。

“好吧。”

她躺在床上，试图回忆她刚刚在找什么。房间很黑，现在还是半夜。她知道她应该睡觉。约翰毫不费力地又睡着了，已经打起了呼噜。他是个容易入睡的人。爱丽丝以前也是这样，可她现在睡不着。她最近经常无法睡够一整夜，可能是因为她白天总是小睡。也可能是，她白天小睡，所以晚上睡不好。她进入了恶性循环，这是正反馈循环，这令人眩晕的旅途她不知如何终结。

哦，等等，我有办法睡觉，我有莫耶医生开的那些药。我把它

① Jill Stuart，是美国著名时装设计师品牌。——编者注

们放在哪儿了?

她下了床,走向楼下。

今天没有什么人要见,也没有研讨会。她办公室里的教材、期刊和信件都让她兴趣索然。丹没有需要她审读的东西。她的收件箱里也没有新邮件。莉迪亚每天快傍晚时才发邮件。她看着窗外,车辆在纪念大道的拐弯处转弯,慢跑的人沿着弯曲的河流跑着,松树在猛烈的秋风中摇晃。

她把文件柜里标记"豪兰出版物"的箱子拿出来,翻出里面所有的文件夹。她发表了上百篇论文。她手里拿着她的研究文章、评论和文献综述,这是她整个职业生涯研究观点和思想的浓缩版。这很沉重。她的观点和思想是有价值的,至少它们曾经很有价值。她想念研究,想念思考她的研究、讨论她的研究,她还想念自己的想法、看法和她堪称是优雅艺术的科研成果。

她把这摞文件夹放下,从书架上找到她的《从分子到头脑》教科书。这本教科书也很重要。这是她最引以为豪的作品,她的文字和想法与约翰的相融合,创造出来的成果是全宇宙独一无二的,也塑造和影响了其他人的想法。她本以为他们有机会还会再合著一本书。她翻动书页,没有细读,也不想阅读。

她看了看手表。她和约翰今天晚上要一起去跑步,可她还要等好几个小时。于是她决定先跑步回家。

他们的家离她的办公室大概不到两公里,她很快就跑回家了。现在该干吗呢?她走到厨房里,想去泡杯茶。她往茶壶里灌上自来水,再把它放在炉子上,扭动旋钮,开到"高火"档。她接着去拿茶包。她放茶包的那个锡罐不在厨台上,怎么也找不到。她打开自己放咖啡杯的橱柜,却发现柜子里摆着三层盘子。她又打开右边的橱柜门,本以为会看到一排排玻璃杯,可里面却是碗和马克杯。

她把碗和马克杯拿出来，放在厨台上。然后，她把盘子拿出来，放在碗和马克杯旁边。她又打开了下一个橱柜门，里面还是没有她要找的东西。厨台很快就被盘子、碗、马克杯、果汁杯、水杯、酒杯、锅、平底锅、保鲜盒、锅垫、擦盘子布、银质餐具摆满。整个厨房被她翻了个底朝天。等等，这些以前都放在哪儿啊？茶壶发出了尖细的声音，让她无法思考。她扭动旋钮，关掉了炉子。

她听到前门打开了。哦，太好了，约翰提前回家了。

“约翰，你在厨房都干什么了？”她喊道。

“爱丽丝，你在干什么啊？”

女人的声音把她吓了一跳。

“哦，劳伦啊，你吓死我了。”

劳伦是她对街的邻居。劳伦没有作答。

“哦，抱歉，你想坐下吗？我正打算泡茶呢。”

“爱丽丝，这不是你的厨房。”

什么？她环顾房间——黑色大理石厨台、白桦木橱柜、白色瓷砖地板、窗户开在水槽上面、洗碗机安在水槽右边、双层烤箱。等等，她的烤箱不是双层的，是不是？她这时才注意到冰箱。这是最难以忽略的证据。冰箱门上用磁铁贴着很多照片，照片里是劳伦、劳伦的丈夫、劳伦的猫，还有爱丽丝不认识的小宝宝们。

“哦，劳伦，看我把你的厨房弄成什么样了？我帮你把东西都放回去。”

“没关系，爱丽丝，你还好吗？”

“不，不太好。”

她想跑回家，回到自己家的厨房。她们能不能完全忘记这件事？她真的需要现在跟别人讲自己有阿尔茨海默病吗？她讨厌这种谈话。

爱丽丝试图解读劳伦的表情。她看起来充满困惑和恐惧。她的表情说明了一切，她一定在想，爱丽丝可能疯了。爱丽丝闭上眼睛，深吸一口气。

“我得了阿尔茨海默病。”

她睁开眼睛，劳伦脸上的表情并没有什么变化。

从那以后，爱丽丝每次进厨房的时候都要观察冰箱，以防万一。没有劳伦的照片。她没走错房子。如果这还不够打消她的疑虑，冰箱上磁吸的一张纸条总够了，约翰用黑色的大字写道：

爱丽：

我不在的时候，不要去跑步。

我的手机号：617-555-1122

安娜的手机号：617-555-1123

汤姆的手机号：617-555-1124

约翰让她承诺过，没有他的陪同，不再跑步。她发誓她再也不会了，还在心口画了十字。当然了，她可能会忘记。

反正她的脚踝也需要休息。她上周从人行道上走下去时崴了脚。她的空间感知能力出了些问题。她有时候难以确定物体距离的远近，她感知的比实际上的要远一点或者近一点。她去检查了眼睛，她的视力没有问题。她的眼睛状态几乎与二十岁的人无异。问题不在她的角膜、晶状体，也不在她的视网膜。出错的是处理视觉信息的某个环节，约翰说是枕叶皮层。看样子，她的眼睛跟大学生一样，但是枕叶皮层却跟八旬老人差不多。

不能在没有约翰陪同时跑步。否则，她可能会迷路或受伤，但是最近她也没能跟约翰一起跑步。约翰总是在出差，没有出差的时候，他也早早出发去了学校，工作到很晚。他回家时也总是太累了。她讨厌在跑步的事上依赖他，更何况他这么靠不住。

她拿起电话，拨了冰箱上的号码。

“喂？”

“我们今天能去跑步吗？”她问道。

“我不知道，也许吧，我在开会，一会儿再打给你。”约翰说。

“我真的很需要跑步。”

“我一会儿打给你。”

“什么时候？”

“我有空的时候。”

“好吧。”

她放下电话，望着窗外，然后低头看着脚上的跑鞋。她脱下跑鞋，把它们朝墙上扔去。

她试图体谅约翰。他需要工作。可是他为什么就不明白她需要跑步呢？既然经常锻炼这种简单的小事就能帮她抵御疾病的恶化，那她就应该尽力多跑步。每次约翰跟她说“今天不行”，她都可能失去原本能保住的大量神经元，它们本来不会这么快死亡的。约翰在慢慢杀死她。

她又拿起电话。

“喂？”约翰低声答道，语气烦躁。

“我要你承诺，我们今天会跑步。”

“失陪一下。”他对别人说，“拜托了，爱丽，我一会儿开完会再给你打电话。”

“我今天必须跑步。”

“我还不知道我今天什么时候才能下班。”

“所以呢？”

“所以我觉得应该给你买个跑步机。”

“哦，去你的。”她挂掉了电话。

她知道这么说不够体谅。她最近常常发怒。这到底是疾病恶化的症状还是对此事的合理回应，她说不准。她不想要跑步机。她想要约翰陪她跑。也许她不该这么固执，也许她也在慢慢杀死自己。

她可以在约翰不在的时候出去散步啊。当然了，必须是去“安全”的地方。她可以走到自己的办公室，但是她不想去办公室。她在办公室里很无聊，而且感到被忽视和孤立。她觉得自己在那儿太可笑了。她已经不属于那里了。哈佛大学宏伟壮观，却没有一个认知心理受损的认知心理学教授的容身之地。

她坐在客厅的扶手椅上，试图找点事做。她想不出任何有意义的事。她试着想象明天、下周、明年冬天，还是没想到任何有意义的事。她在自己的客厅里也感到无聊、被忽视、被孤立。临近傍晚的阳光很奇怪，照出具有蒂姆·波顿[1]风格的影子，在地板上和墙上蜿蜒起伏。她看着影子渐渐消逝，房间暗下来。她闭上眼睛，睡着了。

爱丽丝站在自己的卧室里，身上只有一双短袜和她的“安全回家”腕带，她在跟缠在自己头上的那件衣服斗争。她怒吼着，像是在跳玛莎·葛兰姆[2]的舞蹈，她跟头上衣服的决斗仿佛是痛苦的具象而又诗意的表达。她尖叫一声，叫声拖得长长的。

“这是怎么了？”约翰边问边跑进来。

---

① 蒂姆·波顿（Tim Burton），美国导演、编剧、制片人。追求怪异、黑暗的境界，其作品有着丰富的想象力和独特的视觉风格。——编者注

② 玛莎·葛兰姆（Martha Graham），美国舞蹈家和编舞家，被称为现代舞之母。——编者注

她恐慌地用一只眼透过扭曲衣服的圆洞看着他。

“我做不到！我搞不清楚怎么穿这件该死的运动内衣。我不记得怎么穿内衣了，约翰！我连自己的内衣都不会穿！”

他走到她身边，观察她的头。

“这不是内衣，爱丽，这是内裤。”

她大笑起来。

“这一点也不好笑。”约翰说。

她笑得更厉害了。

“别笑了，这不好笑。听着，如果你想去跑步，就动作快点，穿好衣服。我时间不多。”

约翰离开了房间，无法忍受看着她赤身裸体地站在那儿，头上顶着一条内裤，笑自己荒诞的疯癫。

爱丽丝知道对面坐的年轻女人是自己的女儿，但她却并不肯定，这份疑虑让她不舒服。她知道自己有个叫莉迪亚的女儿，但是当她看着对面的年轻女人时，“她是我的女儿莉迪亚”这个事实更像是学术知识，而不是内心的理解。这是她认同的事实，是别人告诉她，她也信以为真的信息。

她看看安娜和汤姆，他们也坐在桌旁，她可以不动脑筋地将他们的脸跟她脑子里关乎大女儿和儿子的记忆链接起来。她可以想起安娜穿着婚纱的样子，还有她穿着法学院、大学、高中毕业礼服的样子，还记得她三岁时坚持每天都要穿的那件白雪公主睡衣。爱丽丝也记得汤姆穿学士服和戴学士帽的样子，他当时滑雪把腿摔骨折了，还打着石膏；还记得他戴着牙套、穿着少年棒球联盟队服和他还是个宝宝时在她怀里的样子。

她也看得到莉迪亚的过去，但不知为何，她面前这个女人并没有自动与她脑子里关乎小女儿的记忆链接起来。这让她不安且痛苦地意识到她在退化，她的过去与现在脱节了。奇怪的是，她轻易认出了安娜旁边的男人是安娜的丈夫查理，而他是几年前才进入他们生活的。她想象着阿尔茨海默病化身为她脑中的一个恶灵，正在鲁莽而毫无逻辑地搞破坏，将“现在的莉迪亚”与“过去的莉迪亚”之间的连接线扯断，而“查理”的所有连接线却还完好。

饭店嘈杂拥挤。其他桌传来的谈话声在分散爱丽丝的注意力，背景音乐与前景声时而交织，时而分离。安娜和莉迪亚的声音在她听来没有区别。所有人都在用很多代词。她有点搞不清楚桌上谁在说话、在说什么。

“亲爱的，你还好吗？”查理问。

“这味道不太好。”安娜说。

“你想到外面待一会儿吗？”查理问道。

“我跟她一起去。”爱丽丝说。

一离开饭店舒适温暖的环境，爱丽丝就感觉后背发凉。她们都忘了拿外套。安娜抓起爱丽丝的手，领着她躲开一群在门口抽烟的年轻人。

“啊，新鲜空气。”安娜说着，吸了一大口来之不易的新鲜空气。

“还很安静。”爱丽丝说。

“你感觉如何，妈妈？”

“我还好。”爱丽丝说。

安娜摩挲着爱丽丝的手背，她还牵着那只手。

“感觉好多了。”她承认道。

“我也是。”安娜说，“你怀我的时候也恶心吗？”

“嗯。”

“你恶心的时候怎么办？”

“我就忍着啊，会停下来的。”

“一眨眼，宝宝们就要来了。”

“我等不及了。”

“我也是。”安娜说。但是她的声音并没有像爱丽丝的那样饱含喜悦，她的双眼噙满泪水。

“妈妈，我时时刻刻都想吐，我总是感到疲惫，而且每次我一忘事就觉得自己开始有症状了。”

“哦，亲爱的，你没有，你只是累了。”

“我知道，我知道。只是，我一想到你没法教学了，还有你失去的一切——”

“别这么想。现在正是你人生中最好的时光，多想想我们得到的吧。”

爱丽丝捏了捏安娜的手，把另一只手放在安娜的肚子上。安娜微笑着，眼泪却从她的眼眶中溢出来了。

“我就是不知道我能不能处理好这一切。我的工作、两个宝宝，还有——”

“还有查理。别忘了你和查理。要留住你们两个之间的感情。一切都要平衡——你和查理、你的事业、你的孩子，你爱的一切。要珍惜你在生命中所爱的一切，别不把它们当回事，这样你就能全部处理得很好。查理会帮你的。”

“他最好帮我。”安娜威胁说。

爱丽丝大笑起来。安娜用手掌跟擦了几下眼睛，好像练习分娩呼吸似的长舒一口气。

“谢谢，妈妈。我感觉好多了。”

“那就好。”

回到饭店里，她们坐回自己座位上吃晚餐。爱丽丝对面坐着的那个年轻女人是她最小的孩子莉迪亚。莉迪亚用餐刀敲了敲自己的空酒杯。

“妈妈，我们想送你一份大礼。”

莉迪亚递给她一个小小的用金色的纸包装着的长方形包裹。这肯定意义重大。爱丽丝打开包装纸，里面是三张光碟——《豪兰家的孩子》《爱丽丝和约翰》《爱丽丝·豪兰》。

“这是送你的回忆录像带。《豪兰家的孩子》是安娜、汤姆和我的采访合集，我今年夏天录的，这是我们关于你和我们童年和成长的记忆。爸爸那张是关于他遇见你，和你恋爱、结婚、度假，以及其他一些事情的回忆。里面有一些很棒的故事，我们几个之前都没听过。第三张我还没做。计划的内容是对你的采访，讲你的故事，如果你想的话。”

“我当然想。我太喜欢了。谢谢你，我等不及要看了。”

服务生给他们端来咖啡、茶，还有插着一根蜡烛的巧克力蛋糕。他们一起唱了《生日快乐》。爱丽丝吹灭蜡烛，许了个愿。

2004年11月

约翰夏天买的那些电影光盘如今也和被它们所取代的书一样，拥有了不幸的命运。她已经无法跟上电影情节，也记不住每一个场景中的人物有多重要。她可以欣赏一些小片段，但电影结束后，演员表开始播放时，她只对电影有大概的印象。比如，这部电影很好笑。如果约翰或者安娜跟她一起看了，他们会时不时大声狂笑，一会儿激动地跳起来，一会儿恶心地皱起眉，发自肺腑地对电影里发生的事产生明显反应，而爱丽丝却不知道原因。她会加入他们，假装和他们一样，试图保护他们，不让他们知道她有多迷茫。看电影这件事让她痛苦地意识到自己有多迷茫。

莉迪亚做的光碟来得正是时候。约翰和孩子们讲的故事每个只有几分钟，所以她可以理解每一个故事，她不需要努力地留存某个故事里的信息才能明白其他故事。她一遍一遍地看光碟。她也不需要记住他们说的任何细节。莉迪亚让他们回忆同一件事时，每个人的复述都有些许不同，或省略一些部分或夸大一些部分，强调他们自己的视角。即使是没有被疾病侵扰的记忆也会有漏洞和不实。

但她只受得了看一遍《爱丽丝·豪兰》视频。曾经的她能言善辩，在观众面前发言时那么自如。而现在，她滥用“那个”一词，一句话总重复好几遍，次数多到让人难堪。但她还是感激这视频的存在，她的记忆、思想、建议都被记录下来、保存起来，不受阿尔茨海默病造成的功能退化影响。她的孙辈们将来有一天可以看着这个视频，说：“那是祖母，她当时还可以说话，可以记事。”

她刚刚看完了《爱丽丝和约翰》的视频。电视屏幕黑下来后，她还坐在沙发上保持聆听的状态，腿上盖着毯子。这种安静让她舒心。接下来的几分钟里，她放空思绪，静静呼吸，周围只有壁炉上方的钟表发出的滴滴答答的声音。可是，突然间，滴滴答答声似乎有了新的意义，她猛地睁开眼。

她看看自己的双手。九点五十分。哦，我的天哪。我怎么还在这儿？她把毯子扔在地上，匆匆穿上鞋子，跑进书房，把电脑包合起来。我的蓝色挎包呢？不在椅子上，不在桌子上，不在抽屉里，也不在电脑包里。她小跑到卧室。包也不在床上，不在床头柜上，不在梳妆台上，不在衣柜里，不在书桌上。她站在走廊里，用迷糊的头脑去追忆自己在哪儿，这时她看到她的包挂在卫生间门把手上。

她拉开拉链。手机还在，钥匙不见了。她总是把钥匙放在包里的。好吧，也不完全正确。她总是想着要把钥匙放在包里。有时候，她会把钥匙放在书桌抽屉里、银器抽屉里、内衣抽屉里、珠宝盒里、信箱里，还可能放进各种衣服的口袋里。有时候，她直接把钥匙忘在钥匙孔里。她不想去思考她每天要花多少时间找自己不知道放在哪儿的东西。

她冲到楼下客厅，也没发现钥匙，但是她发现自己的外套搭在靠背椅上。她穿上外套，双手插兜。找到钥匙了！

她冲到门厅，然后在快到门口时停了下来。这也太奇怪了。门前的地上有一个大坑。它的宽度跟门廊相当，大概有两米五长，下面只有黑乎乎的地下室。这个坑无法跨越。门厅的地板扭曲变形、吱呀作响，约翰最近说过要换掉地板。约翰是请了装修工吗？今天有人来过吗？她不记得了。无论如何，前门是无法进出了，得先等这个洞的问题解决。

她往后门走去时，电话响了。

“嗨，妈妈。我大概七点到，我会带晚餐来的。”

“好的。”爱丽丝说，语调些许上扬，像是有些疑惑。

“我是安娜。”

“我知道。”

“爸爸还在纽约，明天才回来，记得吧？我今天晚上回家睡。不过我得等六点半下班才能去，所以先别吃饭，等着我。也许你应该把这些记在冰箱白板上。”

她看了看白板。

我不在的时候不要去跑步。

她被这张纸条激怒了，想冲着电话大喊，说她不需要保姆，她在自己的房子里可以好好地独处。但她没有，她只是深呼吸。

“好的，一会儿见。”

她放下电话，祝贺自己依然掌握着对自己原始情绪的控制力。很快，她就会失去这种控制力。她很想见安娜，不必独处的感觉也不错。

她穿着外套，拿着笔记本电脑包，淡蓝色挎包搭在肩上。她望着厨房窗外。外面风很大，空气潮湿，天也灰蒙蒙的。现在也许是早晨吧？她不想去外面，也不想坐在自己的办公室里。她在办公室里感到很无聊，而且感到被忽视和孤立。她觉得自己在那儿太可笑了，她已经不属于那里了。

她放下两个包，脱掉外套，朝书房走去，但是一声突然的巨响让她回到了门厅。原来是邮递员刚刚来了，把信件从门缝里塞了进来，它们就落在那个大洞的上方，居然能浮在上面。信件肯定是被什么木梁撑着，或者是她看不到的地板。悬浮信件？我的大脑短路了！她退回书房，试图忘记门厅里反重力的大洞，可没想到忘掉这件事还挺难。

她坐在书房里，抱着双腿，盯着窗外渐暗的天色，等安娜来吃晚餐，等约翰从纽约回来，好出去跑步。她坐在那儿等啊等，她坐在那儿等着自己的病情恶化，她受够了坐在那儿等。

据她所知，哈佛大学只有她一个人得了早发型阿尔茨海默病。她还是她所认识的人里唯一一个得了早发型阿尔茨海默病的。可她不可能是全世界唯一一个啊。她需要找到自己的新同事们。她需要在这个她意外落入的新世界里扎根，这个健忘的世界。

她在谷歌搜索框里输入“早发型阿尔茨海默病”。她搜出很多事实和数据。

> 据估算，美国有约五十万早发型阿尔茨海默病患者。
>
> 早发型阿尔茨海默病的定义是发病时年龄低于六十五岁。
>
> 可能在三十多岁或四十多岁开始出现症状。

搜索结果里还有一些关于症状、基因风险因子、病因、治疗手段的信息，还有疾病研究和药物研发方面的文章。这些她都看到过。

她在关键词里加上“互助”，再次搜索。

她找到了论坛、链接、资源、留言板、聊天室。可这些都是给照料人的。话题都是帮助照料人的，包括护理院探访、用药问题、压力疏解，如何面对患者出现幻觉、夜里乱走问题，如何应对他们否认现实和出现抑郁的情况。照料人在上面发问题和回复，互相安慰、答疑解惑，话题对象是他们得了阿尔茨海默病的八十一岁母亲、七十四岁丈夫、八十五岁祖母。

怎么没有给阿尔茨海默病患者的互助平台呢？其他得了阿尔茨海默病的五十一岁患者在哪里？其他职业生涯被诊断结果打断，整个人生天翻地覆的人呢？她不否认，在任何年龄患上阿尔茨海默病都是悲剧。她也不否认照料人需要互助。她不否认他们的痛苦。她知道约翰有多难。可她呢？

她想起麻省总医院那个社工的名片。她找到了名片，拨打了上面的号码。

“这里是丹尼丝·达达里奥。”

“嗨，丹尼丝，我是爱丽丝·豪兰，戴维斯医生的病人，他给了我你的名片。我五十一岁，差不多一年前被诊断患有早发型阿尔茨海默病。我在想，你们医院有没有阿尔茨海默病患者的互助小组？”

“很可惜，我们没有。我们有互助小组，但是那是照料人参与的。我们这里大部分阿尔茨海默病病人都无法参与那种活动。”

“但还是有些能参与的吧？”

“是的，但恐怕人数不够，申请不到组织和运营小组的资源。”

“需要什么资源呢？”

“我们的照料人互助小组有十二到十五个人，每周会见面谈几个小时。我们会预约一个房间，准备好咖啡和点心，还会有几个工作人员做引导，每个月请一个客座演讲者来给大家作演讲。”

“那不能弄一间空房间让早发型阿尔茨海默病患者见见面，谈一谈我们正在经历的吗？”

老天啊，我可以自己带咖啡和果冻甜甜圈。

“我们需要一个医院工作人员来监督，很不幸，现在没人有空。”

那把你们照料人互助小组的几个工作人员调一个过来不行吗？

“你能把你手上早发型痴呆症患者的联系方式给我吗？我可以自己试着组织。”

“我恐怕不能透露这种信息。你想预约一下，跟我见面谈吗？我周五早上十点有空档，12月17日。”

“不用了，谢谢。”

前门传来的吵闹声吵醒了在沙发上小睡的爱丽丝。房子里又冷又黑，前门吱呀响着打开了。

“抱歉，我来晚了！”

爱丽丝站起身，走到门厅里。安娜一只手拎着大大的棕色纸袋，另一只手抓着乱七八糟的信件。她站在那个洞里！

“妈妈，家里怎么一盏灯都不开？你刚刚在睡觉吗？这么晚了，你不该小睡，这样晚上就睡不好了。”

爱丽丝走到她身边，蹲下来。她用手去摸洞。可她摸到的不是空洞。她的手指碰到了黑色地毯上的一圈圈羊毛，她的黑色门厅地毯。这地毯已经用了多年。她用手掌去拍地毯，太过用力，落掌的声音在屋里回荡。

“妈妈，你在干什么啊？”

她的手很痛，她太累了，无法忍受告诉安娜那个令人屈辱的回答，袋了里浓郁的花生味让她恶心。

“别管我！”

“妈妈，没事的。咱们去厨房吃晚饭吧。”安娜放下信件，伸手去拉母亲的手，那是爱丽丝痛的那只手。爱丽丝把安娜的手甩开，尖叫起来。

“别管我！滚出我的家！我讨厌你！我不想你在这里！”

她的话比一记耳光更让安娜刺痛。安娜瞬间泪如雨下，泪水之后的表情艰难地化为冷静的决绝。

“我带了晚餐，我快饿死了，我不走。我现在就去厨房吃饭，吃完我就去睡觉。”

爱丽丝独自站在门厅里，愤怒和斗志在她的血管里肆意流淌。她打开门，开始拖拉地毯。她用尽全身力气去拉，却跌倒了。她站起来再次拉拽，折腾许久才把它完全拽到门外。然后，她边踢地毯，边疯狂地冲它尖叫，直到它从台阶上滚下去，软塌塌地倒在门口走道上。

爱丽丝，回答以下几个问题：

1. 现在是几月？

2. 你住哪里？

3. 你的办公室在哪里？

4. 安娜的生日是哪天？

5. 你有几个孩子？

如果你答不出以上任何一个问题，打开你的电脑上叫“蝴蝶”的文件夹，立刻按照里面的指示做。

11 月

坎布里奇

哈佛

9 月

三个

2004年12月

丹的论文有一百四十二页，还不包括文献引用部分。爱丽丝已经很久没有读过那么长篇幅的东西了。她坐在沙发上，将丹的论文放在腿上，右耳朵上架着一支红笔，右手拿着一根粉色荧光笔。她用红笔编辑，用粉色荧光笔来记录自己读到了哪儿。她可以把所有自己认为重要的内容都画出来，这样，如果她需要回头重看，就能只读重要的内容。

读到二十六页时，她绝望地发现自己无法再进行下去了，因为整页纸都充满了荧光色。她的大脑超负荷了，求她停下来歇歇。她想象着粉色荧光的文字在她脑中化成了黏糊糊的粉色棉花糖。她读得越久，就越需要靠荧光笔来帮助她理解和记忆。她用荧光笔划得越多，她的大脑就越被粉色的棉花糖充斥，堵塞了她大脑中的线路，让她无法理解和记忆她阅读的内容。读到第二十六页，她已经完全看不懂了。

“滴滴”声传来。

她把丹的论文放在茶几上，走进书房，坐在电脑桌前。她看到邮箱里有一封新邮件，是丹尼丝·达达里奥发来的。

亲爱的爱丽丝，

我把你给早发型痴呆症患者建一个互助小组的想法讲给我们科里的其他人听了，还有布莱根妇女医院的患者。有三个住在附近的人对这个想法很感兴趣。他们允许我告诉你他们的姓名和联系方式（请看附件）。

你也可以联系一下马萨诸塞州阿尔茨海默病协会。他们可能知道其他想认识你的人。

请告诉我事情的进展，需要我提供建议或信息的话，可以随时联系我。很抱歉我们不能从官方的层面为你做更多。

祝你好运！

丹尼丝·达达里奥

她打开了附件。

玛丽·约翰逊，五十七岁，额颞叶痴呆[①]。

凯茜·罗伯茨，四十八岁，早发型阿尔茨海默病。

丹·沙利文，五十三岁，早发型阿尔茨海默病。

爱丽丝找到他们了，她的新同事。她一遍又一遍地读他们的名字。玛丽、凯茜、丹。玛丽、凯茜、丹。她开始感到一种美好的激动，混合着不易察觉的潜在恐惧，就像她第一天上幼儿园、上大学、读研究生时一样。他们长什么样呢？他们还在工作吗？他们确诊多久了？他们的症状跟她一样，还是比她轻，或是比她严重呢？他们跟她有相似之处吗？要是她比他们病情严重怎么办呢？

① 额颞叶痴呆，以额前叶和颞叶前部萎缩为主要病变的临床综合征。是引起行为和人格改变及语言障碍的神经变性疾病。——编者注

亲爱的玛丽、凯茜、丹：

我叫爱丽丝·豪兰。我今年五十一岁，去年被诊断出患有早发型阿尔茨海默病。我原本是哈佛大学的心理学教授，在那儿工作了二十五年，但是今年9月，因为病情，我无法再胜任工作。

我现在只能待在家，感到很孤独。我联系了麻省总医院的丹尼丝·达达里奥，找她要互助小组的信息。可是他们只能提供给照料人的互助小组，没有给我们的。幸运的是，她告诉了我你们的名字。

我想邀请你们到我家来一起喝茶、喝咖啡，聊聊天，时间在这周日，12月5日，下午2点钟。你们需要的话，也可以和你们的照料人一起过来。附件里有我的地址和路线说明。

我很期待与你们见面。

爱丽丝

玛丽、凯茜、丹。玛丽、凯茜、丹。丹，丹的论文。他还在等我的批改。她回到客厅沙发上，打开丹论文的第二十六页。荧光笔的粉色立刻冲入她的大脑。她开始头疼。她想知道有人回复她的邮件了吗。她还没有想完这句话，就放下了丹的“那个”东西。

她打开收件箱。没有新邮件。

“滴滴”。

她接起电话。

“您好？”

她听到了拨号声。她本希望来电的是玛丽、凯茜，或者丹。丹，丹的论文。

她回到沙发上，拿起荧光笔，做好准备，蓄势待发，可她的双眼无法聚焦在纸上的文字上。她开始发呆。

要是换玛丽、凯茜和丹读论文的第二十六页，他们能不能理解和记住自己读到的文字呢？要是只有我能看到自己门厅地毯上有个大洞怎么办？要是我是唯一一个病情恶化的人怎么办？爱丽丝能感觉到她的自我在消逝。她能感觉到自己正在落入那个阿尔茨海默病的大洞，独自一人。

“我是一个人，我是一个人，我是一个人。”她呻吟着说，每次听到自己在说这句话的声音时，她都在那个孤独的洞中越陷越深。

“滴滴”。

门铃声将她从这个想法中惊醒。他们已经来了吗？她是邀请他们今天来吗？

“稍等一下！”

她边走边用袖子揉着眼睛，用手指梳了梳杂乱的头发，深吸一口气，打开了门。门口没有人。

对近一半阿尔茨海默病患者来说，听觉和视觉上的幻觉等同于现实，但是她到目前为止还没有这方面的经历。或许，她有过。她独自一人的时候，分不清她经历的到底是真正的现实还是因阿尔茨海默病产生的“现实”。她的迷失、幻觉，还有所有其他与阿尔茨海默病相关的“那个”并没有被涂上一层粉色荧光，好让它们跟正常、真实、正确的现实区别开来。从她的角度看，她是完全看不出区别的。地毯是个大洞。刚刚的声音就是门铃声。

她又检查了一遍收件箱。有一封新邮件。

嗨，妈妈：

你怎么样了？你昨天去参加午餐研讨会了吗？你跑步了吗？我的课很好，一如既往。我今天又去试镜了，是一则关于银行的商业广告。结果等着看吧。你跟爸爸怎么样了？他这周在家吗？我知道上个月很难。坚持住。我很快就回家了！

爱你的莉迪亚

“滴滴”。

她拿起电话。

“您好？”

还是拨号声。她打开文件柜最顶格的抽屉，把电话扔到里面，听到它撞到悬挂的数百份复印件下面的金属底部，然后把抽屉关上了。等等，也许是我的手机在响。

“手机，手机，手机。”她大声重复着，满房子地找，免得找到一半忘记目标。

她到处都找了，就是找不到。然后，她想到她需要找淡蓝色挎包。她换了重复的内容。

“蓝包，蓝包，蓝包。”

她在厨台旁找到了包，她的手机在里面，但是是关机状态。也许那是外面谁的车开关锁的声音吧。她回到沙发上，打开丹论文的第二十六页。

“嗨？”一个男人的声音说。

爱丽丝抬起头，瞪大眼睛听着，好像她刚刚召唤了一个鬼魂。

“爱丽丝？”那个没有身体的声音问道。

“怎么了？”

“爱丽丝，你准备好出发了吗？”

约翰出现在客厅门槛处，一脸期待。她松了一口气，但她还没有搞明白是怎么回事。

“我们走吧。我们今晚要跟鲍勃和萨拉吃晚餐，已经有些晚了。”

晚餐。她这才注意到自己饿坏了。她不记得今天吃过东西。也许这才是她看不进去丹的论文的原因。也许她只是需要食物，但是想到晚餐，想到要在嘈杂的饭店里谈话，她感觉更累了。

“我不想去吃晚餐。我今天很难受。”

“我今天也不好过。咱们去吃一顿美好的晚餐。”

“你去吧，我想留在家。”

“来嘛，会很有趣的。我们都没有去埃里克的派对。出门看看对你有好处，我知道他们都很想见你。”

不，他们不想见我。他们看我没去会松一口气。我就是房间里棉花糖做的粉色大象。我让所有人感到不适。我会把晚餐变成疯狂的马戏团表演，所有人都紧张地用怜悯和强装的微笑表演，倒腾他们的鸡尾酒杯和刀叉。

“我不想去。跟他们说我很抱歉，但我就是不想去。”

“滴滴”。

她注意到约翰也听到了这次的声音，跟着他进了厨房。他打开微波炉，从里面拿出一个马克杯。

“这都冷透了。你想让我帮你热一下吗？”

肯定是她早晨泡了茶，然后忘记喝了。然后她把茶杯放进微波炉里加热，又忘了拿出来。

“不用了，谢谢。”

“好吧，鲍勃和萨拉可能已经在那儿等着了。你确定你不想去吗？”

“确定。”

“我会尽快回来的。”

他吻了她，然后独自离开了。她站在厨房里，待在约翰离开时她站的地方，久久未动，手里还捧着那杯冷掉的茶。

她要上床睡觉了，约翰还是没有回来。她转身准备上楼的时候，被书房里蓝色的电脑屏幕光吸引了注意力。她进去查看邮件，主要是出于习惯，而不是真心好奇。

有回信了。

亲爱的爱丽丝：

我叫玛丽·约翰逊。我五十七岁，五年前被诊断患有额颞叶痴呆。我住在北岸，离你不远。这真是个绝妙的想法。我很乐意来，我丈夫巴里会开车送我过去。我不知道他会不会留下。我们两个都提前退休了，所以现在都在家。我想他也需要一段跟我分开的时间。

期待见面。

玛丽

嗨，爱丽丝：

我叫丹·沙利文，五十三岁，三年前被诊断患有早发型阿尔茨海默病。这病是家族遗传的。我母亲、两个舅舅，还有一个姨妈都得了，我的四个表亲也有。所以我早就知道这会发生在我身上，从小就习惯了跟家人的疾病相处。有趣的是，这并没有让我在接到诊断结果和症状发作时好受一些。我妻子知道你住的地方。离麻省总医院不远，临近哈佛。我女儿在哈佛上大学。我每天都在祈祷她不要得这个病。

丹

你好，爱丽丝：

谢谢你发邮件邀请我。我跟你一样，一年前被诊断出得了早发型阿尔茨海默病，这几乎让我松了一口气，不然我还以为我是要疯掉了。我总是在谈话中跟不上节奏，甚至连一句话都说不完整，我会在回自己家的路上迷路，看不懂支票簿，还弄错了孩子们（我有个十五岁的女儿和十三岁的儿子）的日程表。症状开始时，我才四十六岁，所以，没人能想到那是阿尔茨海默病。

我觉得服药还是有用的。我在吃安理申和美金刚。我的病情时好时坏。好的日子里，人们觉得我没事，甚至连我的家人都拿这个当借口，认为我好好的，得病可能都是编的！我可没有那么渴望关注！可是，在不好的日子里，我想不出来要说的词，无法集中精力，完全不能同时处理多项任务。我也感觉很孤独，我等不及见你了。

凯茜·罗伯茨

附：你知道国际痴呆症宣传与互助网络吗？你可以去他们的网站看看吧，这对我们这样处于早发型阿尔茨海默病早期的人来说很有用，大家能互相交流、发泄、寻求帮助、分享信息。

找到他们了。他们要来了。

玛丽、凯茜和丹脱掉外套，在客厅里坐下了。他们的伴侣都没脱外套，在不舍地和他们道别之后，跟约翰一起去杰瑞咖啡馆喝咖啡了。

玛丽留着齐至下巴的金发，巧克力色的圆眼睛躲在一副深色边框的眼镜后面。凯茜看起来很聪明，让人舒心，她的微笑总是在落到嘴角前先从眼睛里流露出来。爱丽丝立刻喜欢上了她。丹留着厚厚的胡子，头发已经秃了，身材矮壮。他们完全可能是其他城市来访的教授、读书俱乐部的成员，或者老朋友。

“大家要想点什么吗？”爱丽丝问道。

他们先是盯着她，然后面面相觑，不愿回答。他们是太害羞、太礼貌，都不想第一个开口吗？

“爱丽丝，你是想说‘喝’点什么吗？”凯茜问道。

“是啊，那我说的是什么？”

“你说的是‘想’点什么。”

爱丽丝的脸“唰”一下红了。她可不希望自己给他们的第一印象就是用错词。

“我要来一杯‘想’的。我的脑袋已经空了几天了，是时候补充一下了。”丹说。

他们都大笑起来，这让所有人立刻亲近起来。玛丽讲自己的故事时，爱丽丝端来了咖啡和茶。

“我做了二十二年的房产经纪人。突然间，我开始忘记赴约、开会、看房。我总是到了房子那里才发现没拿钥匙。我开车带客户去一个我早就熟知的小区看房，结果迷路了。本来不到十分钟的路，我绕来绕去开了四十五分钟。我真是无法想象客户当时怎么想的。

“我开始变得易怒，在办公室里跟客户发火。我一向很随和的，周围人都喜欢我，可我突然就成了远近闻名的暴脾气。我把自己的名声毁掉了。我的名声对我来说就是一切。我的医生给我开了抗抑郁药。吃了没有用，他就给我换了一种又一种。”

“我有很长一段时间以为自己只是太累了，要忙的事太多了。”

凯茜说，“我当时在兼职做药剂师，还要抚养两个孩子，打理房子，忙前忙后，像只被砍了头的鸡，那时我才四十六岁，所以我从没想过我可能是得了痴呆症。然后，有一天上班的时候，我搞不清楚药的名字了，我还突然不知道怎么称量十毫升的药。那一刻我就意识到，我可能会给人拿错药的剂量，甚至可能会拿错药。简单来说，我完全可能不小心杀掉别人。于是我脱下白大褂，提前回家了，再也没回去上班。我绝望极了，我以为我自己要疯了。”

“你呢，丹？你最先注意到的是什么？”玛丽问。

“我以前在家做很多手工活。突然有一天，我不知道怎么修以前经常修的东西了。我总是把自己的工作间收拾得很整洁，把东西收纳得井井有条。现在那儿乱得一团糟。我怪我的朋友们借我的工具、弄乱我的工作间，还不还东西，搞得我都找不到了。实际上一直是我自己弄丢的。我原来是个消防员，我开始忘掉队友的名字。我经常一句话说不完整，我忘记了怎么做咖啡。我小时候看到我母亲经历过同样的事，她也有早发型阿尔茨海默病。”

他们分享着关于自己症状的故事、他们寻求确诊路上的挣扎、他们如何应对伴有病症的生活。他们听着丢钥匙、丢想法、丢掉人生梦想的故事，点头、大笑、哭泣。爱丽丝感到自己不再需要遮掩，她真正被注意了，她感觉自己正常了。

“爱丽丝，你丈夫还在工作吗？”玛丽问。

“在工作。他现在忙着他的研究，还有这学期的教学。他最近经常出差。这段时间很不好过，但是我们两个明年都可以休假一年。所以我只需要坚持住，挺到下学期结束，然后我们就可以一起在家待一年了。”

“你一定可以的，已经快了。”凯茜说。

就几个月而已。

安娜派莉迪亚去厨房里做白巧克力面包布丁。安娜的肚子已经明显大了起来，不再恶心，她似乎总是在吃东西，好像固执地要把孕吐那几个月失去的热量补回来。

“我要宣布一个消息。”约翰说，“我接到一个邀请，让我去担任斯隆－凯特林癌症研究所[1]的主席。”

“在什么地方？”安娜问道，嘴里还塞满了裹着巧克力的蔓越莓。

“纽约市。”

所有人一言不发。扬声器里，迪恩·马丁在大声歌唱《棉花糖世界》。

“呃，你不会真考虑去吧？”安娜问。

“我在考虑。我今年秋天已经去过那儿几次了，这对我来说是个完美的职位。”

“但是妈妈怎么办啊？”安娜问。

“她已经不工作了，几乎不需要去学校。”

“但是她需要留在这儿。”安娜说。

“不，她不需要。她跟我一起去。”

“哦，得了吧！你晚上加班就让我过来，你出差就让我来住，汤姆周末时能来就来。”安娜说，“我们没有一直在这儿，但是——”

“没错，你们没有一直在这儿。你们看不到她的情况有多糟糕。她假装知道很多并不知道的东西。你以为一年后她还能意识到我们还在坎布里奇吗？现在我们去三个街区外的地方，她就已经不知道自己在哪儿了。就算我们住在纽约，我告诉她那儿就是哈佛广场，她也看不出区别。”

“她能看出区别，爸爸。”汤姆说，“别那么说。”

---

① Sloan Kettering Institute，是位于美国纽约的癌症治疗和研究机构。——编者注

“反正我们要明年 9 月才搬过去，现在还早着呢。”

“什么时候不重要，她需要留在这里。你们要是搬了家，她的情况会急剧恶化的。”安娜说。

“我同意。”汤姆说。

他们讨论着她，好像她并没有坐在几米远的新靠背椅上。他们讨论着她，就在她面前，好像她聋了。他们讨论着她，就在她面前，却不允许她加入，好像她得了阿尔茨海默病。

“这个职位在我有生之年很可能不会再开放了，而他们想让我去。”

“我希望她能看到双胞胎宝宝出生。”安娜说。

“纽约没有那么远，而且你们也不一定会一直住在波士顿啊。”

“我有可能会去纽约。”莉迪亚说。

莉迪亚站在客厅和厨房之间的过道里。她说话之前爱丽丝都没看到她，她的突然加入惊到了爱丽丝。

“我申请了纽约大学、布兰迪斯大学、布朗大学，还有耶鲁大学。我要是被纽约大学录取，你跟妈妈也在纽约，我可以跟你们住在一起，帮帮忙。你们要是留在这儿，我又被布兰迪斯大学或者布朗大学录取，我也可以离得近一些。”莉迪亚说。

爱丽丝想告诉莉迪亚，这些都是知名的大学。她想让莉迪亚讲讲她最感兴趣的那些课程。爱丽丝想告诉莉迪亚，自己为她自豪。可今天她的想法从脑海移动到嘴边的速度太慢了，仿佛得在黑色的河泥中游好几公里，才能从河里出来，声音才能被听到，而且大部分想法都淹死在了途中。

“太好了，莉迪亚。”汤姆说。

“就这样决定了吗？你就这么继续你的生活，好像妈妈并没有得阿尔茨海默病，我们对此也没有任何话语权吗？”安娜说。

“我做了很多牺牲啊。”约翰说。

他一直很爱她。她本以为他们剩下的相处时间很珍贵。她不知道她还有多久的时间可以保持自我，但她说服了自己，她会坚持到他们一同休假的这年结束，最后一次一起休假。这个机会给她什么东西她都不会去换。

但显然，约翰会换。是不是啊？这个问题在她脑海中的黑河泥里肆意翻腾，却没有答案。他怎么可以？问题找到了答案，答案仿佛击穿了她的眼球，让她的心脏窒息。他们中总有一人要牺牲一切。

爱丽丝，回答以下几个问题：

1. 现在是几月？

2. 你住哪里？

3. 你的办公室在哪里？

4. 安娜的生日是哪天？

5. 你有几个孩子？

如果你答不出以上任何一个问题，打开你的电脑上叫“蝴蝶”的文件夹，立刻按照里面的指示做。

12月

哈佛广场

哈佛

4月

三个

“我的昨天在消失，我的明天还不确定，

我到底为什么而活呢？不久的将来，我会忘记自己说过这些话。但即使我忘记了，也不意味着我没有经历过今天的每一分和每一秒。我为每一天而活。”

2005年1月

“妈妈，起床了。她睡了多久了？”

“大概十八个小时吧。”

“她之前有这样过吗？”

“有过几次。”

“爸爸，我很担心。万一是因为她昨天吃多了药怎么办？”

“没有，我检查过她的药瓶和药盒了。”

爱丽丝可以听到他们说话，也可以理解他们说的话，可她没什么兴趣。这就好像偷听陌生人讨论一个她不认识的女人。她没有醒来的欲望，她不知道自己在睡觉。

“爱丽？你能听到我说话吗？”

“妈妈，是我，莉迪亚，你能醒来吗？”

那个叫“莉迪亚”的女人在说什么她想给医生打电话。那个叫“爸爸”的男人说让叫“爱丽”的女人再睡一会儿。他们说起点墨西哥餐外卖，在家吃晚餐。也许房子里有食物的香气，就能唤醒叫“爱丽”的女人。然后，说话声消失了。一切再次变得黑暗而安静。

她走在一条沙砾小路上，朝茂密的森林走去。她走进森林，继续沿着一连串的弯路向上走，直到走出森林，爬上一处陡峭而空旷的悬崖。她走到悬崖边，向下望。海水冻成了冰，海岸覆盖着厚厚的积雪。目之所及，整个图景毫无生机、全无色彩，一切都是静止的、寂静的。她想呼唤约翰，但是她发不出声音。她转身想回去，可是刚刚的小路和森林都消失了。她盯着自己苍白瘦削的脚踝和光着的脚。她别无选择，只能准备跳下悬崖。

她坐在沙滩椅上，脚踩在温暖细腻的沙子里，踩进去又拔出来。她看着她幼儿园时最好的朋友克里斯蒂娜。克里斯蒂娜还是五岁的样子，在放一只蝴蝶风筝。克里斯蒂娜泳衣上粉色和黄色的雏菊，蝴蝶风筝上蓝紫相间的翅膀，蓝色的天空，黄色的太阳，爱丽丝脚趾上红色的指甲油，她眼前的每一种颜色都那么明艳灿烂，她从未见过这样的色彩。她看着克里斯蒂娜，心里充满了欣喜和爱，不是因为看到了她的童年好友，而是被她泳衣和风筝上那美得令人窒息的明亮色彩所折服。

她妹妹安妮和小女儿莉迪亚两人大概是十六岁的样子，她们并排躺在红白蓝条纹的沙滩巾上。她们焦糖色的肌肤亮闪闪的，两人穿着同样的泡泡糖一样的粉色比基尼，在阳光下闪闪发光。她们色彩浓郁犹如动画片一般，也是让人为之着迷。

“准备好了吗？”约翰问。

“我有点害怕。”

“现在不做就没机会了。”

她站起身，约翰把她固定在一个橙色滑翔伞上。他拉紧带子，按好安全扣，直到她觉得又紧又安全。他抓着她的肩膀，以抵消把她往上吹的强大而无形的力量。

“准备好了吗？”约翰问道。

“准备好了。”

他放开她，她加速飞向调色盘一般的天空。她乘的风有着炫目的美丽色彩，像知更鸟蛋那样的蓝，也像长春花的蓝，还带有薰衣草一般的紫，还有晚樱一样的紫红。下方的海面则成了万花筒一样令人眼花缭乱的画布，呈现出祖母绿色、碧蓝色和紫罗兰色。

克里斯蒂娜的蝴蝶风筝赢得了自由，在她旁边飞舞。它是爱丽丝见过的最了不起的东西，她从没这么渴望过什么。她伸手去抓风筝的线，可突然间，一阵强风吹得她旋转起来。她回头看，可风筝被她的橙色滑翔伞挡住了。她第一次意识到，自己无法掌控方向。她低头看着大地，看着变成鲜艳小点的家人和朋友。

她在想，这美丽又有自己主意的风还会把她吹回他们身边吗?

莉迪亚蜷缩着侧躺在爱丽丝的床上，被子都没掀。窗帘拉起来了，温暖而柔和的阳光洒进房间。

“我在做梦吗？”爱丽丝问。

“没有，你醒着呢。”

“我睡了多久？”

“好几天了。”

“哦，糟糕，真对不起。”

“没事的，妈妈。听到你的声音真好，你是不是吃了太多药？”

“我不记得了。可能是吧，我不是故意的。”

“我很担心你。”

爱丽丝看着莉迪亚，看到的却是像拍特写照一样，是她的局部样貌。她的每个部位爱丽丝都认识，就像人们认得自己小时候住的房子，知道父母的声音，认得自己手掌的纹路，出于本能，无须思考。可奇怪的是，当她从整体的角度来看莉迪亚时，她发现自己不认识这个人了。

“你好美啊。”爱丽丝说，“我好害怕有一天会看着你，却不认识你。”

“我觉得，哪怕有一天你不知道我是谁了，也会知道我爱你。”

“如果我看着你，却不知道你是我女儿，不知道你爱我，怎么办？”

“那我就告诉你我爱你，你会相信我的。”

这个回答爱丽丝喜欢。但我会一直爱她吗？我对她的爱是住在大脑中，还是心中呢？作为一个心理学家，她相信情绪是复杂的大脑神经回路产生的，而对此刻的她来说，这个回路被困在一条无人生还的战壕里。但作为一个母亲，她相信她对女儿的爱可以免受大脑中风暴的侵袭，因为那份爱住在她的心里。

“你怎么样啊，妈妈？”

“不太好。这个学期很难熬，我没有工作，没去哈佛，病情不断恶化，你爸爸又总不在家。难到我快承受不住了。”

“我很抱歉。我应该经常回来的。明年秋天我就会离你们近一些。我想过现在就搬回来，但是我刚刚在一部很好的戏剧里拿到角色。虽然是个小角色，但是——”

“没关系的。我也希望能多见见你，但我永远不会让你为我停下自己的生活。”

她想到了约翰。

“你爸爸想搬去纽约。他拿到了斯隆－凯特林的职位。”

“我知道，我当时也在。”

“我不想去。”

“我也猜到你不想去。”

“我不能离开这里。安娜的双胞胎今年四月就要出生了。”

“我等不及看两个宝宝了。”

“我也是。”

爱丽丝想象着自己抱起他们，他们温暖的身体、卷起的小手指、还未下过地的肉乎乎的小脚以及肿起的圆眼睛。她想知道他们像不像她、像不像约翰。还有气味，她迫不及待想闻闻孙辈好闻的气味了。

大部分祖父祖母都能欣慰地畅想有孙辈的生活，他们会参与孩子们的会演、生日派对、毕业典礼、婚礼。她知道自己无法参与，但她可以抱抱他们、闻闻他们，她才不要去纽约的什么鬼地方独自坐着呢。

“马尔科姆怎么样了？”

“很好。我们刚刚一起在洛杉矶参加了‘记忆徒步[①]’。”

“他是个怎样的人？”

莉迪亚还未回答，微笑就已挂在嘴角。

“他很高，喜欢户外运动，有点害羞。”

“他跟你在一起的时候什么样？”

“他很贴心。他喜欢我的聪明，为我的演技骄傲，他经常跟别人赞美我，虽然每次都让我觉得很尴尬。你肯定会喜欢他。”

“你跟他在一起的时候呢？”

莉迪亚考虑了一会儿，好像她以前从没思考过这个问题。

“就做我自己。”

“很好。”

爱丽丝微笑着捏了捏莉迪亚的手。爱丽丝想问莉迪亚，谈及自己对她来说意味着什么，提醒她这样做的意义，但这个想法很快就蒸发了，爱丽丝没来得及说。

“我们刚刚在说什么来着？”爱丽丝问。

“马尔科姆，记忆徒步？纽约？”莉迪亚试着给她提示。

“我在这附近散步，感觉很安全。即使有时候有点迷路，最终也都能找到看着熟悉的东西。商店里认识我的人也很多，能给我指路。杰瑞咖啡馆那个女孩总是帮我记着钱包和钥匙在哪儿。

“我在这儿还有互助小组的朋友，我需要他们。我没办法从现在开始熟悉纽约。我会失去仅剩的一点独立性。而且那是你爸爸的

① 记忆徒步（Memory Walk），阿尔茨海默病相关公益组织举办的慈善徒步活动。——译者注

新工作。他会一直忙于工作的，我也会失去他。”

“妈妈，你需要把这些话都说给爸爸听。”

莉迪亚说得对，但是告诉她比告诉约翰容易太多。

“莉迪亚，我真为你骄傲。”

“谢谢。”

“我怕我会忘了，要记得我爱你。”

“我也爱你，妈妈。”

“我不想搬去纽约。”爱丽丝说。

“还早呢，我们不需要现在就做决定。”约翰说。

“我想现在做决定。我现在就要做决定。我想在还能说清楚时把话说清楚：我不想搬去纽约。”

“要是莉迪亚也去呢？”

“要是莉迪亚不去呢？你应该先私下跟我谈，再跟孩子们宣布。”

“我跟你谈过。”

“不，你没有。”

“我谈过，谈了很多次。”

“哦，所以我不记得了？真是巧啊。”

她深呼吸，用鼻子吸气、嘴巴吐气，冷静了片刻，从他们即将陷入的小学生式吵架中抽身。

“约翰，我知道你在跟斯隆－凯特林的人交涉，但是我不知道他们是在招你明年去工作。如果我知道，我肯定会说我的想法。”

“我去的原因告诉你了。”

“好吧。那他们同意让你休假一年，等到明年 9 月再入职吗？”

“他们不同意，他们马上就需要人。我谈到现在这个时间已经很不容易了，不过我需要在这边的实验室做交接工作。”

“他们不能雇一个人临时顶上吗？你跟我一起休假一年，再去工作可以吗？”

“不可以。”

“你甚至都没问过吧？”

“听着，这个领域现在竞争非常激烈，每天都有新的进展。我们在重大突破的边缘了。我是说，我们已经站在治愈癌症的门槛上了，有很多制药公司感兴趣。在哈佛要面对上课、行政之类的烦人事儿，它们只会拖累我的进度。我要是不接这份工作，可能会错失我唯一一次机会，一次我能取得有真正意义的研究成果的机会。”

“这不是你的唯一一次机会。你那么聪明，你没有得阿尔茨海默病，你会有很多次机会的。”

约翰看着她，一言不发。

“明年是我的唯一一次机会，约翰，不是你的。明年是我最后的机会，我还能过自己的生活，知道它对我的意义。我不知道我还有多少时间能做自己，我希望这段时间跟你一起过，我真不敢相信你不想跟我一起过。”

“我想。我们会一起过啊。”

“胡扯，你知道你是在瞎说。我们的生活在这里。这里有汤姆、安娜、安娜的宝宝、玛丽、凯茜、丹，也许还有莉迪亚。你要是接了这份工作，会整日为了工作忙碌，你知道你会的，而我会孤零零一个人。这个决定跟是否想和我一起一点关系都没有，它会夺走我仅剩的一切。我不会去的。”

“我不会总是工作的，我保证。要是莉迪亚也去纽约生活了呢？你是不是也可以每个月跟安娜和查理住一周？我们可以想办法，保证你不会一个人的。”

“要是莉迪亚不去纽约呢？要是她去布兰迪斯呢？”

“所以我才觉得我们应该等，晚点再做决定，等有更多信息再说。”

“我想让你休假一年。”

“爱丽丝，我的选项不是‘接受斯隆的新工作’或是‘休假一年’，而是‘接受斯隆的新工作’或是‘继续在哈佛工作’。我明年不能休息一年。”

她的身体在颤抖，愤怒的泪水灼烧了她的双眼，约翰在她的眼里变得模糊。

“我做不到了！拜托了！我做不到总是在你空缺时一个人硬撑！你可以休假一年。你要是真的想，完全可以。我需要你这么做。”

“那我要是推掉这份工作，休假一年，而你却不知道我是谁，怎么办？”

“那要是我这一年还认识你，明年就不认识了，怎么办？你怎么能考虑把我们剩下的这一点时间全花在你那该死的实验室里呢？我才不会这样对你。”

“我从没有那样要求过你。”

“我不需要你要求也会选你。”

“我想我做不到，爱丽丝。我很抱歉，我不认为我能做到一整年窝在家里，看着疾病一点点把你偷走却束手无策。我做不到就这么看着你不知道怎么穿衣服、怎么用电视。我要是在实验室里，就不需要看着你把便利贴贴满所有橱柜门和门窗。我不能就只是留在家，看你的病不断恶化。这简直要了我的命。”

“不，约翰，它要的是我的命，不是你的。病情恶化的人是我，不论你是在家看着我，还是躲在你的实验室里，你都在失去我。我也在失去我。但是如果你明年不跟我一起休假，那我就先失去了你。我得了阿尔茨海默病，可你又有什么理由呢？”

她翻出所有的罐子、盒子、瓶子、杯子、盘子、碗、盆、锅，把这些都堆在餐桌上。餐桌摆满之后，她开始往地上摆。

她把大厅衣柜里所有的外套取出来，拉开所有拉链，翻开所有口袋。她找到了钱、票根、纸巾，还有其他叫不出名的东西。每次搜查之后，她就把无辜的外套扔在地上。

她把沙发和扶手椅的坐垫全部翻过来。她清空了书桌抽屉和文件柜。她把自己的书包、电脑包、淡蓝色挎包里的东西都倒出来。她在这一堆一堆的东西里翻找，每一件东西都用手指去触摸，在脑中找它们的名字。还是没有。

她的找寻方式不需要她记住已经找过了哪儿。被翻出来的一堆堆东西证明她“发掘”过某个位置。看样子，她已经把一楼全部翻了个个儿。她大汗淋漓，状态癫狂。她不会放弃的。她冲到楼上。

她翻了洗衣篮、床头柜、斗柜抽屉、卧室衣柜、她的珠宝盒、床上用品衣柜、药柜。楼下的卫生间。她跑回楼下，大汗淋漓，状态癫狂。

约翰站在走廊里，地上的衣服堆到了他的脚踝。

“这到底是怎么了？”他问道。

“我在找东西。”

“找什么？”

她说不清她在找什么，但她知道，脑海深处，她记得，她知道。

“我找到就知道了。”

“这里搞得一团糟，看着跟我们被抢劫了似的。”

她没想到这个。这就解释了她为何找不到东西了。

“哦，我的天，也许真是被人偷了。”

“我们没有被抢劫。是你把房子翻了个底朝天。”

看到客厅沙发旁有一篮子没动过的杂志。她从约翰身边走开，将盗窃理论留在走廊里，搬起沉重的篮子，把里面的杂志倒在地上，开始翻，然后又扔下了这摊子。约翰跟在她身后。

“别闹了，爱丽丝，你都不知道自己在找什么。”

“我知道。”

“那你在找什么？”

“我说不出来。”

“那东西什么样子？做什么用的？”

“我不知道，我告诉你了，我找到就知道了。我必须找到，不然我会死的。”

她思忖自己刚刚说的话。

“我的药在哪儿呢？”

他们走进厨房，一路上踢开地上的麦片盒子、汤罐头、金枪鱼罐头。约翰在地上找到了她那一大堆处方药和维生素瓶子，一周药盒则在餐桌上的一个碗里。

“找到了。”他说。

可她那种生死攸关的紧迫感并没有消散。

“不，不是这个。”

“这太疯狂了。你必须停下，家里都成垃圾场了。”

对，垃圾。

她打开垃圾压实机，掏出塑料袋，将里面的东西倒了出来。

“爱丽丝！”

她用手指搜寻着牛油果皮、黏糊糊的鸡肉脂肪、揉成团的纸巾和餐巾、空盒子和包装袋，还有其他叫不出名字的垃圾。她看到了《爱丽丝·豪兰》光碟。她双手捧着湿乎乎的光碟盒，研究着它。哈，我可不是故意把它扔掉的。

“这不是找到了？肯定是这个。”约翰说，“我很高兴你找到了它。”

“不，不是它。”

“好了，拜托了，地上到处都是垃圾。停下，去坐着放松一会儿。你太激动了。也许你停下来放松一会儿，它自己就会冒出来。”

“好的。”

也许她坐着不动，就能记起来她把它放在哪儿了。但也许，她会彻底忘记她原本在找东西。

昨天开始下雪，今天刚刚停下，新英格兰地区的积雪已经堆积了六十厘米左右厚。她完全有可能错过下雪的，只是外面不断有雨刮器来回刮刚晒干的挡风玻璃声音传来，这声音吸引了她的注意力。约翰把雨刮器关了。街道刚刚铲过雪，整条街上只有他们家这一辆车。爱丽丝一向喜欢暴雪之后的静谧无声，但是今天，这种安静让她不安。

约翰开车进了奥本山公墓停车场。停车场里有一小片地铲了雪，但是公墓里的小径和墓碑都依然被积雪覆盖。

“我就害怕这里还是这副样子，我们改天再来吧。”他说。

“不，等等。让我看一会儿。”

黑色的老树扭曲而肿胀的树枝上结了一层白色的冰，它们成了这个冬日乐园的主宰者。爱丽丝能看到零星几处的灰色石头，应该是一些非常高大精致的墓碑冲破积雪露出了头，这些墓碑的主人应该都曾经是达官显贵，除此之外什么都看不到了，一切都被埋在积雪之下。腐烂的尸体封在棺材里，埋在土石之下，土石又埋在雪下面。整个图景只有黑白两色，一切都是冰冷而死寂的。

“约翰？”

“怎么了？”

她喊他的名字时太过大声，突然打破了沉默，吓到了他。

“没什么。我们可以走了。我不想留在这儿了。”

“你要是想的话，我们可以这周再找个时间来。”约翰说。

“来哪儿？”爱丽丝问。

“来公墓。”

“哦。”

她坐在餐桌旁。约翰倒了两杯红酒，递给她一杯。爱丽丝出于习惯，晃了晃酒杯。她现在时常忘记女儿的名字，那个做演员的，但是她还记得如何晃酒杯，还记得自己喜欢晃酒杯。这病真是疯狂。她欣赏红酒在酒杯中令人眩晕的晃动，血红的颜色、浓郁的香气，葡萄、橡木、土地，还有酒落肚时她感觉到的那股暖意。

约翰站在冰箱前，从里面拿出一块奶酪、一个柠檬、一瓶辣汁，还有几棵红色蔬菜。

“想不想吃鸡肉玉米卷？”他问道。

“好。”

他打开冰箱冷冻室，在里面翻。

“我们有鸡肉吗？”他问道。

她没有回答。

“哦，不，爱丽丝。”

他转身把自己手里的东西拿给爱丽丝看。那不是鸡肉。

“这是你的手机，在冰箱里。”

他按了按键，然后摇一摇、擦一擦手机。

“看着像是进水了，等冰化了再看吧，不过我觉得它是没救了。”他说。

她一点也没犹豫，泪水瞬间决堤，哭得非常凄惨。

“没关系的，坏了我们就买个新的。”

真是可笑，我为什么会为一个坏掉的手机这么伤心？也许她哭的真正原因是她母亲、妹妹、父亲的死。也许她难过是因为刚刚在墓地时就可能会来、却没能好好表达的情绪，那样更说得通。但也许，事情并非那样。也许彻底没用了的手机象征着她对哈佛来说也彻底没用了，她在为刚刚失去的事业悲痛，这也说得通。但她实际上就是为手机的死而悲痛，这悲痛汹涌得无法开解。

2005年2月

爱丽丝瘫坐在约翰旁边的椅子上，对面坐着戴维斯医生，她情绪不佳，精疲力竭。在小房间里做神经心理学测试的女人给她做了好久的测试，久到折磨人。那些词汇、信息，女人的问题和爱丽丝回答的所包含的意义都像是肥皂泡泡，是孩子们在大风天用塑料圈吹出来的那种。泡泡迅速从她身边移开，四处游走，她必须用极大的精力和注意力来跟踪它们。即使她成功跟上了其中一些泡泡，想让这种状态保持一段时间，它们也总是很快就“砰”的一声破掉，它们就这么毫无征兆地消失，仿佛从未存在过。现在轮到戴维斯医生挥动塑料圈了。

“好了，爱丽丝，你能倒着拼写‘Water（水）’这个单词吗？”他问。

六个月前，她会觉得这个问题太鸡毛蒜皮，甚至侮辱她的智商，可今天，这是一个严肃的问题，她需要用严肃的态度来对待。对于这个问题，她只是有那么一点担心和屈辱感，跟六个月前比，这点情绪不算什么。她越来越感觉到自己与自我意识的剥离。她对“爱丽丝”的认知，比如这个人所知道的、理解的、喜欢的、不喜欢的、感觉到的、观察到的，也像肥皂泡泡，它在天空中越飞越高，越来越难以辨识，只有一层薄如蝉翼的膜保护着它，让它免于在更加稀薄的空气中破裂。

爱丽丝先是在脑海里正向拼写了“Water”，边拼边伸直左手手指，比画着每一个音节。

“R。”她折下小拇指。她又在自己脑海里把这个词正序拼了一遍，在无名指处停下，然后折了下来。

“E。”她又重复了一遍。

“T。”只剩下食指和大拇指还没折了，她像是在比枪的手势。她默默对自己说“A、W”。

“A、W。”

她微笑着，左手握拳，像是在宣布胜利，她看了看约翰。他在转自己的婚戒，苦涩地冲她微笑。

“真棒。”戴维斯医生说。他的微笑很灿烂，他看起来是真心佩服。爱丽丝喜欢他。

“好了，用你的左手摸一下右脸颊，然后指向窗户。”

她抬起左手去摸脸。砰！泡泡破了。

“抱歉，能再给我指示一遍吗？”爱丽丝问，她的左手还举在面前。

“当然了。”戴维斯医生贴心地照做了，就像家长让孩子在玩纸牌游戏中瞥一眼最上面的牌，或者让孩子在起跑前往前挪一挪。“用左手摸一下右脸颊，然后指向窗户。”

他话还没说完，她的左手就放在了右脸颊上，她尽快用右胳膊指着窗户，长长舒了一口气。

“很好，爱丽丝。”戴维斯医生再次微笑。

约翰没有赞扬她，也没有表露出快乐或自豪。

“好的，现在，请告诉我我之前让你记住的名字和地址。”

名字和地址。她有一点模糊的印象，就像睡了一晚，知道自己做了一个梦，甚至可能知道梦是关于某件事的，可梦的细节怎么也想不起来了，永远消失了。

“是叫约翰，姓什么不知道了。你每次都问我，而我从来没记住过这家伙住在哪儿。”

“好的，那我们猜一猜吧。是约翰·布莱克，约翰·怀特，约翰·琼斯，还是约翰·史密斯？”

她一点没有头绪，但是不介意试一试。

“史密斯。”

“他住在东街，西街，北街，还是南街？”

“南街。”

“他住的镇是阿林顿，坎布里奇，布莱顿，还是布鲁克林？”

“布鲁克林。”

“好的，爱丽丝，最后一个问题，我的二十美元现金在哪儿呢？”

“在你的钱包里？”

“不，之前我在这个房间里藏了一张二十美元现金，你记得我放在哪儿了吗？”

“你藏的时候我在吗？”

“在的。你有任何印象吗？你要是能找到，我就把钱给你。”

“你要是早这么说，我肯定会想办法记住的。”

“我相信你。你能想起它在哪儿吗？”

爱丽丝看到戴维斯医生的目光飘向了她的右边，越过她的肩膀，而这一刻转瞬即逝，他的目光又回到了她身上。她转身去看。她身后的墙上有一块白板，上面有红笔写的三个词：谷氨酸盐[①]、长时程增强[②]、细胞凋亡[③]。红色马克笔放在白板笔底部的托盘上，旁边就是一张折起的二十美元纸币。她开心地走到白板旁边，拿起自己的奖品。

---

① 一种涉及学习和记忆功能的神经递质，为谷氨酸衍生物。——编者注

② 指经验或活动依赖的突触传递效能的持续增强，是学习记忆的突触机制。——编者注

③ 生物体内细胞在特定的内源和外源信号的诱导下，其死亡途经被激活，并在有关基因的调控下发生的程序性死亡过程。——编者注

戴维斯医生笑了笑。“要是我的病人都像你这么聪明，我早就破产了。”

“爱丽，这钱你不能拿，你看到他往那儿瞟了。”约翰说。

“这是我的奖品。”爱丽丝说。

“没关系，这是她找到的。”戴维斯医生说。

“这才一年，而且她一直在服药，她现在这个样子正常吗？”约翰问道。

“可能有几个不同的原因。她的病大概早在她去年1月被诊断出来之前就开始发展了。爱丽丝和你，还有你们的家人、她的同事恐怕都无视了这种情况，把一系列症状当作意外或是正常的，或者以为那是因为压力大、睡眠不足、喝多了酒等，而实际可能已经持续了一两年，甚至更久。

“而且她非常聪明。简单来说，假设一个普通人与一条信息之间有十个神经元，爱丽丝很可能有五十个。当普通人失去这十个神经元，他们就无法获取那条信息了，完全忘记了它。但是爱丽丝即使失去了十个神经元，还剩下四十条其他通往那条信息的路径。所以她身体上的退化一开始表现得没有那么严重，在日常生活中也不那么容易被注意到。”

“可现在她已经失去了超过十个。”约翰说。

“是的，恐怕是这样。她的短期记忆能力已经落到了测试人中排名最后的那百分之三，她的语言处理能力也严重退化了，她正在失去自我意识。很不幸，但这是我们原本就料到会发生的。幸运的是，她还是有出众的才智。她今天回答问题的时候就用了多种创意策略，成功答对了她实际上不记得答案的问题。”

“可还是有很多问题她答不对。”约翰说。

“是的，没错。”

“她的情况恶化得太严重、太快了。我们能不能加大安理申或者美金刚的剂量呢？”约翰问。

“不能，这两种药都已经给她开到最高剂量了，阿尔茨海默病是一种急性功能退化疾病，目前没有治愈办法。即使用上我们现有的所有药物，也无法阻挡它的恶化。”

“很明显，要么是她被分到了安慰剂，要么是这个艾米利克斯试验药根本没用。”约翰说。

戴维斯医生沉默片刻，像是在考虑应不应该同意他的话。

“我知道你现在很灰心。但是我经常看到有病人经历意料之外的平台期，病情恶化似乎会暂时停止，这样的阶段可能持续相当长的时间。”

爱丽丝闭上双眼，想象自己站在平台的正中央，独自一人。这是一处美丽的平顶山。她可以看得到，它值得她去期待。约翰看得到吗？他还为她保留着希望吗？还是说他已然放弃了呢？更可怕的是，他会不会已经在希望她的病情迅速恶化了呢？那样她就会变得空洞而顺从，他就可以在秋天带她去纽约了。他会选择跟她一起站在平台上，还是将她推下山丘呢？

她双臂抱胸，放下二郎腿，双脚踩在地上。

“爱丽丝，你还在跑步吗？”戴维斯医生问道。

“不跑了，已经有段时间没跑了。约翰太忙，我身体的协调能力也不行了——我看不到路上的坎和凸起的地方，还总是搞不清楚距离。我摔倒了几次，挺严重的。就算是在家里，我也总是忘记门口那个凸起的东西，每次进一个房间都会被绊倒。我身上有很多淤青。”

“好吧，约翰，我建议你要么移除门口那个凸起的东西，要么给它们涂上醒目的颜色，亮一点的，贴上色彩鲜艳的胶带也行，那样爱丽丝就能注意到它们了。不然的话，它们会跟地板融为一体。”

“好的。”

“爱丽丝，给我讲讲你的互助小组吧。”戴维斯医生说。

“我们有四个人。我们每周花几个小时在彼此的家里见面，我们每天都发邮件聊天。小组很棒，我们无所不谈。”

戴维斯医生和小房间里的那个女人今天都问了她很多探究性问题，这些问题是用来测量她大脑被毁坏的情况的。但是没人比玛丽、凯茜、丹更清楚她大脑里仍然活着的那部分。

“我想感谢你主动填补我们的互助系统明显缺失的一部分。要是我接到新的早发型病人，我可以告诉他们你的联系方式吗？”

“可以，请告诉他们。你还应该告诉他们国际痴呆症宣传与互助网络的信息，这是一个为痴呆症患者建的网络论坛。我在上面认识了十几个人，他们来自全国各地，还有加拿大、英国、澳大利亚的。我没跟他们见过面，我们只是在网上认识，但我感觉自己了解他们，他们对我的认识，超越了我在生活中认识许久的人。我们不浪费任何时间，我们没有足够的时间，我们只聊重要的事。”

约翰在椅子上不安地挪动，开始抖腿。

“谢谢你，爱丽丝，我会把这个网站加入我们官方的信息册。你呢，约翰？你有没有跟这里的社工谈谈，或者去参加照料人互助小组的会议呢？”

“我没有。我跟她互助小组成员的伴侣喝过几次咖啡，除此之外就没有了。”

“你也可以考虑一下寻求互助。虽然得病的不是你，但你要跟爱丽丝生活，就要跟疾病共同生活，这对照料人来说也很难。我能看出来这里的家属每天承受着多大的压力。你可以找我们的社工丹尼丝·达达里奥，还有麻省总医院的照料人互助小组，我还知道马萨诸塞州阿尔茨海默病协会有很多本地照料人互助小组。你需要的话，资源都有，尽管开口。”

“好的。”

“说到阿尔茨海默病协会，爱丽丝，我刚刚收到他们今年的年度痴呆症关怀大会的流程安排，我看到你要做开幕演讲。”戴维斯医生说。

痴呆症关怀大会是一项全国性的会议，照料痴呆症患者的从业者和家属都会参与。神经科医生、全科医生、老年医师、神经心理学家、护士、社工，这些人都汇集起来，交换信息，讨论诊断、治疗、照料病人的方法。这听起来很像爱丽丝的互助小组，只不过规模更大，参与人不是痴呆症患者。今年的会议将在下个月举行，地点就在波士顿。

“是的。”爱丽丝说，“我还想问你来着，你会去吗？”

“我会去的，我肯定要坐在前排。你知道吗？他们可从来没邀请我做开幕演讲。”戴维斯医生说，“你是个勇敢又伟大的女人，爱丽丝。”

他的赞美那么真诚，一点都不居高临下，她今天被那么多测试无情攻击，这正是她所需要的自信强心剂。约翰又在转他的婚戒，他眼里噙着泪水看她，脸上那紧绷的笑容让她读不懂。

2005年3月

爱丽丝站在演讲台上，手里拿着打印好的演讲稿，看向酒店大宴会厅里坐着的人们。曾经，她只需看观众一眼，就能以近乎有特异功能的准确度猜出与会人数，而这是她已经失去的技能了。厅里人很多。组织者（爱丽丝已经不记得她的名字了）告诉她，登记参会的人超过了七百个。爱丽丝对着这么多或者更多的听众演讲过多次。过去，她的听众里有名声显赫的常春藤大学教职工、诺贝尔奖获得者、来自全世界的心理学和语言学领域的学术领袖。

今天，约翰坐在前排。他不停地回头看，还把他的会议日程册拧成一个筒。她刚刚才注意到，他穿着他灰色的“幸运T恤”。他通常只在最关键的实验结果揭晓时穿这件衣服。想到他的迷信做法，她微微一笑。

安娜、查理、汤姆坐在他身边，正互相交谈着。玛丽、凯茜、丹和他们的伴侣坐在隔几个位置的地方。戴维斯医生坐在前排最中间，已经拿出笔记本和笔，做好准备了。坐着的人也许不是她有史以来面对的人数最多、最有声望的听众，但她希望这次演讲能有最大的影响。

她用手指反复摩挲蝴蝶项链上那镶嵌着宝石的光滑翅膀，蝴蝶像停在枝头一样落在她的胸骨前。她清清嗓子，喝了一小口水。她又一次摸了摸蝴蝶翅膀，为了好运。今天是个特别的场合。

“早上好。我是爱丽丝·豪兰博士。不过，我不是神经科专家，也不是全科医生。我是一位心理学博士，我在哈佛大学做了二十五年的教授，教认知心理学课程，研究的是语言学领域，我曾经常在世界各地发表演讲。

“但我今天来这里跟你们谈话，不是作为一个心理学家或者语言学家，而是以阿尔茨海默病‘专家’的身份来演讲的。我不治疗病人，不做临床试验，不研究基因的变异，不给病人和家属做心理咨询。我成了这方面的‘专家’，完全是因为一年多前，我被诊断患有早发型阿尔茨海默病。

“我能获得这次演讲的机会，倍感荣幸，希望通过我的演讲能让大家更加了解与痴呆症共同生活的第一视角。很快，即使我知道那种感觉，也会无法向你们表达了。再过不久，我甚至会不知道我有痴呆症。所以今天我要说的话必须现在说。

“我们早发型阿尔茨海默病患者并没有完全失去行为能力。我们还没有失语，对事物还有观点，还能有长时间的清醒时刻。可我们已经无法担负曾经生活中的许多任务和责任。我们感到自己并没有到那边去，也没有留在这边，好像一个落入苏斯博士[①]笔下奇异国度的卡通人物。这种处境十分孤独，十分令人焦躁。

“我已经不再去哈佛大学工作了。我无法再写或者阅读论文，也不能读书了。我现在的生活与不久前是完全不同的，它变了形。我的神经线路都被淀粉样蛋白粘住，没法用来理解你们说的话、我自己的想法和周围发生的事。我艰难地在大脑中搜寻自己想要说的词语，却还是经常词不达意。我无法判断空间距离，这意味着我常常摔碎东西或跌倒，在离家两个街区远的地方也能迷路。我的短期记忆靠几条磨损严重的神经艰难维持着，我的长期记忆也摇摇欲坠。

“我在失去我的昨天。如果你问我昨天做了什么，昨天发生了

---

① 苏斯博士（Dr. Seuss），二十世纪卓越的儿童文学家、教育学家。作品中常有一些稀奇古怪的角色。——编者注

什么，或者昨天我看到什么、感到什么、听到什么，我很难说出细节。我也许能猜出几件事。我很擅长猜测，但我实际上并不知道答案。我不记得昨天，也不记得昨天的昨天。

“我也无法控制自己能记住哪些，哪些又要被遗忘。这病不会跟人讨价还价。我不能用忘记美国历任总统的名字来记住我孩子的名字，也不能用忘记每个州的名字来保留关于我丈夫的记忆。

“我经常惧怕明天。要是我明天醒来忘记自己的丈夫是谁，怎么办？要是我醒来不知自己身在何处，甚至认不出镜中的自己，怎么办？什么时候我就不再是我了呢？我大脑中关于独特的‘自我’的那一部分是否会被疾病侵蚀呢？我的自我认知能够跨越神经元、蛋白质，以及有缺陷的基因吗？我的灵魂和精神能对阿尔茨海默病的入侵免疫吗？我相信它们能这样。

“被诊断出阿尔茨海默病就像身上被标记了红色的‘A’[①]。这就是我现在的身份了，一个痴呆症病人。有那么一段时间，这是我对自己的定义，也是其他人将来会持续给我的定义。但我所说的话和我的记忆并不是我的全部。本质上讲，这远不能代表我。

“我是个妻子、母亲、朋友，很快还会成为一个外祖母。我依然能感觉和理解事物，我依然配得上感受这些关系中的爱和喜悦。我依然是这个社会里的一个积极分子。我的大脑不能很好地工作，但我能用双耳无限聆听，能用双肩给哭泣的人提供依靠，我的双臂能拥抱其他痴呆症病人。通过患者互助小组和国际痴呆症宣传与互助网络，通过今天跟你们讲话，我能够帮助其他痴呆症患者更好地与痴呆症相处。我并不是在走向死亡，我只是在与阿尔茨海默病并肩生活，我想要尽自己所能把这件事做好。

“我鼓励早确诊，希望医生们不要默认那些四五十岁的出现记

① 指小说《红字》中的鲜红 A 字。——译者注

忆和认知问题的病人们是因为抑郁、压力大或更年期。我们越早获得正式确诊，就能越早用上药，这样就有希望延迟病的恶化，在平台期停留更久，等待摘取更好治疗方案甚至治愈方法的果实。我依然希望能有治愈的方法，为我自己，为我得了痴呆症的朋友们，也为我有着同样基因变异的女儿。我可能无法重新获取我已经失去的，但我可以留住依然拥有的。我依然拥有许多。

“请不要看到我们身上的红‘A’就认为我们没救了。请直视我们的眼睛，直接跟我们对话。在我们犯错的时候，不要恐慌，不要以为那是针对你，因为我们总会犯错的。我们会一句话说好几遍，我们会丢东西，我们会迷路。我们会忘记你的名字，忘记你两分钟前刚说过的话。我们也会尽全力弥补、克服我们的认知问题。

“我鼓励你们为我们赋权，而不是限制我们。如果一个人脊髓受损，如果一个人失去了一条手臂或一条腿，或者因为中风而落下功能性残疾，他们的家人和医疗专业人士都会努力地帮那个人复健，想办法让他以新的现状生活。我希望大家也能和我们一起努力，帮我们开发填补记忆、语言、认知空缺的工具，让我们能够正常生活。请鼓励我们多参与互助小组。我们可以彼此帮助，痴呆症患者和照料人都是如此，我们可以一起在这个‘苏斯博士’的中间地带找到出路。

“我的昨天在消失，我的明天还不确定，所以我到底为什么而活呢？我为每一天而活，我活在当下。不久的将来，会有一个明天，我会忘记自己说过这些话。但即使我在某个明天忘记了，也不意味着我没有经历过今天的每一分和每一秒。我会忘记今天，但那不意味着今天就没有意义。

“我已经不像以前那样，会受邀在世界各地的大学和心理学大会上演讲了。但我今天站在你们面前，发表这篇演讲，我希望它能成为我一生中最有影响力的演讲。我是阿尔茨海默病患者。

“谢谢大家。”

演讲开始后，她就一直低着头，直到结束才抬起头。她没敢将目光从文字上挪开，怕一挪开就忘记自己读到哪儿了。她很惊讶地发现，整个宴会厅里的人都站了起来，在给她鼓掌。这远超过了她的预期。她只期待两件非常简单的事：不要在演讲中途突然无法阅读；顺利完成演讲，不要出糗。

她看着前排那一张张熟悉的脸，毫无疑问，她的表现远远超越了那两个谦虚的期望。凯茜、丹、戴维斯医生脸上都挂着灿烂的笑容。玛丽正在用一沓粉色面巾纸擦眼睛。安娜微笑着鼓掌，没有停下片刻去擦脸上的两行热泪。汤姆边鼓掌边欢呼，看起来似乎要忍不住了，想立刻跑上去拥抱她、祝贺她。爱丽丝也等不及拥抱他了。

约翰穿着他的灰色“幸运 T 恤”，昂首挺胸地站着，为她鼓掌，眼里闪耀着不容置辩的爱意，微笑里充满了喜悦。

2005年4月

写演讲稿，出色完成演讲，跟成百上千个热情的痴呆症关怀大会与会者握手，清晰地交流，这些即使对没得阿尔茨海默病的人来说也是一项需要消耗大量精力的任务。对阿尔茨海默病患者来说，这些任务所需的精力更多。结束后，她坚持正常活动了一段时间，靠的是肾上腺素的飙升、记忆里的掌声和对自己状态重拾的信心。她是爱丽丝·豪兰，一个勇敢又伟大的英雄。

但这种亢奋状态无法持续，记忆也会逐渐消退。她用面霜刷牙的时候，失去了一点自信。她花了一早上时间用电视遥控器给约翰打电话的时候，又失去了一点自信。她发现不好闻的体味意味着自己已经好多天没有洗澡时，失去了最后一点自信，可她无法鼓起足够的勇气，也没有足够的认知能力踏进浴盆。她是爱丽丝·豪兰，阿尔茨海默病的受害者。

她的精力已经耗尽，亢奋褪去，胜利和自信时刻的记忆被窃取，她被一种难以招架的、让人精疲力竭的沉重压着。她睡得很晚，醒来后也好几个小时都不起床。她坐在沙发上，毫无缘由地哭泣。不论睡多久、哭多久，都无法重新回到之前的状态。

约翰唤醒了沉睡中的她，给她穿好衣服。她没有抵抗。他没有告诉她去梳头或刷牙。她不在乎。他催着她坐进车里。她将额头靠在冰冷的车窗上。外面的世界一片蓝灰。她不知道他们是去哪儿。她不关心，不想问。

约翰开进一个车库。他们通过车库门进了一栋建筑。白色荧光灯刺痛了她的眼睛。宽敞的走廊和电梯，还有墙上的标识：放射科、手术室、妇产科、神经科。神经科！

他们进了一个房间。爱丽丝本以为会是一个等待室，可映入眼帘的却是一个躺在床上睡觉的女人。女人紧闭的双眼肿肿的，手上插着输液管。

“她这是怎么了？”爱丽丝低声问。

“没什么，她就是累坏了。”

“她看起来很糟糕。”

“嘘，这话可不能让她听到。”

这房间看起来不像是病房。里面还有另一张床，小一些，很凌乱，摆在女人的床边。角落里有一台大电视机，一张桌上摆着黄色和粉色的鲜花，地板是实木的。也许这里不是医院，这可能是个酒店房间。可这要是酒店房间，女人的手上为什么插着输液管呢？

一个好看的年轻人端着一托盘咖啡走了进来。也许他是女人的医生。他戴着波士顿红袜棒球队的帽子，穿着牛仔裤和印着“耶鲁大学”字样的T恤，也许他是酒店送餐的。

“恭喜啊。”约翰小声对他说。

“谢谢。汤姆刚走，你们错过了。他下午还会来的。来，我给大家买了咖啡，给爱丽丝买了茶。我去把宝宝带过来。”

这个年轻人知道她叫什么。

年轻人推着一个小推车回来了，小推车有两个长方形的透明塑料盆。两个盆里分别躺着一个小宝宝，他们的身体被白色的毯子包裹，头上还戴着白帽子，只有脸露出来。

“我要把她叫醒了。她肯定不想错过你们第一次见宝宝。”年轻人说，“亲爱的，醒来了，有人来看你了。”

女人不乐意地睁开眼，一看到爱丽丝和约翰，疲惫的双眼立刻闪起激动的光，让她整个人都有了生气。爱丽丝笑了，好像突然醒悟一般。哦，我的天，这是安娜！

“恭喜啊，宝贝。”约翰说，“宝宝真漂亮。”他弯腰吻了一下安娜的额头。

“谢谢，爸爸。”

“你看起来不错，感觉怎么样呢？”约翰问。

“谢谢，我还好，就是累得不行。准备好了吗？我要介绍了。这是艾莉森·安妮，这个小家伙是查尔斯·托马斯。”年轻人抱起一个宝宝，递给约翰。然后他抱起另一个帽子上系着粉色丝带的宝宝，送到爱丽丝面前。

“你想抱抱她吗？”年轻人说。

爱丽丝点点头。

她抱着熟睡的小宝宝，宝宝的头枕在她的臂弯里，屁股被她的手托着，身体靠着她的胸膛，耳朵贴在她的心口。熟睡的小宝宝用小小的圆鼻孔轻轻呼吸。爱丽丝本能地吻了一下她那粉扑扑、圆鼓鼓的脸蛋儿。

“安娜，你生下宝宝了。”爱丽丝说。

“是啊，妈妈，你抱着的是你的外孙女，艾莉森·安妮。”安娜说。

“她太漂亮了，我爱她。”

我的外孙女。爱丽丝看着约翰怀里那个帽子上系着蓝丝带的宝宝。我的外孙。

“他们不会像我一样得阿尔茨海默病吧？”爱丽丝问。

“不会，妈妈，他们不会的。”

爱丽丝深深吸了一口气，闻着她漂亮的外孙女那美好的气息，心中感到了久违的宽慰和平静。

“妈妈，我收到纽约大学和布兰迪斯大学的录取通知书了。”

“哦，那太好了。我还记得我刚被录取的时候。你要学什么啊？”爱丽丝问。

“戏剧。”

“真棒。我在哈佛上的学，我超爱那里的。你要去上哪所学校来着？”

“我还不知道呢，纽约大学或者布兰迪斯大学。”

“你想去哪所啊？”

“我不确定。我跟爸爸谈过了，他真的很想让我去上纽约大学。”

“你自己想去纽约大学吗？”

“我不知道。纽约大学更有名望，但我个人更喜欢布兰迪斯。我去布兰迪斯的话，离安娜、查理、两个宝宝、汤姆都更近，你跟爸爸如果留下的话，我也会离你们更近。”

“我如果留在哪儿？”爱丽丝问。

“这儿啊，坎布里奇。”

“我还能去哪儿呢？”

“纽约市。”

“我不去纽约。”

她们并排坐在沙发上叠宝宝的衣服，把粉色和蓝色的分开。电视里有画面，却没开声音。

“我只是觉得，如果我确定去布兰迪斯，而你跟爸爸搬去了纽约，我就会认为我所在的地方不对，好像我做错了决定。”

爱丽丝停下了叠衣服的动作，看着女人。她年轻、苗条、漂亮。她还满脸倦容，一副很纠结的样子。

“你多大了？”爱丽丝问。

“二十四。”

“二十四，我很爱自己的二十四岁。你眼前还有整个大好人生呢，任何事都是可能的。你结婚了吗？”

漂亮又纠结的女人也停下了手里的动作，面向爱丽丝。她跟爱丽丝四目相对。漂亮又纠结的女人有一双充满好奇和真诚的棕色眼睛，颜色像花生酱。

“没有，我没结婚。”

“有孩子吗？”

“没有。”

“那你可以随便做自己想做的事。”

“但如果爸爸决定接受了那份工作，带你搬去纽约，怎么办？”

“你不能根据其他人可能做什么或可能不做什么来做自己的决定。这是你的决定、你的大学。你是个成年人了，不需要按照父亲的想法做事。你做决定的标准应该是什么对你的人生好。”

“好的，我会的。谢谢你。”

有着可爱的花生酱色眼睛的漂亮女人被逗笑了，她叹了口气，继续叠衣服。

“我们跟以前真是天差地别啊，妈妈。”

爱丽丝不知道她在说什么。“你知道吗？”她说，“你让我想起我的学生们。我以前是个导师，我当时做得可好了。”

“是啊，你是，你现在还是。”

“你要去上哪所学校来着？”

“布兰迪斯。”

“它在哪儿啊？”

“在沃尔瑟姆，离这里只有几分钟路程。”

“你要学什么？”

“表演。”

“真棒。你将来要演戏剧吗？”

“是的。”

“莎士比亚的剧吗？”

“是的。”

“我爱莎士比亚，尤其是他的悲剧。”

“我也是。”

漂亮女人挪近一些，拥抱了爱丽丝。她身上有股清新干净的味道，像肥皂。她的拥抱跟她那双花生酱色的眼睛一样，穿透了爱丽丝。爱丽丝觉得在她身边很幸福。

“妈妈，拜托不要搬去纽约。”

“纽约？别犯傻了，我就住这儿。我为什么要搬去纽约啊？”

“我真不知道你是怎么做到的。”女演员说，“我昨晚大半夜还跟她一起醒着，现在感觉很恍惚。我凌晨三点给她做了炒鸡蛋、烤吐司，泡了茶。”

“我那时候也醒着。我们要是能想办法让你分泌乳汁，你就能帮我分担这两位其中的一位了。”两个宝宝的母亲说。

宝宝母亲坐在沙发上女演员的旁边，在给穿蓝色衣服的宝宝喂奶。爱丽丝抱着穿粉色衣服的宝宝。约翰走了进来，他刚洗了澡，穿好了衣服，一手拿着咖啡杯，一手拿着报纸。几个女人则穿着睡衣。

“莉迪亚，谢谢你昨晚起来。我真的很需要补补觉。”约翰说。

“爸爸，你怎么会觉得你去纽约能自己一个人应付呢？”那个宝宝母亲问。

“我要雇一个家庭护理。实际上，我现在就在找了。”

“我不希望陌生人来照顾她。他们不会像我们一样拥抱她、爱她。”女演员说。

“陌生人也不像我们一样了解她的过去和她的记忆。有时候我们能填补她的记忆缺口，通过她的肢体语言读懂她的想法，这是因为我们懂她。”那个宝宝母亲说。

“我不是在说我们就不照顾她了，我只是想现实一些、实际一些。我们不需要全部自己扛。过几个月你就要回去工作了，而且每天晚上回到家都要照顾两个你一整天没见的宝宝。

“而你就要开学了，你一直在讲这个课程有多高强度。汤姆现在正在手术室呢。你们几个马上都要忙起来了，这是你们目前为止人生中最忙的时候，而你们母亲是最不想让你们为了她降低自己生活质量的。她永远不想成为你们的负担。”

“她才不是负担，她是我们的母亲。”那个宝宝母亲说。他们说话太快了，用了很多人称。穿粉色衣服的宝宝开始闹腾，哭了起来，让爱丽丝分了神。她搞不清他们在讨论什么、讨论谁。但是她从他们的面部表情和语气得知，这是严肃的对话。而穿睡衣的两个女人是一方的。

“也许我延长产假更合适一些。我觉得现在时间有点赶，查理也支持我多休息，我多陪陪妈妈也合情合理。”

“爸爸，这是我们能跟她相处的最后机会了。你不能去纽约，你不能夺走我们这个机会。”

“听着，要是你决定去上纽约大学而不是布兰迪斯，你想陪她多久就陪她多久。你已经做了你的选择，而我在做我的选择。”

“这个选择为什么妈妈没有话语权？”那个宝宝母亲说。

“她不想去纽约生活。”女演员说。

“你不知道她想要什么。”约翰说。

“她说了她不想去，你去问她吧。她是得了阿尔茨海默病，但得病不代表她不知道自己想要什么、不想要什么。今天凌晨三点，她还知道自己想吃炒蛋和吐司，不想吃燕麦或者培根呢。她确定她不想回去睡觉。你选择无视她的意愿，就因为她得了阿尔茨海默病。”女演员说。

哦，他们在讨论我啊。

“我没有无视她的意愿。我在尽力为我们两个做最好的选择。要是她能单方面决定自己想要什么，并且全部都能实现，那我们现在都不会在这里讨论这个话题。”

“你在说什么啊？”那个宝宝母亲说。

“没什么。”

“你好像不明白，她还没走呢，你好像觉得她剩下的时间已经不重要了。你现在的行为就像个自私的小孩。”那个宝宝母亲说。

那个宝宝母亲开始哭了，很生气的样子。她的声音和长相都像妹妹安妮，但她不可能是安妮。那不可能，安妮没有生过孩子。

“你又怎么知道她觉得这样子有意义？听着，不光是我这么想。曾经的她，这之前的她也不会希望我放弃这个机会的。她不想这样留在这儿。”约翰说。

“这到底什么意思啊？”长得像安妮，声音也像的女人哭着说。

“没什么。听着，我理解、感激你说的一切，但我在试着做理性的选择，不能情绪化。”

“为什么？在这件事上情绪化有错吗？情绪化怎么就是坏事了？情绪化的选择就不能是正确的选择吗？”没有哭的女人说。

“我还没有做最终的决定，你们两个不能逼我做决定。你们不知道事情的全貌。”

“那就告诉我们啊，把我们不知道的都说出来。”哭泣的女人说，她的声音在颤抖，掺杂着威胁的意味。

这威胁让他沉默了半晌。

“我现在没时间吵这个，我有个会要开。”

他起身，丢下了争吵的战场，只留下女人们和宝宝们。他离开时用力关上了门，惊动了穿蓝色衣服的宝宝，宝宝本来在妈妈怀里睡着了。宝宝用力号哭。哭似乎是有传染性的，另一个女人也哭了起来。也许她感到自己被落下了。现在所有人都在哭——粉色宝宝、蓝色宝宝、宝宝母亲，还有旁边那个女人。只有爱丽丝没哭。她不悲伤，也不气愤，也不挫败，也不恐惧。她饿了。

“我们晚餐吃什么？”

2005年5月

他们排队等了好久才来到收银台前。

“好了，爱丽丝，你想吃什么味的？”约翰问。

“你吃什么我就吃什么。”

“我吃香草味的。”

“行，那我就吃这个。”

“你不喜欢香草味，你喜欢吃带巧克力的。”

“那好吧，就巧克力的吧。”

这对她来说似乎很简单，一点问题都没有，可他明显被这段对话搞得很焦虑。

“我要一个香草味的甜筒，她要一个巧克力爆浆布朗尼甜筒，两个都要大的。”

他们离开商店和拥挤的排队人群，在河边一个大理石面长椅上坐下，吃着他们的甜筒。几只鹅在不远处的草坪里啄草，对爱丽丝和约翰的到来一点反应也没有。爱丽丝咯咯笑着，心想鹅是不是也这样看他们。

“爱丽丝，你知道现在是几月份吗？”

之前下雨了，但是天空现在放晴了，温暖的阳光照得长椅也暖暖的，暖意浸入她的骨髓。暖和的感觉真不错。他们旁边的很多酸苹果树都开了粉色和白色的花，花瓣散落在地上，就像派对上的彩条。

“是春天。”

“春天的哪个月呢？”

爱丽丝舔着带巧克力的甜筒，仔细思考他的问题。她不记得她上次看日历是什么时候了。她也似乎很久没有在某个特定的时间去某个特定的地方了。或者说，如果她需要在某个固定日子到某个地方，约翰会替她记得，确保她准时到达。她不再用预约机器，也不再戴腕表了。

让我想想。一年中的月份。

"我不知道，是几月？"

"五月。"

"哦。"

"你知道安娜的生日吗？"

"是在五月吗？"

"不是。"

"我觉得安妮的生日是在春天。"

"不，不是安妮，是安娜。"

一辆黄色的卡车经过他们附近的桥，行驶的嘎吱声特别响，惊到了爱丽丝。一只鹅展开翅膀，对着卡车叫，像在护着他们。爱丽丝不知道它是勇敢还是鲁莽，或者只是想挑衅。她想着这只风风火火的鹅，咯咯笑了起来。

她舔着自己带巧克力的甜筒，欣赏河对岸的红砖建筑。建筑有很多窗户，金色的拱顶上挂着一面老式数字的钟表。它看起来很重要，也很熟悉。

"那边那个是什么楼？"爱丽丝问。

"那是商学院，是哈佛的一部分。"

"哦，我以前是在那栋楼里教书吗？"

"不是，你在河这边的另一栋楼上课。"

"哦。"

"爱丽丝，你的办公室在哪儿？"

“我的办公室？在哈佛啊。”

“是的，但是它在哈佛的哪儿？”

“在河这边的一栋楼里。”

“哪栋楼啊？”

“我记得是叫什么大楼。你知道的，我已经不去那儿了。”

“我知道。”

“那它在哪儿就不重要了，不是吗？我们为什么不想想重要的事呢？”

“我在努力了。”

他牵起她的手。他的手比她的温暖。她的手被他牵起的时候那么舒适。两只鹅摇摇摆摆地走进静水中。河里没有人游泳。现在的水温对人类来说大概太冷了。

“爱丽丝，你还想留在这儿吗？”

他蹙起眉毛，表情严肃，眼睛中间的沟壑变深了。这个问题对他来说很重要。她微微一笑，很高兴自己终于能自信地回答他一次了。

“想啊，我喜欢跟你一起坐在这儿，而且我还没吃完呢。”

她举起自己带巧克力的甜筒给他看。甜筒开始化了，顺着筒边流下来，流到了她手上。

“怎么了，我们现在需要离开吗？”她问道。

“没有，你慢慢吃。”

2005年6月

爱丽丝坐在电脑前，等着屏幕亮起来。凯茜刚刚打了电话，说自己担心爱丽丝，想看看她的情况。她说爱丽丝很久没有回她的邮件了，也已经好几周没出现在痴呆症聊天室了，她昨天又错过了互助小组会议。凯茜说起互助小组，爱丽丝才意识到电话对面忧心忡忡的人是凯茜。凯茜说，他们的小组新来了两个人，他们是被参加了痴呆症关怀大会、听了爱丽丝演讲的人推荐的。爱丽丝告诉她，这真是好消息。爱丽丝跟凯茜道歉，不好意思，让她担心了，请她转告其他人，自己很好。

可是说实话，爱丽丝的状态远远称不上很好。她还能读写少量的文字，但是电脑键盘变成了一堆难以辨认的杂乱字母。她使用语言的能力，也就是人之所以与动物不同的能力正在抛弃她，让她逐步失去了作为人类的感受。她早已挥泪跟“很好”的状态道别了。

她点开收件箱。七十三封新邮件。这对她来说太多了，她无力回复，她关掉了邮箱软件，一封也没打开。她盯着屏幕，她几乎整个职业生涯都是在这个屏幕前度过的。桌面上有三个文件夹，竖着排列：“硬盘”“爱丽丝”“蝴蝶”。她点开“爱丽丝”文件夹。

里面有更多文件夹：“摘要”“行政”“课程”“会议”“数字”“基金申请”“家”“约翰”“孩子们”“午餐研讨会”“从分子到头脑”“论文”“演讲”“学生”。她的全部人生都被归纳进这些整齐的小图标里。她不忍去看文件夹里的内容，害怕自己不记得、不理解自己的全部人生。

接着，她点开了“蝴蝶”文件夹。

亲爱的爱丽丝：

这封信是你头脑还清醒的时候写给自己的。如果你在读它，却无法回答以下一个或多个问题，那你就不再清醒了：

1. 现在是几月？
2. 你住哪里？
3. 你的办公室在哪里？
4. 安娜的生日是哪天？
5. 你有几个孩子？

你得了阿尔茨海默病。你失去了自我的很大一部分，失去了太多你爱的东西，你现在的生活不再是你想要过的生活。这个病没有好的结局，但你选择了对你自己、家人来说，能保留最大尊严、最公平、最尊重的结局。你已经无法信任自己的判断，但你可以信任我，曾经的你自己，阿尔茨海默病从你身上夺走太多东西之前的你。

你度过了出众而有价值的一生。你和你的丈夫约翰生了三个优秀的孩子，他们在这个世上都有人爱，过得好，你在哈佛的职业生涯成绩斐然，充满挑战、创意、热忱、成就。

你生活的最后一部分，与阿尔茨海默病共处的一部分，以及你为自己选择的这个结局，都是悲怆的，但你不想这样悲怆地活下去。我爱你，我为你自豪，你的一生和你所做的一切都让我骄傲。

现在，去你的卧室。找到窗边的黑色桌子，上面摆着一盏蓝色台灯。打开桌子的抽屉，抽屉深处有一瓶药片。药瓶上的白色标签用黑笔写着“给爱丽丝”。药瓶里有很多药片。用一大杯水把这些药片全部吃下去，一定要全部吞掉。然后，上床去睡觉。

趁你还没忘记之前，快去吧。不要告诉任何人你在做什么。请相信我。

爱你的爱丽丝·豪兰

她又读了一遍。她不记得自己写过这封信。那几个问题她都不知道答案，只知道自己有几个孩子。而她知道自己有几个孩子可能还是因为信里提到了。她不太确定他们叫什么。也许有两个叫安娜和查理吧，剩下一个她不记得了。

她又读了一遍信，这次更慢了，她都不知道是否还可能更慢。读电脑屏幕上的字对她来说很艰难，比读纸上的文字更难，在纸上，她可以用笔和荧光笔辅助。她还可以把纸拿到卧室去，在那儿读。她想把这封信打印出来，可是她搞不懂怎么打印。她真希望从前的自己，那个阿尔茨海默病从她身上夺走太多东西之前的自己，能够有先见之明，给她留下打印文件的指示。

她又读了一遍。读这封信真有趣，又那么不真实，好像在读自己少女时写的日记，写下那些真诚又私密文字的女孩在她脑海里很模糊。她希望自己当时写了更多。她的文字让她同时感到悲伤又自豪，强大又放松。她深吸一口气，呼气，然后上了楼。

到了楼上，她忘记了自己上去是干什么。这件事似乎很重要，有种急迫感，但她没有其他感觉了。她回到楼下，寻找证据来证明她刚刚在哪儿。她发现电脑打开着，屏幕上有一封信。她读了信，回到楼上。

她打开床边桌子的抽屉。她拿出一包纸巾、几支笔、一沓便利贴、一瓶润肤乳、几颗止咳糖、牙线，还有一些硬币。她把所有东西摊在床上，一件一件摸，一次只摸一件。纸巾、笔、笔、便利贴、硬币、糖、糖、牙线、润肤乳。

“爱丽？”

“怎么了？”

她转身。约翰站在走廊里。“你在楼上做什么呢？”他问道。

她看着床上的物件。

“找东西。”

“我得回办公室去拿我忘在那儿的论文。我开车去，所以只去几分钟。”

“好的。”

“来，到吃药时间了，赶紧把药吃了，免得我忘了。”

他递给她一杯水和一把药。她把每一颗都吞了下去。

“谢谢你。”她说。

“别客气。我马上就回来。”

他离开房间时带走了空杯子。她在床上那一堆东西旁边躺下，闭上了眼睛，等着他，她感到悲伤又自豪，强大又放松。

“爱丽，拜托了，穿上你的袍子，戴上帽子，我们得出发了。”

“我们要去哪儿？”爱丽丝问。

“哈佛学位授予典礼。”

她又盯着那身衣服看了看。她还是不明白。

“学位授予是什么意思？”

“是哈佛的毕业典礼。学位授予意味着一个新的开始。”

学位授予。从哈佛毕业。新的开始。她在脑海中玩味着这些词。从哈佛毕业意味着新的开始，成年生活的开始、职业生涯的开始、哈佛之后生活的开始。学位授予。她喜欢这个词，她想记住。

他们走在熙熙攘攘的人行道上，爱丽丝穿着深粉色袍子，戴着大大的黑帽子。她感到非常不合群，觉得自己穿得太夸张了，一开始的几分钟里，她很不信任约翰这次的着装选择。可接着，突然间，这种衣服变得随处可见。一大群一大群的人穿着类似的衣服，戴着类似的帽子跟他们一起走上人行道，只是每个人的衣服和帽子颜色不同，人也是从四面八方走来的，很快，他们就走成了五颜六色的游行大队。

他们走进一片绿草茵茵的广场，这里被高大的古树包围，外面还有一圈高高的古建筑，广场里放着节奏缓慢的用风笛演奏的仪式音乐。爱丽丝感到浑身起鸡皮疙瘩，颤抖起来。我以前做过这件事。他们跟随队列，走到一排座椅前，坐了下来。

“这是哈佛的毕业典礼。”爱丽丝说。

“是的。”约翰说。

“学位授予仪式。”

“是的。”

过了一会儿，演讲开始。过去的哈佛毕业典礼请过很多有名望的人，主要是政治领袖。

“有一年，西班牙国王来演讲过。”爱丽丝说。

“是啊。”约翰说。他觉得这很有意思，笑了笑。

“那个男人是谁？”爱丽丝指着演讲台上的人问道。

“他是个演员。”约翰说。现在换成爱丽丝觉得这有意思了，她笑了起来。

“也是，也不可能每年都请到个国王啊。”爱丽丝说。

“你知道的，你女儿也是个演员。说不定将来有一天，她也会站在上面演讲。”约翰说。

爱丽丝听着演员的演讲。他讲话随和又灵动，一直在讲一个“流浪汉小说”的故事。

“流浪汉小说是什么？”爱丽丝说。

“那是一种很长的冒险故事，能教会主角一些重要的事。”

这个演员在讲述他的人生冒险故事。他告诉他们，他今天来这里，是要给毕业班里那些即将开始他们自己冒险故事的人讲他在途中学到的东西。他给了他们五条建议：创意、有用、实际、慷慨和漂亮的结尾。

这些我觉得我都做到了。只是我还没走到结尾，我还没有一个漂亮的结尾。

“这建议不错。”爱丽丝说。

“是啊。”约翰说。

他们坐着，边听边时不时鼓掌，爱丽丝已经有些不耐烦了。然后，所有人都站起来，开始缓缓前行，像是一次没什么纪律的游行。爱丽丝和约翰跟着其他一些人进了附近一栋楼。那壮观的大门，高得惊人的深色木头天花板，被阳光照亮的彩色玻璃高墙都让爱丽丝惊叹不已。看起来很重、很大、很老的水晶灯吊在他们头顶。

“这是哪里？”爱丽丝问。

“这是纪念馆，是哈佛的一部分。”

她失望地发现，他们没有停留在壮观的入口处，而是立刻去了一个又小又相当朴素的厅，在里面坐了下来。

“现在是在干吗？”爱丽丝问。

“文理学院的研究生们在接受博士学位。我们来看丹的毕业仪式，他是你的学生。”

爱丽丝望望四周，看着穿深粉色袍子的人们的脸。她不知道哪个是丹。实际上，这里面的人她一个也认不出，不过她读得出房间里的情绪和氛围。他们很开心，充满希望，自豪又放松。他们准备好了，急切地等待着与新同事们见面，去发现、创造、教学，成为自己冒险旅途上的主角。

她在他们身上所看到的东西，她自己身上也有过。这是她所熟悉的，这个地方，这份激动与准备充分的感觉，这种新的开始。这也是她当年冒险的开始，虽然她不记得细节，但她潜意识里知道那是一段丰富又有价值的旅程。

“他在那儿呢，台上。”约翰说。

“谁啊？”

“丹，你的学生。”

“哪一个？”

“金发的那个。”

“丹·马洛尼。”另一个人说。

丹向前走，跟台上的男人握手，拿到了一个红色文件夹。丹把红色文件夹高高举过头顶，露出胜利的灿烂微笑。他这么喜悦，他一定是有所成就才能站在这里，爱丽丝为他即将踏上的冒险给他鼓掌，即使她根本记不起这个学生。

爱丽丝和约翰站在一个大大的白色帐篷下，这里除了穿深粉色袍子的学生们，还有为他们开心的人们，这些人都在等待。一个金发的年轻人朝爱丽丝走来，脸上挂着无比灿烂的笑容。他没有丝毫犹豫，直接拥抱了她，吻了她的脸颊。

“我是丹·马洛尼，您的学生。”

“恭喜你，丹，我真为你高兴。”爱丽丝说。

“太感谢了。我真高兴您能来参加我的毕业典礼。能做您的学生，我感到很幸运。我希望您知道，您是我选择语言学这个研究领域的原因。您对理解语言工作原理的热情，您对研究缜密又接纳合作的态度，您对教学的热爱，在很多方面给我激励。谢谢您的指导和智慧，谢谢您以高标准要求我，我差点儿以为自己做不到，谢谢您给我空间，让我能自由探究，提出自己的想法。您是我遇到过的最好的老师。如果我这辈子能有您一小部分的成就，我就觉得自己成功了。”

“你太客气了，谢谢你这么说。你知道吗，我现在不怎么记得事了，真高兴能听到你还记得关于我的这些事。”

他递给她一个白色信封。

“来，我把这些话都为您写下来了，这样即使您不记得我刚刚说的话，以后您读到的时候，就能想起您曾给予过我很多。”

“谢谢。”

他们拿着各自的信封，她的是白色的，他的是红色的，两人都心怀深深的骄傲和崇敬。

一个长得像丹，但是年纪大一些、胖一些的男人和两个女人走来，一个女人年长一些，一个女人年轻一些。那个长得像丹的男人端着一盘装在细杯子里的气泡白葡萄酒。年轻女人给他们一人递了一杯。

“敬丹。”年长版本的胖丹说着，举起他的杯子。

“敬丹。”大家齐声说，用细杯子碰杯，小口喝着酒。

“敬顺利的开始，”爱丽丝，“还有漂亮的结尾。”

约翰和爱丽丝从帐篷里走出来，离开老旧的砖头建筑和穿袍子、戴帽子的人们，朝人少和没那么吵的地方走去。一个穿着黑袍的人大喊着朝约翰跑来。约翰停下脚步，放开了爱丽丝的手，跟那个大喊的人握手。爱丽丝被自己身体行走的惯性驱动着，接着往前走。

在那感觉非常漫长的一秒钟里，爱丽丝暂停了一下，跟一个女人对视。她很确定自己并不认识那个女人，但是她们的眼神交换中有什么信息。女人一头金发，手机举在耳边，她蓝色的大眼睛从眼镜后露出惊恐的眼神。女人在开车。

然后，爱丽丝感到袍子的兜帽突然紧紧勒住了她的脖子，她被猛地向后拉。她毫无准备地仰面狠狠摔在地上，撞到了头。她的袍子和大帽子几乎没有提供任何保护作用。

“真对不起，爱丽，你还好吗？”穿着深粉色袍子的男人说，他在她旁边跪了下来。

“不好。”她说着坐起来，摸着自己的后脑勺。她本以为手会沾上血，但发现没有。

“我真抱歉，你直接走到了路中央。那辆车差点撞到你。”

“她还好吗？”

刚刚车里的那个女人问道，她的眼睛依然瞪得大大的，充满惊恐。

“我觉得应该还好。”男人说。

“哦，我的老天，我差点撞死她。你要是没把她拉开，我可能会撞死她。”

“没关系，你没有撞死她，我觉得她没事。”

男人扶着爱丽丝站起来。他摸了摸又看了看她的头。

“我觉得你应该还好，你可能会很疼。你能走路吗？”他问道。

“能。”

“你们需要我开车送你们去哪儿吗？”女人问道。

“不，不，没事的，我们没事。”男人说。

他搂着爱丽丝的腰，用手托着她的手肘，爱丽丝跟这个救了她命的善良好心人走回了家。

2005年盛夏

爱丽丝坐在一把舒服的白色大椅子上，一脸困惑地看着墙上的钟。这是那种有指针和数字的时钟，比只有数字的难读。也许是五点了吧?

“几点了？”她问坐在另一把白色大椅子上的男人。

他看了看自己的手腕。

“马上就三点半了。”

“我觉得我该回家了。”

“你就在家啊，这是你在科德角的家。”

她环顾房间，白色家具、墙上的灯塔和沙滩照片、一扇巨大的窗子、窗外纤细的小树。

“不，这不是我的家，我不住这里。我想现在就回家。”

“再过几周我们就回坎布里奇了。我们是在这里度假，你是喜欢这里的。”

那个男人接着读自己的书，喝自己的酒。他手里的书很厚，酒是黄棕色的，跟她眼睛的颜色一样，里面还加了冰。他在享受，沉浸于这两样东西：书和酒。

白色家具、墙上的灯塔和沙滩照片、一扇巨大的窗子、窗外纤细的小树，在她眼中并不熟悉。这里的声音她也不熟悉。她听到鸟叫声，像是住在海边的那种鸟。她也听到男人喝酒时杯子里的冰摇晃碰撞的声音，还有男人读书时的呼吸声、钟表滴滴答答的声音。

“我觉得我在这儿待了够久了，我现在想回家。”

“你就在家，这儿是你的度假屋。这是我们放松和休闲的地方。”

这地方看起来不像她家，听起来也不像她家，她没有感觉放松。坐在白色大椅子上读书、喝酒的男人根本不知道她在说什么。也许他是醉了。

男人继续呼吸、读书、喝酒，钟表也继续滴滴答答。爱丽丝坐在白色的大椅子上，听着时间流逝，希望有人能来带她回家。

她坐在露台上一把白色木椅上，喝着冰茶，听着不知在何处的青蛙和黄昏的瓢虫尖声交谈。

“嗨，爱丽丝，我找到你的蝴蝶项链了。”男人说。

他将一条银色链子举到她面前，上面挂着一只镶嵌宝石的蝴蝶。

“这不是我的项链，是我母亲的。它很特别，你最好把它放回去，我们不应该把玩它的。”

“我跟你妈妈谈过了，她说你可以留着。她把项链送给你了。”

她仔细看着他的眼睛、嘴、肢体，试图寻找蛛丝马迹来解释他的动机。但她还没读懂他的真诚，就被闪闪发光的蓝色蝴蝶那份美丽所诱惑，这种感觉压过了她循规蹈矩的担忧。

“她说我可以留着吗？”

“当然。”

他从她背后帮她戴上项链，给她扣上。她用手指摩挲着蝴蝶翅膀上的蓝色宝石、银质身躯，还有镶嵌钻石的触角。她感到一种洋洋得意的激动，安妮肯定会嫉妒的。

她坐在她睡的卧室里那面全身镜面前，坐在地板上观察镜中的自己。镜子里的女孩眼窝凹陷，有重重的黑眼圈。她的皮肤看起来松垮垮的，满是斑点，眼角和额头上还有一道道皱纹。她凌乱的粗眉毛需要修一修了。她的鬈发几乎全是黑色，但也有一些明显的白发。镜中的女孩看起来又丑又老。

她用手指抚着她的脸颊和额头，感受脸贴在手指上、手指贴在脸上的感觉。这不可能是我。我的脸是怎么了？镜中的女孩让她感到恶心。

她找到了卫生间，打开灯。洗脸池上方的镜子里也是同样的画面。她依旧有着金棕色眼睛、高挺的鼻子、心形嘴唇，但她的脸不对劲，她五官的比例好像变了，近乎荒诞。她去摸那平滑、冰凉的镜面。这些镜子是出了什么问题？

卫生间的气味也不对。两个闪闪发亮的白色脚凳、一把刷子、一个桶放在她身后，还垫了一些报纸。她蹲下，用自己高挺的鼻子去闻。她把桶的盖子掀起来，把刷子放进去，看着奶油一样的白色涂料滴下来。

她先从她确定坏掉的镜子开始，卫生间里和她睡的卧室里那两面。刷完了这两面，她又找到了四面镜子，把它们全都刷成了白色。

爱丽丝坐在一把白色大椅子上，那个男人坐在另一把椅子上。男人在读一本书，喝东西。书很厚，杯子里的东西是黄棕色的，还加了冰。

她从茶几上拿起一本更厚的书，粗略翻阅。她的目光停留在一张图上，图上的字词与字词之间有箭头、短破折号、小棒棒糖一样的符号。她翻着书页，注意到一些词语：脱抑制①、磷酸化、基因、

① 又称去抑制，指个人行为的内部约束被解除的状态。——编者注

乙酰胆碱、启动、瞬态、恶魔、词素、音系学[①]。

“我觉得我以前看过这本书。”爱丽丝说。

男人看了一眼她手里拿的书，然后看着她。

“你可不止看过。这书是你写的，你跟我一起写的书。”

爱丽丝有些犹豫，不大敢信他的话，她合上书，回去看闪亮的蓝色书封。《从分子到头脑》，作者：约翰·豪兰博士、爱丽丝·豪兰博士。她抬头看着坐在椅子上的男人。他是约翰。她把书翻到扉页。“目录：情绪与情感，动力，唤醒和注意力，记忆，语言。”

她翻到书的最后一页。“语言有无限的可能性，虽然是习得的，却也是本能的。语义、句法、格语法[②]、不规则动词，都是可以毫不费力、无意识地使用的，是普遍存在的。”她读的文字似乎能推开她脑中让人窒息的杂草和浆糊，来到一个苦苦维持的、未被污染且无人踏足的地方。

“约翰。”她说。

“哎。”

他放下自己手里的书，在他那把白色大椅子的边缘坐直了。

“这本书是我跟你一起写的。”她说。

“是的。”

“我记得了。我记得你。我记得我曾经很聪明。”

“是的，你以前很聪明，是我认识的最聪明的人。”

这本厚厚的、有着闪亮蓝色封面的书代表着曾经的她。我曾经知道人的头脑是如何处理语言的，我能将自己的知识表达出来。我

---

① 是语言学的一个分支，研究对象是语言的语音系统，考察在某种语言或所有语言中有区别性的语音形式之间的关系及其组织变化规则等。——编者注

② 一种语法理论。该理论认为，作为一个句子的深层结构首先可分为情态与命题两大部分。——编者注

曾经是一个学识渊博的人。现在没人问我的观点或者意见了。我想念那种感觉。我曾经好奇、独立、自信。我想念那种确定的感觉。一直以来，对所有事的不确定感让我无法平静。我想念可以轻松做好所有事的感觉。我想念参与时事的感觉。我想念被人需要的感觉。我想念我的生活、我的家庭。我爱我的生活、我的家庭。

她想告诉约翰她记起的和想到的一切，但她无法将这些记忆和想法说出来，这么多的字、词、句无法推开她脑中令人窒息的杂草和浆糊。她把它们简化，用尽全力说出最重要的那部分。剩下的话得留在无人踏足的地方，尽力“活着”。

“我想念我自己。”

“我也想念你，爱丽，好想。”

“我从来没想过我会变成这样。”

“我知道。”

2005年9月

约翰坐在长桌的一端，大口喝着他的黑咖啡。这咖啡味道极其浓郁苦涩，但他不在乎。他喝咖啡不是为了好喝。他要是能喝得再快点，肯定会加速的，但它太烫了。他需要再喝两三大杯，才能完全恢复警觉和清醒。

大部分人进店里打包了杯咖啡就匆匆上路了。约翰在实验室会议之前还有一个小时时间，他今天可以没有压力地喝完咖啡。他慢慢地吃着肉桂司康，喝着咖啡，读着《纽约时报》，感到很满足。他先翻到了“健康”专栏，过去的一年多来，他读每份报纸都是先看这一栏，这种行为一开始给他带来希望，可现在那份希望早已被习惯取而代之。他读了报纸上的第一篇文章，接着，在店里不加掩饰地放声大哭，边哭边等着咖啡凉下来。

艾米利克斯临床试验失败

根据赛纽森医药公司的第三阶段研究结果，症状从轻度到中度的阿尔茨海默病病人在临床试验中服用艾米利克斯十五个月后，与安慰剂组相比，痴呆症状并没有出现明显的稳定。

艾米利克斯是一种选择性β-淀粉样蛋白降低介质，这种实验性药物的目标是通过凝固可溶性β-淀粉样蛋白42来阻止疾病的进一步恶化。与目前市面上供阿尔茨海默病患者选择的药物不同的地方在于，市面上的药物至多只能延缓阿尔茨海默病最终阶段的到来。

这种药耐受性很好，顺利通过了第一阶段和第二阶段的试验，临床效果潜力很大，华尔街对它也抱有高期待。但即使是服用最高剂量艾米利克斯的病人，服药一年多以后，他们的认知功能也没有出现明显的提高或稳定，衡量标准是阿尔茨海默病评定量表和《日常生活活动能力问卷》得分，他们的这两项分数都跟未服药患者相似，严重下降。

爱丽丝跟女人坐在长椅上，看着孩子们从她们身边走过。每个人都在走路，忙着去他们必须去的地方。爱丽丝不需要去任何地方，她感到很幸运。

尾声

爱丽丝跟女人坐在长椅上，看着孩子们从她们身边走过。他们也算不得孩子了，不是那种要跟妈妈一起住在家里的小孩，对吧？算“中孩”吧。

他们路过时，她仔细看着一个个“中孩”的脸。他们都是一副严肃而忙碌的样子，显得忧心忡忡。他们在前往某个地方。这附近还有其他长椅，但是没有一个“中孩”停下来坐一会儿。每个人都在走路，忙着去他们必须去的地方。

爱丽丝不需要去任何地方。她感到很幸运。她和跟她同坐的女人一起听着长发女孩演奏音乐、演唱歌曲。女孩声音很美，音量也大，一口整齐的牙齿，大大的裙摆上印着花，爱丽丝喜欢那些花。

爱丽丝跟着音乐哼唱。她自己哼歌的声音跟女孩的歌声混在一起，她很喜欢。

“好了，爱丽丝，莉迪亚很快就要到家了。你想回家吗？我们先把钱付给桑亚吧。”女人问道。

女人站起身来，脸上带着笑意，手里拿着钱。爱丽丝感觉她是在邀请自己，便站了起来，女人把钱递给了自己。爱丽丝把钱扔进女孩脚边的黑帽子里。唱歌的女孩还在演奏，但是停下了歌唱，跟她们说话。

“谢谢，爱丽丝，谢谢，卡萝尔，回头见！”

爱丽丝跟着女人，走在那一群“中孩”之中，身后的音乐声音越来越小。爱丽丝并不是真的想走，但是女人要走了，爱丽丝知道自己得跟着她。女人热情友善，总是知道该怎么做，爱丽丝对此心存感激，因为她不知道自己该怎么做。

走了一会儿之后，爱丽丝看到一辆红色的小丑车和一辆像涂了指甲油的大车停在车道上。

“她们都已经到了。”女人也看到了这两辆车。

爱丽丝匆匆走进房子，她感觉很激动。那个宝宝的母亲就站在门厅里。

“我的会提前结束了，我就早回来了。谢谢你帮忙。”那个宝宝母亲说。

“没问题。我把她的床品洗了，但还没来得及换上。东西都在烘干机里。”女人说。

“好的，谢谢，我来弄吧。”

“今天她状态也不错。”

“没有乱走？”

“没有。她现在和我如影随形，成了我的‘共犯’。对不对，爱丽丝？”

女人微微一笑，热情地点头。爱丽丝也微笑着对她点头。她完全不知道自己在同意什么，但如果女人觉得好，她应该也没什么意见。

女人开始收门口的书和袋子。

“约翰明天要来吗？”女人问。

一个宝宝开始哭，宝宝在她们看不到的地方。宝宝母亲去了另一个房间。

“不来，不过我们没问题的。”是宝宝母亲在说话。

宝宝母亲回来时抱着一个穿蓝色衣服的宝宝，不停地亲他的脖子。宝宝还在哭，但是他哭得已经没那么大声了。母亲及时的亲吻奏效了。母亲往宝宝嘴里塞了一个可以嘬的东西。

“好了，好了，小傻瓜。谢谢，卡萝尔，真的感谢。你真是上天送的礼物。周末愉快，周一见。”

“周一见。再见，莉迪亚！”女人喊道。

“再见，谢谢你，卡萝尔！”一个大喊的声音从房子里某处传来。

宝宝大大的圆眼睛跟爱丽丝对视，他认出了她，一边嘬着东西，一边微笑起来。爱丽丝也冲他微笑，宝宝的回应是张开嘴大笑，那个嘬在嘴里的东西掉到了地上。宝宝母亲蹲下来把它捡了起来。

“妈妈，你想不想帮我抱一下他？”

宝宝母亲把宝宝递给爱丽丝，他自然地滑进她的臂弯，被她托在胯上。他开始用一只湿乎乎的手摸她的脸。他喜欢这样做，爱丽丝也喜欢让他这样做。他抓住了她的下嘴唇。她假装要咬他，吃他的手，模仿动物的声音逗他。

他大笑着，改去摸她的鼻子。她闻了闻，又闻了闻，假装要打喷嚏。他又去摸她的眼睛。她眯起眼，免得眼睛被戳到，然后眨眨眼，用睫毛挠他痒痒。他又往上伸手，去摸她的额头和头发，握紧小拳头，拉了一下。她温柔地扒开他的手，让他松开她的头发，转而握住她的食指。他又摸到了她的项链。

“看到漂亮的蝴蝶了吗？”

“别让他把那个含嘴里！”宝宝母亲大喊着，她在另一个房间，但是能看到他们。

爱丽丝没打算让宝宝把她的项链含在嘴里，她觉得自己被冤枉了。她走进宝宝母亲所在的那个房间。房间里面摆满了生日派对里会出现的那种五颜六色的东西，那些玩意儿长得像宝宝座椅，宝宝敲它们，它们就会边滴滴响边振动，有的还会说话。爱丽丝忘记这是那个放了很多像吵闹的宝宝座椅的房间了。她想离开，免得那个母亲提议她把宝宝放在一把座椅上。但是女演员也在这里，爱丽丝想跟她们在一起。

“爸爸这周末来吗？”女演员问。

“不来，他抽不开身，他说下周来。你能照看一会儿他们和妈妈吗？我得去趟商店。艾莉森应该能再睡一小时。”

“当然了。”

“我马上回来。你有需要带的东西吗？”宝宝母亲离开房间的时候问道。

“来点冰激凌，要巧克力味的！”女演员说。

爱丽丝找到一个软软的、没有发声按钮的玩具，坐下来，让宝宝在她大腿上研究玩具。她闻了闻他几乎没有头发的头顶，看着女演员读书。女演员抬头看她。

“嗨，妈妈，你能不能听我说一段我上课用的独白，告诉我你觉得这里面的感情是什么？不是故事，这段话有点长。你不需要记住里面的词，只需要告诉我你体会到的情绪。我说完之后，告诉我你的感受，好吗？”

爱丽丝点点头，女演员开始了。爱丽丝看着，听着，注意力放在女演员言语背后的东西上。她看到她的眼神变得绝望，仿佛在搜寻、祈求真相。她看到、找到真相后，她的眼神变得温柔且充满感激。女演员的声音一开始感觉犹犹豫豫，充满恐惧。渐渐地，虽然她没有提高嗓门，声音却变得越来越自信，然后变得充满喜悦，时而像一首歌一样悠扬。她的眉毛、肩膀、双手都变得柔软而舒展，像是在寻求接纳和给予原谅。她的声音和肢体创造了一种能量，这种能量填满了爱丽丝的内心，让她感动得想哭。她抱紧坐在她大腿上的漂亮宝宝，吻了吻他那闻起来甜甜的头。

女演员停了下来，又变回了自己的样子。她看着爱丽丝，等待着。

“好了，你有什么感觉？”

“我感觉到爱，这是关于爱的。”

女演员尖叫起来，冲到爱丽丝面前，吻了她的脸颊，微微一笑，脸上的每个角落都被喜悦照亮。

“我猜对了吗？”爱丽丝问。

“你说得对，妈妈。你说得太对了。”

补充说明

本书中的临床试验药物艾米利克斯是虚构的。但它与正在临床开发阶段的药物有相似之处，这些药的目标是有选择性地降低β-淀粉样蛋白42。跟市面上只能延迟阿尔茨海默病最终阶段恶化的药物不同，这些药有望阻止阿尔茨海默病的恶化。书中提到的其他所有药物都是真实的，它们在阿尔茨海默病治疗中的用法用量和功效也与书中的描述相同。

致谢

我深深感谢在国际痴呆症宣传与互助网络（DASNI）和美国痴呆症组织认识的所有人，尤其是皮特·阿什利、艾伦·本森、克里斯汀·布莱登、比尔·凯里、琳恩·卡利佛、莫里斯·弗里德尔、雪莉·加妮特、坎迪·哈里森、查克·杰克逊、琳·杰克逊、西尔维娅·约翰斯顿、珍妮·克瑙斯、杰伊·兰德、珍妮·李、玛丽·洛克哈特、玛丽·麦金利、特雷西·莫布利、唐·莫耶、卡萝尔·穆丽肯、简·奥帕卡、查理·施奈德、詹姆斯·史密斯、杰·史密斯、本·史蒂文斯、理查德·泰勒、戴安·娜桑顿、约翰·威利斯。你们的智慧、勇气、幽默、同理心教会了我很多，感谢你们愿意向我分享私密的东西，如个人的脆弱和恐惧，认知和希冀。我对爱丽丝的描绘因你们的故事而更加丰满、有人性。

我想特别感谢詹姆斯和杰，你们给予我的远远不只阿尔茨海默病的相关知识和对这本书的助力。我能认识你们，真是上天的馈赠。

下面，我想感谢医学领域的同行们，你们慷慨地分享自己的时间、知识、想象力，帮助我弄清楚爱丽丝确诊阿尔茨海默病和病情逐渐恶化时会发生怎样的事：

感谢鲁迪·坦茜博士和丹尼斯·塞尔克博士帮我深度理解阿尔茨海默病的分子生物学原理；

感谢阿里雷札·阿特力博士允许我在麻省总医院记忆障碍科跟随观察你两天，向我展示你的智慧和怜悯心；

感谢道格·科尔博士和马丁·塞缪尔斯博士帮我更好地理解阿

尔茨海默病的确诊方法和治疗方法；

感谢萨拉·史密斯允许我观摩神经心理学的测试过程；

感谢芭芭拉·霍利·马克萨姆给我解释社会工作者和麻省总医院照料人互助小组的工作职能；

感谢埃琳·林恩布林格充当爱丽丝的基因咨询专家；

感谢乔·马洛尼博士和杰西卡·威瑟奎斯特充当爱丽丝的全科医生。

我还要感谢史蒂芬·平克博士让我了解哈佛大学心理学教授的生活，感谢内德·沙辛博士和伊丽莎白·丘亚博士为我提供学生座席的视角。

感谢史蒂夫·海曼博士、约翰·凯尔希博士、托德·卡亨博士回答关于哈佛大学和教授生活的一些问题。

感谢道格·库普分享与表演相关的细节和有关洛杉矶的信息。

感谢玛莎·布朗、安妮·凯里、劳雷尔·戴利、金·豪兰、玛丽·麦格雷戈、克里斯·奥康纳仔细阅读每一章，感谢你们的评论、鼓励和疯狂的热情。

感谢戴安娜·巴托利、利拉琳·凯、罗丝·奥康奈、理查德·佩普的编辑意见。

感谢凯利和哈尔公关公司的乔斯琳·凯利，你真是个出色的公关。

特别感谢贝弗利·贝克汉姆，你给我写的书评是一个自出版作者梦寐以求的书评。而且，你还把我介绍给了茱莉亚·福克斯·加里森。

茱莉亚，我对你的感激无法言说，是你的慷慨改变了我的人生。

感谢薇姬·比尤尔做我的经纪人，感谢你坚持让我改掉原版结局。你太厉害了。

感谢路易丝·伯克、约翰·哈迪、凯茜·萨根、安东尼·齐卡蒂相信这个故事。

我还需要感谢热闹的吉诺瓦大家庭，谢谢你们大方地告诉自己认识的所有人去买你们女儿、侄女、姐妹的书。你们是全世界最厉害的游击营销员！

我还需要感谢并没有那么多成员，但可以说同样热闹的索伊弗特家庭帮忙宣传。

最后，我要感谢克里斯托弗·索伊弗特的技术与网络支持，协助设计原版封面，以及帮助我把简介改得清晰，等等，然而最重要的是，感谢你总是给我带来惊喜。

未来，属于终身学习者

我这辈子遇到的聪明人（来自各行各业的聪明人）没有不每天阅读的——没有，一个都没有。巴菲特读书之多，我读书之多，可能会让你感到吃惊。孩子们都笑话我。他们觉得我是一本长了两条腿的书。

——查理·芒格

互联网改变了信息连接的方式；指数型技术在迅速颠覆着现有的商业世界；人工智能已经开始抢占人类的工作岗位……

未来，到底需要什么样的人才？

改变命运唯一的策略是你要变成终身学习者。未来世界将不再需要单一的技能型人才，而是需要具备完善的知识结构、极强逻辑思考力和高感知力的复合型人才。优秀的人往往通过阅读建立足够强大的抽象思维能力，获得异于众人的思考和整合能力。未来，将属于终身学习者！而阅读必定和终身学习形影不离。

很多人读书，追求的是干货，寻求的是立刻行之有效的解决方案。其实这是一种留在舒适区的阅读方法。在这个充满不确定性的年代，答案不会简单地出现在书里，因为生活根本就没有标准确切的答案，你也不能期望过去的经验能解决未来的问题。

而真正的阅读，应该在书中与智者同行思考，借他们的视角看到世界的多元性，提出比答案更重要的好问题，在不确定的时代中领先起跑。

湛庐阅读 App：与最聪明的人共同进化

有人常常把成本支出的焦点放在书价上，把读完一本书当作阅读的终结。其实不然。

时间是读者付出的最大阅读成本

怎么读是读者面临的最大阅读障碍

“读书破万卷”不仅仅在“万”，更重要的是在“破”！

现在，我们构建了全新的“湛庐阅读”App。它将成为你“破万卷”的新居所。在这里：

- 不用考虑读什么，你可以便捷找到纸书、电子书、有声书和各种声音产品；
- 你可以学会怎么读，你将发现集泛读、通读、精读于一体的阅读解决方案；
- 你会与作者、译者、专家、推荐人和阅读教练相遇，他们是优质思想的发源地；
- 你会与优秀的读者和终身学习者为伍，他们对阅读和学习有着持久的热情和源源不绝的内驱力。

本书阅读资料包

给你便捷、高效、全面的阅读体验

本书参考资料

湛庐独家策划

- ✔ 参考文献
  为了环保、节约纸张，部分图书的参考文献以电子版方式提供
- ✔ 主题书单
  编辑精心推荐的延伸阅读书单，助你开启主题式阅读
- ✔ 图片资料
  提供部分图片的高清彩色原版大图，方便保存和分享

相关阅读服务

终身学习者必备

- ✔ 电子书
  便捷、高效，方便检索，易于携带，随时更新
- ✔ 有声书
  保护视力，随时随地，有温度、有情感地听本书
- ✔ 精读班
  2~4周，最懂这本书的人带你读完、读懂、读透这本好书
- ✔ 课　程
  课程权威专家给你开书单，带你快速浏览一个领域的知识概貌
- ✔ 讲　书
  30分钟，大咖给你讲本书，让你挑书不费劲

湛庐编辑为你独家呈现
助你更好获得书里和书外的思想和智慧，请扫码查收！

（阅读资料包的内容因书而异，最终以湛庐阅读App页面为准）

图书在版编目（CIP）数据

浙江省版权局
著作权合同登记号
图字:11-2023-044号

依然爱丽丝 / (美) 莉萨·吉诺瓦 (Lisa Genova) 著 ; 王思宁译. -- 杭州 : 浙江教育出版社, 2023.5
书名原文: Still Alice
ISBN 978-7-5722-5542-7

Ⅰ. ①依… Ⅱ. ①莉… ②王… Ⅲ. ①长篇小说一美国一现代 Ⅳ. ①I712.45

中国国家版本馆CIP数据核字(2023)第053154号

上架指导：小说 / 医学人文

依然爱丽丝
YIRAN AILISI
［美］莉萨·吉诺瓦（Lisa Genova） 著
王思宁 译

责任编辑：李 剑
文字编辑：苏心怡
美术编辑：韩 波
责任校对：傅 越
责任印务：陈 沁
封面设计：ablackcover.com
出版发行：浙江教育出版社（杭州市天目山路 40 号 电话：0571-85170300-80928）
印 刷：石家庄继文印刷有限公司
开 本：880mm ×1230mm 1/32
印 张：9　　字 数：226 千字
版 次：2023 年 5 月第 1 版　　印 次：2023 年 5 月第 1 次印刷
书 号：ISBN 978-7-5722-5542-7　　定 价：89.90 元

如发现印装质量问题，影响阅读，请致电 010-56676359 联系调换。